이연택의
'미국 땅 한국 사람' 읽기

그들은 나를 기다려 주는가

뿌리출판

글쓴이 **이연택** 약력

미국 시카고 일리노이 공대졸업
샌프란시스코 주립대 저널리즘 공부
미주 한국일보, 중앙일보 기자
샌프란시스코 중앙일보 편집국장
샌프란시스코 중앙일보 발행인

그들은 나를 기다려 주는가

2003년 6월 15일 발행
2003년 6월 22일 1쇄

지 은 이 / **이 연 택**
펴 낸 이 / **윤 현 호**
펴 낸 곳 / **뿌리출판사**
홈페이지 / **www. rootgo.com** / E-mail : rootgo@dreamwiz.com
주   소 / 서울시 성동구 성수 2가 3동 317-10 2층 우편번호 / 133-835
전   화 / (代)2247-1115, 466-4516, 팩 스 / 466-4517
출판등록 / 서울시 등록(카) 제 1-551호 1987.11.23

값 / 9,000원
ISBN 89-85622-36-6

그들은 나를 기다려 주는가

책 머리에

어느새 한국에서 산 날보다 미국에서 산 날이 더 많아졌다. 미국 사는 게 익숙해졌다. 그리고 내 할 일만 하면 그만인 이 나라가 편해졌다. 그런데 여전히 낯설다. 불현듯 이곳에서의 삶이 재미없다고 느껴질 때가 있다. 이를테면 낯선 익숙함, 재미없는 편리함 같은 것. 아마 미국의 삶이 없었다면, 이런 호사스런 상념도 없었으리라.

누군가 미국을 가르쳐 재미없는 천국이라고 했다. 한국은 재미있는 지옥이란다. 이렇게 명쾌하게 '아픈 데'를 찌른 표현이 또 있을까. 미국 살면서 재미없어 몸부림치는 많은 군상들을 만난다. 멀리서 바라보는 한국의 모습은 지옥스럽다. 풍요로운 이 땅을 왜 우리는 진작에 차지하지 못했는지 사뭇 억울하다. 잉태되지 못한, 재미있는 천국 건설의 꿈이 안타깝기만 하다. 그러나 신은 공평하다. 지옥에 재미까지 없다면 어쩔 것인가.

나는 미국에 와서 공과대학을 졸업했다. 기계공학을 전공한 내가 잡은 첫 직장은, 미국내 굴지의 철강회사였다. 쾌적한 회사환경을 즐기며, 학교에서 배운 대로, 수퍼바이저가 알려주는 대로, 하루 여덟시간 주 5일 일하면 괜찮은 월급이었다. 그러나 몇 개월 버티지 못했다. 일생을 걸기엔 너무 무료했다. 집어치고 들어간 곳이 교포 신문사였다. 거기서 잡힌 발목이 20년을 훌쩍 넘겼다. 그러나 후회는 없다. 대단히 재미있었으므로. 이를테면 나는, 천국 살면서 재미도 쏠쏠했던 편 아닌가.

미국 땅, 그리고 거기에 사는 한국사람들, 이들의 사는 모습을 있는 그대로 보려고 애썼다. 나도 그 일원으로 꿈과 희망을 키웠으며, 함께 기뻐했고 실망도, 갈등도 같이 겪었다. 조국을 그리워는 했지만, 이 미국 땅이 내가 묻힐 곳임을 신앙처럼 확인하고 살았다. 나는 어설픈 나그네 삶이었어도, 내 아들 딸에게 너희들이 주인이라고 교육함엔 주저하지 않았다.

마음먹은 대로 척척 살아갈 사람이 얼마나 될까. 더구나 타향에서. 그럼에도 동서남북 가리고, 애써서 우리끼리의 큰 줄기를 만들어 나가는 미국 땅, 한인들에게 깊은 애정을 갖는다.

그런 마음으로 글을 썼고, 그런 위안속에 감히 책으로 엮는다. 신문 칼럼이었던 관계로, 당시의 팽팽했던 분위기나 긴장감을 빼고 나니, 더러는 마치 빛 바랜 옛 사진의 모델처럼 다소 촌스럽기도 하지만, 지역사회의 기록이며 역사라고 이해를 구하고 싶다.

신문에 칼럼을 연재하는 동안 졸필을 격려해준 독자들에게 우선 감사를 표한다. 삶이 어려웠을 때 태어나, 되레 어려움과 씨름하는데 힘이 되어준 두 아들 훈해와 훈영이 고맙다. 별말없이 맞들어주고, 쉴 수 있는 그늘이 되어준 사랑하는 아내에게은 고마움을 표한다.

그리고 아들위해 늘 기도하고 염려해주신 어머니, 아버지께 이 책을 드린다.

2003년 5월
샌프란시스코에서 **이 연 택**

차 례

1 그들은 나를 기다려 주는가

2 해태 껌을 아시나요

3 이산가족의 비극, 우리들의 희극

4 우울한 공청회

5 원칙과 변칙 사이에서

6 환상에서 깨어나기

7 투표권 없는 행운

1

그들은 나를 기다려 주는가

나는 로토 당첨자보다 더 행운아

모라가에 거주하는 한인 여성이 9천만 달러가 넘는 로토에 당첨됐다는 소식이 아직 한인사회에 화제다. 대개는 그 어마한 소식을 지금도 모르는 바는 아니어서, 이를테면 화제는 "그런 대박을 맞은 사람은 도대체 그 기분이 어떨까"하는 부러움에서 시작해 "그 많은 돈을 그 여자는 어디다 쓸 것인가"를 걱정(?)하는 지경에까지 이르기에 된다.

적어도 이 건에 관해 이제는 상식에 속하지만 9천만 달러 정도의 로토 당첨금을 일시불로 받으면 약 3천만 달러가 된다. 원래 9천만 달러는 20년간 나눠 받을 때 얘기고, 일시불일 경우 세금까지 공제하고 나면 3분의 1로 줄어든다는 것이다.

이를 두고 어떤이는 "너무한 거 아니냐"고 로토 당국을 성토하기도 하지만, 3천만 달러나 9천만 달러나 우리같은 서민들에게는 가늠이 불가능하긴 마찬가지. 성토하는 심정은 차라리 "3분의 1

이 아니라 10분의1만 줘도 좋으니 당첨만 되어다오"의 다른 표현
으로 해석하는 편이 좋겠다. 어떤 철부지 신앙인은 당첨된 사람이
하나님을 잘 믿어서 그런 복을 받은게 아니냐고 하던데, 하나님을
잘 믿은 것으로 친다면야 설사 이 지역에 그 사람이 제일이랴. 그
런건 아니고, 로토는 확률 게임이다. 단언하건대, 하나님은 확률
게임같은 데 전혀 관심이 없는 분이다.

　로토의 6개자리 일련번호가 모두 맞을 확률은 1천8백만분의 1
이 된다. 억세게 재수가 좋은 조상미 씨의 경우, 몇차례 당첨자가
나오지 않아 당첨금이 계속 불어나가다가 터트린 잭팟이므로 실
제 확률은 1억만분의 1정도의 확률이 되는 셈이다. 1억개 중에
하나에 걸리는 것도 확률이라고 표현해야 할지 모르겠다.

　로토를 열심히, 꾸준히 사는 분들에게는 좀 별종으로 보일지 모
르겠지만 나는 로토를 한번도 사본 적이 없다. 오래전 캘리포니아
에서 로토가 시작된 초창기에 누군가로부터 2장인가를 선물로 받
은 적이 있기는 하지만, 내 기억에 그 번호의 당첨여부조차도 제
대로 확인해 보지 않았던 것 같다.

　한국에서부터도 복권같은 데는 통 취미가 없었던 전력 탓도 있
겠지만 사실 로토를 사는 일은 50~60%의 돈을 그냥 버리는 것
과 같다는 수학적 계산 때문이다. 즉 5불짜리를 사면 그 중에서
로토 당첨금으로 사용되는 부분이 2불50센트가 못미친다는 것이
다. 그러면 사는 행위자체가 5불내고 2불50센트를 받는 것과 같
다.

　물론 나머지 2불50센트 중 로토당국의 비용을 제외하고난 대부

분을 공립학교지원 예산으로 사용한다고는 하지만, 그건 사람들의 요행심리에 억지로 붙여진 위로성 명분 아니겠는가. 더구나 로토구입을 하는 많은 사람들이 빈민층 내지는 저소득층인 것을 보면, 그들에게 학교예산지원 명목이란 터무니 없다고 생각했다.

그런데 이것도 나이탓일까. 요즘은 좀 생각이 달라졌다. 그렇다고 "조상미 씨를 보라. 우리도 끈질기게 사다보면 그 끝에 대박이 오리라" 목청을 돋구는 것은 결코 아니다. 다만 앞서 말했듯 로토가 확률게임이듯, 인생 자체도 결국은 확률게임이라는 깨달음(?)을 얻었기 때문이라고나 할까. 어차피 확률 속에 살아가는 우리가 또 다른 확률을 애써 외면한다 해서 그게 뭐란 말인가. 또 살 때의 기대감, 맞춰 볼 때의 짜릿한 설레임도 있을 터다.

따지고 보면 우린 날 때부터 확률게임을 시작한다. 어떤 부모가 우리를 낳는가부터 확률의 시작이다. 성장하면서 어떤 친구를 만나는가도 확률이요, 또 어떤 배우자를 만나는가도 결국은 확률이다.

내 생각에 이정도면 "당첨권"으로 판단해 골랐는데, 살아보니 전혀 아니라는 것이다. 돼지꿈 꾸고나서 로토를 샀는데 안맞는 경우나 뭐 그리 차이가 있을까.

직장을 선택하는 일, 어떤 사업을 어떻게 하느냐도 결국은 확률에 다름 아니다. 다만 여러가지 상황을 판단해 높은 확률, 더러는 다소 낮지만 대박의 가능성을 내다보는 확률을 택할 뿐이다.

자식을 두는 것도 확률이다. 교육의 중요성을 무시하는 것은 결코 아니로되, 아이 길러본 부모면 "될 성부른 나무는 떡잎부터 알아본다"는 말을 부인하지 못하리라.

　건강도, 부도 확률에서 자유롭지 못하다. 특히 죽음이야말로 더욱 확연한 확률에 묶여있지 않던가. 우리가 아무리 천년만년 살 것처럼, 요즘말로 '방방' 뜨고 다녀도 말이다.

　그래서 모두가 확률이니 비틀즈의 노래처럼 무조건 'Let it be' 하자는 건 절대, 절대 아니다. 오히려 확률이 그러한 만큼 더욱 조심하고 준비하자는 제안이다. 노력하고, 생각해보고, 재보노라면 비좁을 망정 과녁이 보이는 법이고, 이때 눈을 부릅뜨고 화살을 날렸을 때 명중의 확률이 높아진다는 사실을 전함이다.

　설령 그랬음에도 안 맞았다면, 최선을 다했다는 기분좋은 허탈감이라도 맛 볼 일이다. 더러는 영 빗나가는 일도 사는 재미에 속한다는 여유속에서 말이다.

　조상미씨만 억만분의 1 확률을 맞춘 행운아는 아니다. 의사들 말이 수억마리의 정자 중 하나만이 생명을 잉태시킬 수 있다던데, 그렇다면 우리는 이미 태어날 때 조상미 씨보다 몇 배 더 큰 행운을 누린 셈이니, 무얼 그리 부러워하랴.　(2001. 3. 17)

그들은 나를 기다려 주는가

오랜만에 데이비스 심포니홀을 찾았다. 사라장과 샌프란시스코 심포니의 협연이었다. 넉넉히 시간을 두고 나온다고 했지만 예기치 못한 교통체증은 연주회 시작을 2~3분 남기고 나를 허겁지겁 들어서게 만들었다. 일단 문이 닫히고 연주가 시작되면 한 레파토리가 끝날 때까지 입장할 수 없기 때문에 뛰듯이 2층으로 올라섰다. 다행히 간발의 차로 연주회장으로 들어서는데 성공했다. 숨돌릴 틈도 없이 이제 공연이 시작될 판이었다.

그런데 이상했다. 8시 정각을 넘어서 10분도 넘기고 있는데 불은 여전히 객석까지 훤했고 무대에선 오케스트라 멤버들이 튜닝을 계속하는 것 아닌가. 요샌 샌프란시스코 심포니도 좀 늦게 시작하나? 양복차림의 한 신사가 무대위로 올라와 마이크를 잡은 것은, 빈자리 하나없이 꽉 들어찬 객석에서 웅성거림이 거의 시작될 즈음이었다.

"연주회가 늦게 시작된 점을 사과합니다. 사실은 오늘 키 연주자 중 2명이 아직 도착하지 않았습니다. 교통체증 때문이라고 합니다. 이들이 오는대로 곧 시작하겠습니다." 키 연주자? 그렇다면 사라장이 아직 못 왔다는 말 아닌가. 그런데 8시20분을 넘길 무렵 다시 멘트가 나왔다. 지금 막 그 2명이 도착했다는 것이다.

그로부터 조금 후 갑자기 무대에서는 팡파르가 울려퍼졌다. 늦게 도착한 연주자가 무대에 들어서는 순간에 심포니 단원들이 연주한 팡파르였다. 호른을 든 여성단원이 쑥스럽게 자기 자리로 찾아들어가고 있었다. 다시 조금 뒤엔 트럼본 연주자가 들어섰다. 또 한차례 팡파르가 울려퍼지고 이해심 많은 객석에선 웃음이 터져나왔다.

저들이 키 연주자였나? 늦은 두사람 외에도 호른주자와 트럼본 주자는 각각 너댓명씩 이미 자리하고 있었다. 그렇다면 저들이 솔로로 연주하는 부분이 있을까. 연주회 끝까지 유심히 보았지만 그렇지도 않았다. 다만 1백여 명의 오케스트라 단원 중 한명일 뿐이었다.

불만스러울 것 까지는 없었지만 난 다소 충격을 받았다. 그 2명이 빠진다고 연주소리가 달라질까, 아마도 대부분의 관객들은 빠진 줄도 모를 것이다. 그런데 2천여 명이 넘는 관객들에게 기다려달라는 양해를 심포니측은 구하는 것이다. 결국 30분이 다 되어 연주회는 막을 올렸다.

정말 그들은 키 연주자인가. 아니면 관객들의 기다림을 무마하기 위한 과장 표현이었을까. 생각하기 따라선 아무것도 아닐텐데 이상하게 나의 귓전엔 키 연주자라는 말이 빙빙 돌았다.

이날 연주회장에 나는 처음으로 망원경을 가지고 갔었다. 연주회마다 대개 뒷자리에 앉게 되는데, 그럴 때마다 옆자리 사람들이 망원경으로 출연자들을 감상하고 있음을 부러워해 왔던 터다. 드디어 나도 보란듯이 망원경을 꺼내 한창 연주에 여념이 없는 연주자들의 표정을 살피게 된 것이다.

샌프란시스코 심포니엔 젊은 사람들이 별로 없었다. 대개가 40 대는 넘는 중년이었다. 백발이 성성하고 머리가 벗어진 50대, 60 대도 많았다. 선굵은 주름이 깊숙히 패인 얼굴들이 악보와 지휘자에 진지하게 몰두하고 있었다. 아름다운 모습이었다.

음악을 전공한 사람들 중에 1%가 프로페셔널 음악인으로 활동한다고 한다. 이 1% 중에서도 샌프란시스코 심포니 정도에 입단하려면 다시 하늘에 별따기다. 모두가 출신 동네에선 제일 잘했을 것이다. 상도 몇개쯤은 타고 어릴땐 어쩌면 음악 신동이란 소리도 들었을 게다. 그리고 지금까지의 생을 연주로 일관해왔다. 그런 경력끝에 백여 개가 넘는 음의 한 가닥을 잡고 있는 것이다.

난 현기증이 날 정도가 되어서야 망원경에서 눈을 뗐다. 그래, 그들은 한사람 한사람이 키 연주자였다. 모두가 음악에 삶 전체를 던진 사람들이었다. 한 두사람의 연주 소리가 웅장한 교향악에 포함되고 안되고가 중요한 문제는 아니었다.

키 연주자라는 표현은 그 당사자에 대한 극진한 예우요, 진실된 인정인 셈이다.

하긴 키 연주자라는 것이 어찌 샌프란시스코 심포니에서 뿐이

라. 나는 내가 속한 집단에서 키 멤버인가. 암만 내가 외친들 소용
없다. 지나칠 수도 있는 상황에서 집단과 대다수는 나를 기다려
줄 것인가.   (2000. 5. 24)

로토 애기

영국의 대표적 시인 바이런은 어느날 아침 자고 일어나니 유명해졌더라는 익살스런 명언을 남겼다는데, 1억달러가 넘는 로토 티켓에 당첨된 사람은 어느 날 저녁 텔레비젼을 보다가 졸지에 거부가 됐다고 소감을 말하려나.

추첨이 있기 전날에는 로토가게가 장사진을 이루었고 멀리 뉴욕, 시카고 등지에서까지 캘리포니아에 사는 친지를 통해 티켓을 구입했다니 일확천금의 꿈은 전국의 도처에서 뭉실뭉실 피어올랐다.

처음부터 빗나간 번호를 가졌던 사람이나 두세번까지 맞았다가 네번째쯤 빗나간 사람에게나 다소 억울한 마음의 차이는 있겠으나 '꽝' 이기는 마찬가지, 이렇게 김 샌 마당에 사상최대의 로토금액이 열명의 당첨자에게 나눠지게 됐다는 걸 불행이랄지, 다행이랄지 할 필요도 없겠다. 다만 패자끼리 스스로 위안하기는 "또 기다려보자. 기회는 얼마든지 있을테니까."

캘리포니아 교육예산에 큰 보탬이 된다는 취지로 84년부터 시작된 캘리포니아 로토는 아주 오래전 한국에서도 있었던 '준비하시고 쏘세요'의 주택복권을 닮았다. 일단 복권에서 빅스핀을 돌릴수있는 행운을 얻은 20여명이 새크라멘토 페어그라운드 홀에 모여 TV로 중계되는 가운데 아주 탄력성이 좋은 작은 공이 들어있는 큰 원형판을 돌리게 되는데, 그랜드 프라이즈에 공이 걸리면 몇백만불의 상금을 받게끔 되어 있었다.

이 로토가 시작되고 얼마되지 않아 한인교포 중에도 빅스핀을 돌릴수 있는 행운아가 탄생했다는 소식에 접해, 그 빅스핀 현장에 취재를 나간 적이 있었다. 백만장자가 탄생할 그 홀의 밖에는 혹시라도 당첨자가 너무 좋아 졸도할 지도 모르므로 앰블란스가 대기하고 있었고, 그 옆에는 가주복권당국이 준비해놓은 기다란 리무진이 놓여 있었다. 홀안에는 필경은 빅스핀을 돌리는 행운아들의 가족, 친지들로 보이는 1백여 명 남짓한 방청객들이 흥분된 모습들로 앉아있었다.

그랜드 프라이즈 칸을 중심으로 콩콩 뛰던 공은 결국 그 옆으로 낙착되어 애석하게도 한인교포는 1만 달러밖에는 상금을 못타고 말았다. 이날 행운의 주인공은 미국처녀였다. 20대 후반쯤으로 보이는 그녀는 당첨이 된 후 거의 넋나간 사람처럼 해죽거리며 웃기만 했고 그녀와 함께 왔던 보이프랜드는 그녀를 보호, 기자고 누구고 접근하지 못하도록 아우성이었다. 팔자 고친 그녀가 애인과 함께 리무진으로 떠나고 난 후, 복권당국자에게 물은 기자의 질문은, 사실 지나고 난 후 생각해보니 쑥스럽고 촌스러웠지만, 추첨하러 올 때 타고 온 그녀의 차는 어떻게 되느냐 하는 것이었다.

동부에 있는 어떤 잡지사에서 그동안 미국의 각곳에서 있었던 복권추첨의 1등 당첨자들의 인생변화를 취재한 적이 있었다. 놀랍게도 어마어마한 상금을 탄 사람들 중 대부분은 그 많은 돈을 10년 안에 거의 다 써버려서 결국은 다시 '제팔자'로 컴백하는 경우가 많다는 것이었으며, 더러는 오히려 행운을 받기전 보다 못한 생활을 하기도 한다고 보도했다. 또는 상금을 타기로 결정되면서부터 밀려들어오기 시작하는 도네이션 요청에 시달리다 노이로제에 걸렸다고 불평한 이도 있었다고 했다. 그래서 그 기사는 복권당첨된 사람들은 그전보다 불행하다고 결론(?)지었다.

몇달 전 LA지역에 사는 마이클 양이라는 한국사람이 로토에 당첨되어 졸지에 큰 부자가 됐다는 보도를 독자들은 기억하시리라. 그후 그가 이혼법정에 섰다는 기사나 여성편력으로 피해여성들의 이야기가 게재된 주간지도 보셨으리라. 10년까지 안 가더라도 그의 라이프 또한 어떤 잡지사의 기사를 닮아가는 싹수를 보이지 않는가 싶다. 또 기자가 7년전 바로 옆에서 보았던 억세게 재수좋은 미국처녀도 갑자기 황당하게 달라진 자신의 처지를 주체하지 못한 채 헤메다가, 모르긴 모르되 오손도손 사이좋았던 그 보이프랜드와도 헤어졌을 것 같은 '악성' 추측이 드는 건 또 웬일인지.

지금은 그런 쪽의 보도가 없어서 모르겠지만 가주복권이 처음 시작되었을 때는 일반 소규모 그로서리의 매상도 큰 타격이 있었다. 특히 복권을 사는 사람들 중에서 상당수가 저소득층으로 먹을 것을 줄여가면서 일확천금을 꿈꾼다는 사실이 여러 번 보도됐다. 그래서 복권에 대한 비판여론도 비등했었다.

그런데 요즘은 어쩐 일인지 비판 여론은 커녕, 로토는 하나의 필수과목처럼 돼버렸다. 이번에 로토상금이 1억불을 넘어가자 그 추첨이 있기 전날에만 수백만불어치가 팔렸다니, 서민들의 주머니에서 도무지 1불짜리는 성해나질 못한다. 샀느냐 말았느냐가 문제가 아니라, 몇장 샀냐로 비약되는 질문에 나같은 로토 기피자는 답변도 궁색한 슬픈 현실이다. 대충의 계산으로 수입의 절반이 상금으로 나간다는 로토. 수학적 계산으로 보면 살때마다 1불짜리를 50센트로 바꾸는 셈이다.

돌고 도는게 돈이라는 말도 있거니와, 로토에서 얻은 이익의 43%가 가주교육예산으로 간다니 장학금 내는 셈치면 될 터인데… 나는 아직 그런 갸륵한 심성을 갖지 못했다.   (1991. 4. 20)

엘니뇨가 주는 교훈

　요즘의 초등학교 학생들에게도 소풍이라는게 있는지 궁금한데 내가 국민학교 다닐때 가장 신나는 날은 소풍을 가는 날이었다.

　하루 공부로부터 해방되는 기쁨도 여간 큰 게 아니었고 그날 특별히 맛있는 김밥과 과자, 사과, 카라멜 등을 묵직하게 담은 백을 등에 둘러메고 용돈까지 받아 집을 나설 땐 그렇게 신이 날 수 없었다.

　소풍이 있기 전날, 나는 여지없이 잠을 설친다. 신바람나는 소풍날을 앞둔 흥분감이 원인이다. 그러면서도 나는 저녁부터 늦은 밤까지 수도 없이 밖을 들낙거리게 된다. 밤하늘을 쳐다보는 것이다. 비가 오면 안 되는데… 절대 안 되는데…

　날씨에 대한 소원이 너무나 간절하면 그것도 하늘에 전달되는지, 내 기억에 비가 와서 소풍을 가지 못한 날은 국민학교를 통틀어 봄가을 소풍 12번 중 딱 한번 밖에 없었다.

어린 나이였지만, 나는 그때 그 전날 밤 날씨가 어때야 그 다음 날 비가 오지 않는지를 터득했다. 밤하늘에 별이 떴거나 바람이 선선히 불어대면 그 다음날 비가 오지 않는다. 이런 작은 체험적 지식은 그로부터 수십년이 지난 지금까지도 몸에 배어있다. 굳이 일기예보를 안보더라도 전날밤 뒷뜰에 나가면 어느새 다음날 '일진'을 예상한다.

그런데 요즘 날씨는, 그런 수십년의 체험을 송두리째 무시하고 있다. 별이 떴었는데도 비가 오고, 구름도 엷고 바람도 있어 우산을 두고 나왔다가 갑자기 퍼붓는 비에 홀딱 젖기도 쉽상이다. 시커먼 구름과 장대같은 비에 푸른 하늘은 일찌감치 포기했는데 어랍쇼, 맑은 하늘이 나왔다.

이해를 못하겠다고 고개를 갸우뚱할 필요는 없다. 한마디면 된다. '엘니뇨'라고 하지 않던가.

어쩌면 그렇게 퍼붓는지, 인간들은 두손을 들고 말았다. 워낙 북가주지역은 겨울에 비가 자주 오는 곳이라지만 이번 같은 살벌한 비 맞음은 거의 기억에 없다. 프리웨이를 잠기게 하고 시내를 강처럼 흐르게 하고 탄탄했던 기슭을 진흙으로 만들어 밀어낸다. 엘니뇨가 4월까지는 계속될 것이라니 이보다 더 징그러운 일도 없겠다.

성경에서 노아의 방주이야기를 읽으면서 과연 40일 정도 비로 온 세상이 물로 잠길 수 있을까 의문을 품어본 적이 있다. 나는 이번 물난리를 겪으면서 그런 의문을 싹 없앴다.

자연 앞에 인간의 지혜와 과학과 문명은 그저 초라할 뿐이다.

다행히 우리집은 피해가 없었지만 TV를 보니 심한 지역은 대단했다.

그런데 가만히 보니 이번 비에 피해를 입은 집 중에는 산비탈이나 해안 벼랑끝에 지은 것들이 많았다. 비와 강풍이 벼랑과 비탈을 깎아 내리고 그 속으로 스며든 물이 지반 자체를 허물어뜨리고 있었다. 나는 가슴이 섬칫했다.

저렇게 비탈에, 해안 벼랑끝에 짓는 집은 소위 나의 '드림하우스' 였다. 집안에 들어가면 파노라마처럼 시원하게 펼쳐지는 경치가 있는 집. 그런 집에 있으면 정신도 늘 새록새록하고 무엇을 먹어도 더 맛있을 것 같았고 마음도 한층 더 평안할 것 같았다.

살 수 있는 처지는 아니로되, 그런 멋진 집이 오픈하우스라도 할랑이면 '포텐셜 바이어' 로 가장하고 드나들었었다.

어떤 때는 터무니 없는 계산으로 그런 집을 살 수도 있지 않을까하는 착각도 가져보곤 했다. 이런 집에 앉아 있으면 세상이 다소 복잡하고 내 속을 썩여도, 인내하고 걸러낼 인격이 저절로 생길 듯 싶었다.

그런데 이번 비난리로 나는 그런 집에 더 이상 미련을 두지 않기로 했다. 아니 요즘같은 기분이면 정나미가 떨어질 정도다.

하기야 비탈위, 해안절벽에 지은 집이라고 다 그럴소냐만, 턱없을 망정 평계김에, 평지에 사는 소시민의 '자부심' 을 잔뜩 키우련다.

오늘은 오랜만에 맑은 날이다. 그래서인지 길거리의 모든 이들이 밝은 표정이다. 하늘을 보니 구름도 없다. 아, 앞으로 당분간

비는 없다?

웬 걸, 내일 또 비가 온단다. 엘니뇨, 올해는 정말, 이제 그만, 그대와 이별하고 싶다.　(1998. 2. 10)

가을에 그리운 것

누구나 말하고, 또 느끼듯이 이민생활이란건 도대체 재미없고 힘든 것인데, 더구나 덩그라니 보름달이 휘엉청 뜬 요즘이고 보면 더욱 쓸쓸해지기 마련이다. 그때는 귀향열차에 부디껴 실려 내려가는게 고생이었으며, 사 먹는 송편은 꿈도 못꾸고 졸린 눈 비비며 밤새 빚어대는 일도 고역이었지만, 지금은 아름다운 추억일뿐 사뭇 그리워지기도 한다. 그리움은 다시 쓸쓸함을 준다.

사상 유래없는 기록이라는 더운 날씨도 감히 자연의 섭리앞에서 어쩔수 없는 것이어서 며칠의 기승을 접었으며, 오히려 가을은 두걸음씩이나 한꺼번에 다가온 듯하다. 잠자리에 들때는 적당했던 이불이 새벽에는 얇게 느껴져 목까지 올려놓고 움크린채 한잠 더 청하는 요즘, 고향생각 때문인가, 아침에 느끼는 찬기가 궁색스럽기도 하고 하루로 향하는 의욕마저 줄여 놓기도 한다.

이럴때 그리워지는 건 따뜻한 아랫목이 있는 온돌방, 풍성하게 뜨거운 물이 담겨있는 대중목욕탕이다. 특별히 아침마다 10분만에 물 적시는 정도로 끝나는 샤워를 할때면, 텀벙 들어갈수 있는 대중탕이 더욱 간절하다.

미국올 때야 어디 그럴줄 알았나. 집집마다 목욕탕이 있다니 얼마나 편리할까는 상상했을지언정, 제법의 인내심을 동반하지 않고는 견디기 어려운 대중탕속의 뜨끈뜨끈함을 그리워까지 할줄은 몰랐다.

지난 봄 한국에 갔을때도 대중탕을 몇 번 이용한 적이 있지만, 거기에는 참으로 고유스런 내음 내지는 매력같은 게 있다. 우선 들어서면 얼굴도 반쯤 밖에 안 보일 정도 작은 창구에서 몇백원 받고 내미는 까만 고무줄 달린 열쇠부터 그렇고, 일단 복도를 지나 남탕, 여탕 갈리는 지점에 달린 대형 거울도 그렇다. 뿌연 간유리문을 밀치는 순간 코에 닿는 케케한 물냄세, 아이보리 비누냄새가 아닌 오렌지색 애경비누 내음도 특이하다. 크게 까만 글씨로 번호가 쓰여진 나무옷장에 신발부터 속옷까지 훌렁 벗어놓고 들어선 현장은 뿌연 김으로 가득차 있다. 대중탕의 진미는 무엇보다도 탕 속에 진입하는데 있다. 발목부터 목까지 물이 차는데 몇번의 심호흡이 필요하기도 하다.

전신으로 스며드는 더운기, 바로 이맛에 대중탕을 찾는 바지만, 더욱 이곳의 멋은 거기서의 우연한 만남에 있지않나 싶다. 물론 불알친구라면야 더없이 홍겨울 터이지만, 예컨대 학교선생님이라든지, 직장상사라든지, 목사님 등등을 만날때(다소 처음 어색스러움도 없진 않지만) 서로가 나눌 수 있는 멋은 보통때의 만남과는 비교할 바가 아니다. 서로 벌거벗고 만난 그자리엔 지극히 인간적이고 사실적이고 솔직한 대화가 성립하기 때문이다. 옷을 입고 넥타이를 메고 앉는 책상과 서는 자리가 다른 세상과 공중탕은 별 세계가 된다.

본인조차도 어쩌지 못하는 '권위'와 살려면 할 수 없는 어느 정도의 '위선'. 이들이 통하지 않은 곳이 세상 어느 구석에 공중탕만한 게 있을까. 어쩌면, 아담과 이브가 부끄러움을 알기전 기거하던 에덴동산의 최소한의 모습이 바로 이것 아닐까 하는 생각도 없지 않으며 "인간위에 인간없고 인간밑에 인간없다"는 인간 평등론이 실감나는 곳도 바로 이곳이 아닐런가.

인간은 벌거 벗었을때 겸손해진다. 자신이 별스런 존재가 아님을 깨닫는다. 솔직하지 않은 겸손이 존재하지 않으며, 자신의 본체를 깨닫는 이가 남을 인정하지 않을 수가 없는 것이다.

이런 의미에서라면, 우리는 가끔씩 옷을 벗음직하다. 불화가 있는 사람과 옷을 벗고 공중탕에서 만날만 하다. 벌거벗은 몸뚱이 하나라면 서로에게 가질 질시도, 미움도 없다. 옷으로 인한 폼과 체면이 홀홀 털어진 다음에야 무슨 소리인들 서로 이해하지 못할까. 어떤 일을 논의하든 양보하지 못할까.

대중탕 모임이란 게 있을만 하다. 이웃사람끼리, 같은 동네 사람끼리 함께 들어가 불편했던 관계를 뜨끈한 열기로 녹일만 하다. 윗동네에 사는 사람들도 함께 탕속에 들어갈만 하다. 특별히 상도동에 사는 사람과 동교동에 사는 사람이 그럴 필요가 있다. 갈수록 두사람을 갈라서게만 하는 대통령후보 문제를 무슨 일류호텔에서만 만나 세속적 논리나 계산으로만 서로 해야겠다고 할 것이 아니라, 덜렁덜렁 뜨거운 탕속에 들어가면 혹시 서로 양보하겠다는 결론에 오히려 쉽게 이를 줄 누가 알겠는가 말이다.

미국 산다는게 요즘들어 부쩍 을씨년스러운건 이런 화끈한 대중목욕탕이 이곳엔 없기 때문 아닌가 싶다. 하기야 있어도 그 '사용법'을 잘 모르면 무슨 소용일까마는.   (1987. 10. 11)

어떻게 살 것인가

　수십억 사람들의 얼굴이 제각각이듯이 삶의 모습도 모두 다르다. 우리가 보기엔 그야말로 전혀 구별이 안가는 판박이 쌍둥이라도 사실은 그들을 자주 보는 부모나 친구들은 다른 점을 분명히 알고 있다. 삶의 모습에는 그나마 쌍둥이도 없다. 우여곡절의 일생을 두사람이 똑같이 산다는 것은 어림도 없는 일이다.

　어떻게 살아야 할 것인가. 이 문제처럼 긴 세월동안 던져진 질문은 없었다. 인류의 역사가 시작되면서부터 사람들은 이 문제에 고민하고 갈등해 왔다.

　고대 유명한 철학자, 사상가들도 여기에 대해 한마디씩 안해본 사람이 없으며, 그 본질을 유난히 깊이 파나간 사람들 중엔 석가모니처럼 이를 종교적인 차원으로 승화시킨 경우도 있다.

　기독교를 비롯한 다른 모든 종교도 끝내는 어떻게 살아야 할 것인가의 문제로 귀추된다. 종교가 사후의 영원한 세계를 말한다고 하여도, 결국은 이 땅에서 어떻게 사는가에 따라 사후가 달라진다는 메시지이고 보면, 지금 삶에 대한 중요성에 무게를 더하는 바에 다름 아니다.

따지고 보면 우리가 교육을 받은 것도, 또 아이들을 교육시키는 것도 어떻게 살 것인가를 가르치는 일이라고 할 수 있다. 지식이라는 삶의 기본적인 기술을 주입시키면서 사고하고 판단하는 능력을 키워주는 일인 것이다.

그럼에도 불구하고, 우린 아직도 어떻게 살아야 하는가에 대해 자신이 없다. 아직도가 아니라 영원히 사람들은 그럴 것이다. 그 문제와 씨름을 많이하면 할수록 더 복잡한 양상을 띠게 되고, 설혹 나름대로의 생각이 정리되어도 또 현실과 부딪히면 갈등을 빚기 마련이다.

누구나 다 그렇겠지만, 나도 이 문제에 대해 한동안 고민한 적이 있다.

착한 일하고, 남을 사랑하고, 성실하게 일하며…등등 교과서적인 답이야 일찍이 국민학교때 알아 버렸다. 이웃을 네 몸같이 사랑하라는 예수님의 교훈도 어릴적에 들었다. 그런데 철이 들고 나이가 먹어감에 따라, 산다는 것이 그렇게 무 베듯이 단선적이고 선명하지만은 않다는 것을 알았다.

착한 일은 좋은 일이지만 번거롭고 피곤을 가져오는 경우가 태반이고, 내가 사랑할 만한 가치가 없는 인간들도 주변에 널렸으며, 성실하게 일하지 않아도 약삭빠르게 잘 사는 사람들이 허다했던 것이다.

번민속에서 요령을 배웠다. 번거로운 일은 피하고, 사람도 적당히 골라 상대한다. 약삭 빠른 건 천성에 속하는 것인지 잘 안되지만 그래도 지름길을 찾느라 부단히 눈을 굴린다.

이젠 이렇게 살면 되는 것인가. 아니다. 여전히 어떻게 살 것인지를 정면으로 대하고 보면 또 흔들리기 시작한다. 지금보다는 좀 더 '제대로' 살수 있을텐데 하는 아쉬움이 늘 남는다.

그래서 우리들은 책도 읽고, 명상도 하고, 좋은 강연도 듣게 된다. 그런 것들을 통해 우리의 삶을 반추하고 궤도수정도 해보는 것이다. 그러나 보통은 금새 잊어버리고 좀 해보다가도 집어치는 경우가 대부분이다.

그런데 나는 최근 이런 것들과 관련해 비교적 괜찮은 답을 얻어냈다. 답이라기보다 대안이라고 해야 옳을 편이다. 다름아닌 주변 아는 이들의 삶을 곰곰이 들여다보는 일이다. 확실하고 생생한 증거물인 셈이다.

누구의 삶이든지 그 본인에게는 세상 전체보다 귀하다. 그렇기 때문에 쉽게 간과할 사람이 없으며 나름대로 소중한 의미를 지니고 살아가고 있음을 보게 된다.

삶의 형태가 모두 다르다. 신비스러울 정도다. 부러운 것들도 많지만 나는 저러고는 못살겠다는 생각도 든다. 또 많은 이야기를 나누다 보면 나에게 참으로 고민인 문제를 그는 어떤 식으로 풀고 있는지를 보게 되는 것이다. 정면으로 태클해서 매듭을 짓는 용기도 만날 수 있고, 적당한 선에서 비켜 가는 요령도 거기에 있다.

특히 한창일 때의 인생을 이미 지내고 난 노인을 잘 만나면 정말 괜찮다. 우리가 인생 최대의 목표인 양 목메고 찾는 돈, 돈은 어떻게 벌었으며, 더 중요한, 어떻게 썼는 가도 볼 수 있다.

요즘 본보에 실리는 킴보장학생 선발사고를 보면서 나는 K장로님을 또 생각하게 된다. 지금도 열심히 일하시는 모습, 검소한 생활, 그렇게 모은 큰 재산을 모두 넣어 만든 장학재단, 그러면서도 드러내지 않는 겸손.

나는 K장로님처럼 돈을 많이 벌 자신도, 또 설령 번다고 해도 그처럼 할수도 없을 게다. 그렇지만 '어떻게 살 것인가' 라는 물음이 떠오르면 이 대안을 둘러댄다.

물음이 반복되면 대안도 반복되고, 그러다보면 아주 조금은 혹시 닮을 수도 있지 않을까 하는 실낱같은 기대도 있다.

(1998. 5. 5)

'삶의 질'을 생각한다

삶의 질을 생각해서 한국을 떠나는 30대들이 늘고 있단다.(지난주 중앙일보 본국지 보도) 자녀들의 치열한 대학입시경쟁, 직장에서 승진을 위한 아귀다툼 등에 신물이 난 젊은 세대들이 여지껏 나름대로 한국사회에서 쌓아온 기득권을 과감히 포기하고 캐나다, 미국, 호주 등으로 이민을 간다는 것이다.

초등학교부터 이미 시작되는 대학입시준비. 전가족의 운명이라도 건 듯, 쓸 것 못 쓰고 입을 것 못 입고 먹을 것도 못 먹어가며 퍼붓는 과외비. 그렇게 모든 것을 다 바친 그땅의 어머니와 아버지이건만, 정원제로 뽑는 대학이 대부분의 그들에게 안기는 건 크나큰 실망이다. 변변한 대학을 제대로 나오지 못한 이가 성공하기란 거의 불가능한 한국사회이므로 그 실망은 생각하면 할수록 절망에 가까운데 부모들은 미칠 지경이다.

천신만고 끝에 대학에 들어가 졸업을 하고 직장을 잡아보니 또 그 앞길이 깜깜하다. 개인의 능력이나 성실보다 줄서기에 따라 출세여부가 판가름 나는 세상. 남의 승진은 곧 나의 좌절을 의미하므로 나를 위해 남에게 좌절을 안길 수밖에 없는 각박한 상황도 스스로에게 솔직해질 때 영 서글프다.

이렇게 밖에는 살 수가 없는 것일까.

앞날이 뻔한데 그러느니 한 살이라도 덜 먹었을 때 차라리 외국으로 나가자. 설령 내게는 장미빛 미래가 아니더라도 적어도 아이들을 입시지옥에서 해방시키는 것만이라도 부모로서 할만한 일일게다. 이런 생각으로 이민을 떠난다고 있는 것이다.

난 이 기사를 읽으며 묘한 감흥이 일었다. 내가 이민자이기때문이기도 하겠지만, 여러면에서 그 사회의 모든 분야를 한창 즐겨야마땅할 30대에서 삶의 질을 신중하고 솔직하게 가늠한다는 것이 신선했다.

다들 이민 성공사례를 만들 수는 없겠지만 난 이들이 어디로 가든지 무조건 찬성이다. 고생이 뻔하더라도 삶의 질을 놓고 진실로 고민했던 그들이라면 분명히 열심히 사는 이민의 삶에서 만족할 수 있는 부분이 있다고 확신하기 때문이다.

삶의 질. 결코 새로운 말이 아니건만, 난 요즘 이것에 대해 자주 생각해 보는 편이다. 신문보도가 계기는 아니다. 오히려 생각하던 중이어서 그런 보도에 유난히 관심이 갔을 것이다. 한국의 젊은 세대들이 비합리적으로 부데끼며 살아가는데 지쳐 마침내 그 양태를 냉철하게 짚어보았다면, 나도 어쩌면 요즘처럼 사는 것이 내가 추구하는 삶의 질이 아닐 것 같다는 의문이 들었기때문은 아닐까.

어떻게 사는 것이 이를테면 양질로 사는 것일까.

좋은 집에 살고, 좋은 차를 타고, 좋은 옷을 입고, 좋은 음식을 먹으면서 살다 죽으면 양질의 삶을 영위하다 간 것일까. 그게 전부는 아닐 것이다. 내생각엔 반쯤도 훨씬 못 미친다. 그렇다고 내가 무슨 청빈낙도를 주창하는 것은 아니다. 예를 들어 형편없는 집에서 살고, 차는 가다가 걸핏하면 서대고, 옷은 헤질구레하고, 허구헌날 한 두가지 같은 메뉴로 배를 채워야 하면서 삶의 질을 운운한들 무슨 의미가 있을까. 그렇지만 곰곰히 생각해볼 때 물질적인 것은, 최소한의 기준치를 넘어서 적당하다면 거기서부턴 거의 삶의 질과는 무관해짐을 우린 알 수 있다.

물론 최소한의 기준이라는 것이 다소 애매하긴 하지만, 개인마다 다를 욕심의 '핸디캡'을 감안하면 대충 어디쯤 된다는데 우리는 고개를 끄덕일 수 있다. 더구나 미국에 사는 우리야 열심히 일하면 누구나 거기쯤 설 수 있다는데 동의할 수 밖에.

그렇다면 그 다음에 남는 과제는 형이상학적 문제다. 앞에서 언급한 자녀교육이 그렇고, 돈은 차치하고 직장이나 사업 자체가 주는 만족도가 그러하며, 매일 살을 맞대야 하는 부부관계가 그렇다. 얼마나 문화적인가 또 취미생활의 여부도 역시 우리 삶의 질을 결정하는 한편이다.

한동안 삶의 질에 대해 복잡하게 머리 굴려 도출해낸 결론치곤 너무나 간단했다. 내가 주변의 것을 얼마나 즐기고 만족해 하느냐에 따라 내 삶의 질이 결정되는 것이었다. 내 마음 먹기에 따라 저

질과 고질은 금새 뒤바뀌는 게 우리네 삶이다.

누구는 그 막대한 기득권도 포기하고 삶의 질을 찾아 이제 이민 초년생에 접어든다는데, 그래도 먼저와서 이땅에 틀 잡은 우리야 이미 이룬 터, 즐길 일 아닌가. 감사할 일 아닌가.

그런데 가만있자, 혹시 이거 남들은 진작에 다 알고 있던일, 나 혼자 뒤늦게 깨닫고 감격하는거 아냐?　　(2000. 7. 26)

인생엔 대단할 게 없다

  나이가 그만해서 라든지, 불치의 병으로 이미 시한부적인 삶이
예견된 경우라면 모를까, 갑작스레 우리를 찾는 건재했던 지인의
별세 소식은 죽음에 대한 생경스럽고 낯선 실감을 갖게 한다. 그
러면서도 여러 가지 상념을 불러다 줌은, 적어도 나이로는 죽음과
무관한 척 매진하는 인생일지언정 복병처럼 덮칠 수도 있는 사신
을 은근히 두려워하기 때문일 것이다.

  지난 19일은 산호세에 거주해온 최지림 사장의 고별예배가 있
던 날이다. 최사장은 필자와 거의 20년 가깝게 알고 지낸 사이였
다. 감히 친한 친구였다고는 할 수 없지만 가끔씩이지만 반가운
인사를 나누는 그런 사이였다. 그날 아침 호상인 중 한분에게 전
화가 걸려왔다. 오늘 고별예배(장례식)에 오게 되면 추모사를 부
탁한다는 전화였다.

  처음에는 사양을 하다가 다소의 강한 권유여서 받아들였다. 그

런데 그게 아니었다. 막상 준비를 하려니까 추모사란게 녹록치 않았다.

우선 추모를 하려면 고인에 대해 상세히 알고 있어야 했고, 또 그런 얽혀진 관계 속에서 그의 죽음이 얼마나 충격이며 슬픔인지를 말해야 하는데 내게는 그럴만큼 추억의 두께가 충분치 못했던 것이다. 그렇다고 적당히 꾸며서 슬픔에 잠긴듯한 목소리로 어쩌구 한다는 것은, 내 적성에도 안 맞을 뿐더러 멀쩡히(?) 그 옆에 누워있는 고인에게 얼마나 큰 실례란 말인가.

57세의 길지 않은 그의 삶이 마감된 것이 분명히 큰 슬픔이요, 졸지에 접한 크나큰 충격이었던 것은 사실이지만, 가슴에서 우러나는 추모사는 요원할 뿐이었다.

그날 저녁에 있을 일을, 아침에 부탁하는 이가 시간이 지나면서 점점 야속해졌지만, 그렇다고 오후에 들어서야 아무래도 힘들겠노라고 사양할 수는 없는 노릇이었다. 전전긍긍하는 가운데 시간은 흘러 추모예배는 시작되고, 나는 모두들 검정옷으로 입고 비통과 엄숙 속에 앉아있는 조객들 앞에 서게 됐다.

할수없이 나는 먼저 고백을 했다. 고인과 친했다고도 할 수 없고, 그렇지 않다고는 더욱 할 수 없는 관계임을. 고인을 보낸 슬픔이 큰 것은 사실이지만 이 자리에서 펑펑 울 수 있는 심정이 못되는 것도 양해를 구했다. 그러면서 추모사 대신 고인과 나와의 이생에서의 관계를 반추해보겠다고 말했다. 사실이지 그게 내가 할 수 있는 최선의 추모였기 때문이다.

"(중략)이미 말씀드린대로 저는 최사장님과 절친했던 사이는 아닙니다. 그럼에도 지금 생각해보면 그분이 내게 대했던 태도는 늘 친절한 것이었습니다.

타지역에서 이곳으로 이주해온 20여년 전, 처음으로 초대되어 갔던 집이 최사장댁이었습니다. 물론 여러사람들이 초대된 자리였습니다.

뷔페식 식사를 했을 것입니다. 여러 사람들이 있는 중에서도 애송이 티가 났을 법한 내 옆에 최사장께서는 앉았습니다. 손에 들고 있던 접시를 다 비울때까지 이것 저것 물어보고 알려주었습니다. 난 그때 그분의 친절을 처음 만난 손님에 대한 예우였다고 생각했습니다.

그런데 그후로 20여 년을 지내오면서도 최사장의 친절은 여전했습니다. 친절할 뿐 아니라 그는 내가 하는 말에 끝까지 귀를 기울이는 성의를 보였습니다. 지금와서 깨달은 것이지만, 그는 내가 부탁했던 대부분의 것을 들어준 반면, 내게는 별로 부탁한 것이 없었습니다.

이 나이에도 이런 자리에 오면 감히 생명이 뭔지, 인생이 뭔지 생각해 보게 됩니다. 저는 삶의 실체를 시간으로 파악합니다. 최사장께선 57년이란 시간을 살았다는 것만큼 극명한 사실이 없기 때문입니다.

그런 의미로 고인은 지난날 저와의 관계에서 정성스럽게 생명을 나누었습니다. 허다한 시간은 아니었으되 기회가 되었을 때마다 변함없이 고인이 베푼 친절한 생명, 그것을 그리워합니다. 가깝지도 못했던 제가 그러할진대 어찌 여러분들이 아니겠습니까.(중략)"

집으로 오는 길에 생각했다. 사람에 대한 평가야 추억과 경험대로, 친한 정도에 따라 제각각일 수 있지만, 정말 평가 받을만 한 것은 그리 가깝지 않은 이에게 대한 평소의 자세 아닐까. 우리의 삶이 언제나 절친한 이들과만 시간을 함께 할 수 있다면야 얼마나 좋으랴. 그러나 대부분의 시간을 그저 그런 관계에 있는 덤덤한 사람들과 보내기 마련인게 현실이다.

리차드 칼슨 박사는 'Don't sweat the small stuff...'라는 저서(한국어로는 : '우리는 사소한 것에 목숨을 건다'라는 역설적인 제목으로 번역됐다)를 써서 많은 이들의 공감을 얻었지만, 작고 사소한 것에 꾸준하게 성의를 베푸는 일이야말로 정녕 어렵고 큰 가치를 지닌 것 아닐까.

워런티 기간이란 게 없는 인생에서, 대단한 것 한번 이루겠다고 벼르다 시간을 소진할게 아니라, 잡다할 망정 면전에서 벌어지는 일상의 편린들을 때때마다 지그시 껴안고... 난 그렇게 살아가야겠다.　(2001. 5. 2)

시간이 생명입니다

　수북히 쌓이는 낙엽이나 나무와 숲을 붉게 물들이는 단풍이 선뜻 눈에 띠는 것도 아닌데 왜 이리 가을을 실감하는 것일까. 어느새 10월의 문을 열고 들어서니 저만큼 올해의 끝이 보이는 듯 싶다. 여름에도 간혹 이른 아침 썰렁할 정도의 선선함을 맛보지만, 가을에 느끼는 선선함과는 비교가 되지 않는다. 뭐랄까, 당연해야 할 더위를 비끼는 고소한 쾌감이 전자의 것이라면, 운명처럼 한 걸음씩 다가오는 도무지 피할 수 없는 썰렁한 비감이 후자의 것이리라.

　사람이 40대 이후에는 얼굴에 대해 책임을 질 수 있어야 한다고 말한 이가 아브라함 링컨이었던가. 그 정도의 멋진 말은 아니지만, 나는 사람이 40대 이후라면 죽음에 대해 한번쯤 깊숙히 생각해 정리해 두어야 한다고 생각한다. 또 이런 일은 어쩐지 가을에 어울리기도 한다.

40년을 넘게 살았으면 그만한 경륜도 갖췄겠거니와 또 어디서 날라오는지 모를 사신의 화살이 종종 그만한 나이를 과녁으로 삼기도 하기 때문이다. 아니 그렇지 않더라도 한번쯤 깊숙히 정리해볼 경우 나머지 삶에 대한 지혜와 요령, 나이가 부끄럽게 턱없이 붙어있는 욕심의 굳은 살을 긁어볼 수 있는 기회가 될 터이다.

죽음이란 무엇인가. 누군들 이 문제 앞에서 머리를 긁적이지 않을 것인가. 누구나 한번은 경험하지만, 그 헤아릴 수 없이 많은 경험자들 중 아무도 우리에게 그 경험을 들려준 이가 없다. 그러므로 우리는 답답하고 두려워한다.

누군가 그랬다. 우리는 흔히 빛과 어두움을 얘기하는데 원래 어두움이란 없는 것이란다. 원래 어두움이란 존재는 없고 빛만 있는 것인데 빛이 없는 상태를 어두움이라고 한다는 것이다. 생명과 죽음도 그러한 것일까 의문을 해본다. 원래 죽음은 없다. 생명이 없는 상태를 가르킨다? 복잡도 하고 헷갈리기도 한다.

그래서 우리가 영위하고 있는 생명을, 경험하고 있는 삶을 헤아려 봄이, 아무도 자신있게 일러주지 못하는 죽음에 대한 생각과 맞닿는다고 생각한다.

삼라만상 중에 생명있는 것들이 부지기수이지만 사실은 그 흔한 생명의 본체를 파악하는 것도 쉽지 않다. 생각이나 의식, 또는 성장이나 변화를 일으키는 생물의 일정한 기간을 생명이라고 나는 정의해 본다. 신앙의 차원이 아닌 다음에야 영원한 생명이란 없으며, 또 그런 영원한 생명 역시 지금 우리가 인식하는 삶의 막을 내리지 않고는 불가능하기 때문이다.

일정한 기간을 생명이라고 한다면, 나는 생명의 실체를 시간으로 파악해 본다. 생명은 시간이다. 시간은 생명이다. 나는 요즘 이 아둔한 머리로 이런 당연한 사실을 깨닫고 자꾸 생각을 거듭한다. 생각할수록, 또 생각할수록 시간은 생명이요, 생명은 시간이다.

　우리는 흔히, 특히 바쁜 미국생활에서 시간은 돈이라고 부르짖는다. 맞다, 시간만 더 있으면 더 일하고 더 돈을 벌수 있을 터이니 시간은 돈이다. 그러나 나는 요즘 시간이 돈보다 훨씬 더 중요하다는 생각에 몸까지 떨리는 흥분감을 멈추지 못한다. 시간이 생명일진대 어찌 돈에 비하랴.

　얼핏 스치듯이 읽은 글에서 "사랑한다는 것은 곁에 있는 것"이란 문장이 떠오른다. 처음 읽었을 때 그럴 듯하다고 잠시 생각은 했었지만 그 말이 이제는 사무치도록 다가온다. 곁에 있다는 말은 함께 시간을 보낸다는 말의 다른 표현일 뿐이다. 그렇다. 사랑한다는 것은 곁에 있는 것이다. 함께 시간을 보내는 일이다. 함께 생명을 나누는 일이다. 뭐 유난을 떨지 않아도, 특별한 액티비티가 없어도 그저 아이들 곁에, 아내 곁에, 부모 곁에, 친구 곁에 있다는 것만으로 우리는 충분히 사랑하고 있다고 말할 수 있지 않을까.

　내가 시간을 소모하며 하고 있는 일도 돌아봄직하다. 각오는 그렇지 아니하더라도, 아무리 작디 작은 것이어도, 결국은 당신이 생명 바치고 있는 일이다. 그 일을 소홀히 여기고 우습게 여긴다면 그만큼 우리는 자신의 생명을 소홀히, 우습게 여기는 셈이 된다.

삼시사방, 두루 눈길을 돌려보면 다 내 생명을 나누는 일들 뿐이다. 어느 것 하나 감사하지 않은 것, 어느 것 하나 귀하지 않은 것이 없다. 안타까워하는 맘으로, 정성을 들여 살고 싶다.

(2001. 10. 7)

2

해태 껌을 아시나요

고용주 수난시대

어릴 적부터 관리가 소홀하기도 했고 유전적인 이유도 있어 나는 치아때문에 고생을 하는 편이다. 최근에도 이가 아파 치과를 찾았다. 내 치아를 쭉 검사하던 치과의사가 왼쪽 아래편을 보더니 왜 여기엔 이가 없냐고 물었다. "그건 십수년전에 뺀 것인데 거기에 무슨 문제가 있습니까" 의사말은 그게 집적적인 원인은 아니지만 그 치아를 빼고서 빈자리를 오랫동안 그냥 놔두는 바람에 인근 치아들이 밀리면서 들떴다는 것이다.

당시에도 이가 아파 참다가 결국은 견디다 못해 치과를 찾았었다. 치과의사는 두 가지로 나에게 치료방법을 설명했다. 하나는 신경치료 등 다소 복잡하고 번거로운 과정을 통해 치료해 문제의 치아를 그대로 유지시킬 것인지, 아니면 뽑든지. 뽑는 것은 지금 당장이면 되고 전자의 경우는 몇 번 와야한다는 말을 듣고 나는 망설임도 없이 뽑는 것을 택했었다. 어금니도 아니고 또 다른 이

빨이 이렇게 많은데 하나쯤이야… 게다가 한 30분이면 끝난다는데 당연한 선택 아닌가.

지금와서 보니, 치과의사의 지적도 그렇거니와 그때 뽑지 말고 잘 고쳐서 썼어야 했다. 지금은 그 자리에 이를 하나 해 넣으려면 그 옆의 치아까지 다 교정해서 잡아 주어야 된단다.

요즘 회사마다, 업소마다 일할 사람이 없다고 야단들이다. 있던 직원이 그만둔 자리에 사람이 충원되지 않으니 주인이 거길 메꿀 수 밖에 없다. 한 두 명까지야 그런대로 넘어가지만 그런 현상이 계속되면 나중엔 비즈니스에도 큰 차질을 초래하게 된다.

남의 말을 할 것도 없이 신문사도 같은 처지다. 직원을 채용해야 하는데 도무지 마땅한 사람을 찾기가 어렵다. 더 늘어나야 하는데 그러기는 커녕 이런 저런 이유로 각 부서마다 1, 2명씩 결원이 생기다 보니 일하는 직원들의 부담이 자꾸 가중된다. 왜 이렇게 일은 자꾸만 늘어가는지. 일이 는다는 자체는 발전적인 것이긴 하지만 일에 치이다 보면 그저 피곤하기만 할 따름이다.

어떤이는 인력난이 닷컴회사들 때문에 도래했다고 분석하기도 한다. 워낙 거기서 대우를 높게 해주니까 다른 회사에 있던 직원들이 옮겨가고 결원이 생긴 회사는 또 다른 곳에서 직원을 뽑아오게 되고, 그 다른 곳은 또 다른 곳에서 등등 몇 단계가 반복되다보면 결국 한인 비즈니스에까지도 영향이 온다는 것이다. 북가주지역 물가가 비싼 것도 원인으로 꼽는다. 도대체 너무 비싸 그정도 벌어서는 먹고 살수가 없다는 것이다. 이유야 어떻든간에 분명한 건 요즘 '엠플로이(employee)마켓' 이다. 그래서 고용주의 수난

시대이기도 하다.

나는 고용주가 되고나서 한동안 훌륭한 직원을 갖추는 일이란 카드게임과도 같다고 생각해왔다. 좋은 카드는 붙들고 신통치 않은 카드는 마땅한 기회가 왔을때 바꾸는 게임. 블랙잭에서 '21'을 손에 들었을 때 누구라도 이길 수 있듯이, 마침내 좋은 직원으로 진영을 꽉 짜면 비즈니스의 성공은 저절로 온다고 믿어왔다.

그건 사실이다. 그러나 불가능한 유토피아적 논리요, 꿈이었다. 우선 훌륭한 직원에 대한 내 환상도 문제거니와 어차피 사람들이어서 상호간에 빚어내는 갈등과 상충, 비즈니스가 갖는 구조적 모순 등이 만만치 않다. 아니 어쩌면 비즈니스 실체의 대부분이 그것 자체일진대, 그것을 간단하게(?) 해결해보겠다고 덤벼댔으니 그저 꿈만 야무졌을 뿐이다.

요새는 직원들이(좀 실례스런 표현이지만) 이빨과 같다고 느껴진다. 태어날 때부터 내몸에 붙어버린 것은 아니지만, 어떤 경유로든 하루의 3분의 1 이상을 함께 보내야 한다는 인연을 맺은 것은 무척 소중한 일이라는 생각이다. 더러 아프기도 하고 더러 흔들거리기도 하지만 함부로 뽑아버릴 일이 아니고 어떻게해서든 잘 치료해서 끼고 가야한다는 생각이다.

치통이 오거들랑 이는 제대로 정성껏 닦고 있었는지, 치아에 좋다는 철분이나 비타민은 잘 섭취하고 있었는지 돌아볼 수 있다면 더 좋을 일이다.

사람뽑기가 하두 어렵다보니 피곤한 시름속에 이처럼 성자같은 (?) 겸허한 생각에 도달하게 되는 것도 사실이긴 하다. 그러나 성자란 날 때부터 있는게 아니고 "욱 하다가 참아서"된다는 걸 나는 믿는다.

어차피 비즈니스 오너로 발디뎌 산전수전 다 겪으며 실감했거니와, 구관이 명관이라는 옛말은 지금까지 함께 해온 자의 소중함을 말하지 않던가. 당분간은 계속될 수밖에 없을 이 수난의 시대를 수련의 시대로, 수양의 시대로 견디어 보자는 제안이다.

(2001. 10. 20)

비즈니스란 무엇인가

　최근 한인사회는 '코리아자동차' 잠적사건으로 파문이 일고 있다. 미국생활에서는 마치 발과도 같은 자동차는 누구나 최소한 수년에 한 번씩은 구입해야 하고, 그럴때면 우린 신문을 뒤적이며 어느 곳에서 가서 구입을 할까 망설이게 된다. 그런 때가 아니더라도 거의 매일같이 신문에 실리는 광고를 통해서도 한인 자동차 판매업소는 우리에게 이미 친숙해져 있는 상태이므로 , 잠적 사건은 그 충격과 파장이 클 수 밖에 없다.

　아직 구체적인 피해로 드러나고 있지는 않지만 이 업소를 통해 차를 구입한 일부 한인들은 딜러 또는 융자기관에서 페이먼트가 안됐다는 통지를 받고 전전긍긍하고 있는 상태다. 고객들 뿐 아니라 같은 업종의 한인업소들도 함께 싸잡혀 억울한 피해를 호소하고 있다. 정말 성실하게 고객편에 서서 열심히 뛰어왔는데 '의심의 눈초리' 를 대하니 장사는 고사하고라도 자존심이 몹시 상한다는 하소연이다.

　왜 코리아자동차는 이렇게 됐을까. 임대해서 쓰고 있던 건물 유리창에는 임대료가 밀려 퇴출시켰다는 통지서가 붙어 있다고 한다. 건물주의 너그러운 정도를 우리로선 헤아릴 방법이 없지만, 그런 통지서까지 붙을 정도라면 상당기간 최악의 자금압박을 받았을 것이다. 누구나 유추할 수 있듯 자금난으로 잠적한 것이다.

나는 추호도, 무책임하고 심지어는 사기성도 의심되는 코리아자동차의 업주 두 사람을 옹호할 생각은 없다. 그러나 제발 지금이라도 나타나, 적어도 사기는 아니었다는 점과 시일이 걸리더라도 최대한 책임을 감당하겠다는 의지를 표현해주길 간절히 바라고 있는 사람이다. 책임을 묻는데 나이를 따질 일은 아니로되, 젊은 두 사람이 그 상호까지 '코리아'라고 짓고 뛰어들 때는 나름대로의 사업가적 포부와 결의가 당찼을 것이라고 믿기 때문이다.

비즈니스를 해보지 않은 사람들은 모른다. 자금난이라는 것이 얼마나 비즈니스 오너의 피를 말리는 것인지를. 사실상 사업이 망하는 모든 이유는 자금난으로 귀결된다. 작은 구멍가게에서부터 대기업에 이르기까지. '세상은 넓고 할 일은 많다'라는 말과 책으로 대한민국의 많은 젊은이들에게 꿈을 안겼던 대우그룹의 김우중 회장이 '세상은 넓고 숨을 곳은 많다'의 지경에 이른것도 결국 자금난 때문이다.

누군가 이를 극단적으로 표현해 "자살하는 고용주는 있어도 자살하는 고용인은 없다"고 까지 했다. 이런 위험(?)까지도 부담하면서 불철주야 뛰는 모든 사업가들에게, 나는 그들이 비즈니스를 한다는 이유하나 만으로도 우선 경의부터 표한다.

처녀가 시집가기 싫다는 말, 노인이 일찍죽고 싶다는 말과 더불어 "손해보면서 장사한다"는 말은 괜한 3대 거짓말에 속한다. 일시적으로 또는 한 사안에 대해서는 잠시 손해를 볼 수도 있지만 장기적으론 그런 감수도 전체적 이익을 목표하기 때문이다.

그런데, 남기고 파는데, 왜 비즈니스가 자금난에 처하게 될까. 각 사업체마다 다른 사정이 있을 수도 있지만, 많은 경우 원금과 이익을 구별하지 못하는 데서 자금난은 그야말로 '도적'처럼 임한다. 사실상 원금과 이익을 계산하지 못하는 사업가는 세상에 없다. 그런데도 알면서 속는다면, 아마 사업을 해보지 않은 이들은 이해하지 못할 것이다. 거꾸로, 돈의 마력이라는 것이 그 가늠을 무디게 한다는 것을 사업하는 이들은 잘 안다.

이를테면, 손님에게 물건을 판매하며 받은 돈을 전부 내 수입으로 생각하기 십상이란 말이다. 물건을 사온 값도 있고, 렌트비도 있고, 직원 월급도 있으므로 받은 돈에서 순수이익이란 극히 일부분일 뿐이다. 이런 글을 쓰면서 필자도 "말은 좋다. 그러나 사업 현실에서 그렇게만 되나" 스스로 생각할 정도로 사업의 사정은 복잡하다. 아무리 정신을 차리고 사업에 몰두해도 돈이란 놈이 덜컥 심술을 부리면 꼬여도 보통 꼬이는게 아니다.

나도 그런 경험이 있다. 신문사를 맡아 운영하던 초창기 어찌나 돈이 모자라던지 파산까지 생각하며 변호사 사무실을 찾았던 기억이 있다. 매일 매일의 간절한 기도가 "하나님, 돈 좀 모자라지 않게 해주십시요"였다. "신문사 일은 매일 밤을 새워서도 하겠습니다. 그런데 돈이 모자라는 것은 제 힘으로, 제 노력으로 어쩔수가 없습니다. 제발 모자라지만 말게 해주세요" 하루를 넘기고 나면 그 다음날도 또 고통은 찾아왔다. 마치 끝이 보이지 않는 캄캄한 터널에 들어선 기분이었다. 아니 이럴줄 알았다면 들어서지 말았어야 하는데. 다시 나가려고 뒤돌아보니 어느새 들어온 입구도 없어져 버렸다. 비즈니스를 하기보다 문닫기가 더 어렵다는 말은 여기서 나온다. 이미 실타래처럼 엉켜버린 여러 가지 채무관계가, 내 가게 문을 내가 닫는 자유조차 허락하지 않는 상황이 되버리고 마는 것이다.

이게 어찌 나만의 갈등이며 소원이며 막막함이었을까. 지금도 그때를 기억하건데 섬뜩 가슴이 뛰기까지 한다.

그러나, 그렇다하더라도, 밑도 끝도 없이 한밤에 자취를 감추는 행위는 비겁하다. 어차피 비즈니스란 신뢰가 그 바닥 중에서도 바닥 아니던가. 아무리 더 파내려 갈래도 갈 수 없는 바닥 말이다. 믿기 때문에 거래한다는 명제에는, 지금 내 앞에서 어른거리는 이 사람의 존재만큼이나 확실한, 사람을 믿지 못한다면 어찌 사람세상을 살 수 있을까 하는 무의식적, 동반자적 신뢰가 깔려있는 것이다.

법정에서 흔히 하는 말 중, 죄는 미워해도 사람은 미워하지 말라는 말을 이렇게 바꾸어보자. "돈은 미워해도 사람은 미워하지 말라."

그러려면 나타나야 한다. 사과할 것은 사과하고 책임지는 성의를 보여야 한다. '공수래 공수거' 하는 인생에서 돈은 가지고 가려도 놓고 가야 하지만, 남을 억울하게 해 필시 마음에 남아 있을 짐은, 놓고 가려도 지고 가야 한다지 않던가.　　(2001. 3. 3)

튀는 노인이 아름답다

우리가 어릴 적엔, 아니 십수년전만해도 환갑은 장수였다. 하루, 하루의 삶도 고단한 게 우리 인생이니 60년이란 세월을 살아왔다는 것이 어찌 대단한 일이 아니랴마는, 요즘 환갑을 맞이하는 이에게 덕담이랍시고 한마디 했다가는 따귀맞기 십상이다. 환갑에는 노인이라는 말도 듣기 싫어한다.

70줄은 보통이요, 정말 장수한다는 축에 들려면 80은 쑥 넘어 들어서야 한다. 신문에 가끔씩 나는 부고에서 "향년 육십몇세" 하면 "쯧쯧 한창 나이에…"하는 동정심을 표하는 이가 많다. 꾸준히 발전하는 의학, 건강정보, 식생활 개선 등이 인간들의 생명을 계속 늘려나가고 있다.

장수한다? 그건 좋은 일이다. 어느 수필가는 청춘을 예찬하면서 "생각하기만해도 가슴이 설렌다"고 했던데, 장수예찬이 그 정도는 아니더라도 흉될 일은 결코 아니라는 생각이다. 왜 사느냐고

물을 때 태어났기에 산다고 하는 지극히 단조롭고 멋없는 답을 전제로 하더라도, 이왕 산다면 오래사는 것이 좋다는 명제는 뚜렷해진다.

이따금 불운한 일을 만나게 될 때 노인들은 "내가 죄가 많아서 오래 살다보니 이런 험한 꼴까지 보게 된다"고 말하기도 하지만 "오래 살다보니 이런 기쁜 일"도 있기 마련이다. 내가 내 힘으로 건강하게 살 수 있다면 오래 살수록 축복이요, 행운인게 분명하다.

수명이 늘어나면서 당연히 노인들의 활동 연령도 늘어난다. 과거에도 드물게는 왕성한 활동으로 노익장을 과시하는 경우가 있기는 했지만 요즘 노인들의 활동은 대단하다. 그 중에서도 특히 리더적 역할을 하는 이들중엔 활약이 과시의 수준이 아니라 눈부실 정도다.

보름전에 난 새크라멘토 한인회장 이취임식에 참석한 적이 있다. 20대 한인회장으로 취임한 그레이스김 여사는 올해 나이가 만 68세, 부회장도 65세. 이 두 분의 나이를 그 취임식장에서 처음 안 것은 아니었지만, 막상 그들의 모습과 한인회 운영 청사진을 직접 보고 들으며 난 신선하다 못해 시리기까지 한 충격을 받았다. 나이로만 본다면야 사실 이 두 분이 어디 한인회를 이끌 때인가. 전후사정을 모르는 사람이 듣는다면 "혹시 한인회가 아니고 노인회 아닙니까?" 물을 지도 모를 일이다. 실제로 미주지역 어느 한인회도 이렇게 나이가 지긋한 사람들이 회장단을 맡는 경우는 지금까지 없다.

그러나 이날 본, 예순 여덟의 그레이스김 여사는 중년이나 갓 넘겼을법한 고운 외모였으며, 60대 중반의 부회장에게서도 '로맨스 파파' 같은 정정한 신사의 멋이 물씬 풍겼다.

계획을 들어보면 더 기가(?)차다. "컴퓨터 교육을 실시해 지역 한인들을 컴맹에서 탈출시키고 인터넷 시대에 뒤떨어지지 않도록 하겠다" "우리는 소수민족으로 함께 뭉칠 때 파워가 생기는 만큼 다른 아시안계와 협력해 나가겠다" "유권자등록에 앞장서서 정치력을 신장시키는데 최선을 다할 것이다" 등등.

나이는 노인이로되 생각은 20대요, 30대요, 40대다. 취임식이 있던 그날로부터 이틀뒤엔 벌써 건강을 위한 세미나와 체조시범을 마련했다던가. 그 순발력에도 그만 입이 벌어진다.

요새는 튀어야 사는 세상이라던가. 그러나 튄다는 게 말처럼 녹록치가 않다. 함께 쏠려 지나가는 생활과 사고의 매너리즘을 박차야 될 수 있는데 그럴 용기도, 힘도 쉽지가 않다. 조금 기운을 냈다가도 "가만있으면 중간은 가는데…"라는 생각에 슬며시 주저앉지들 않던가.

그런 센스에서, 이를테면 새크라멘토의 한인회장이나 부회장은 튀는 노인들이다. 생각해보건대 어찌 이들만 튀는 노인이라 할까. 드러나진 않아도 경륜의 무게와 함께 묵묵히 할 바를 끊임없이 해내는 것도, 많은 이들이 그러지 못할 터이므로 튀는 일이다. 그거야말로 정말 노인답게 튀는 모습일게다.

튀는 노인들은 근래 역사까지도 주물러 댔다. 레이건 미 대통령이 그랬고, 지금 쌩쌩하게 잘나가는 김대중 대통령도 칠순은 확

넘지 않았는가.

옛날 옛적에도 튀는 노인들이 있었다. 성경에 나오는 믿음의 조상 아브라함이야말로 튀는 노인의 모델이다. 그는 1백세에 아들을 얻지 않았던가. 그러고 보니 하나님도 튀는 노인을 좋아하시나? 아니면 축복을 받아 튀게 되었나.

하기야 아무려면 어떠랴. 노인은 튄다는 이유만으로도 그저 아름다울 뿐인데.　(2000. 8. 12)

도박, 주식 그리고 비결

K씨는 리노에서 열리는 도박 경연대회에 초대를 받을 정도로 도박에 대해 꿰뚫고 있는 사람이다. 그 정도의 실력을 인정받기까지 그가 쌓은 경력은 파란만장했다. 블랙잭딜러와 단둘이 붙어 몇만불을 따서 카지노 전체를 비상에 걸리게 했는가 하면, 몇번은 가지고 있던 돈을 모두 잃고 자신의 크레딧 카드를 다 긁고도 모자라 샌프란시스코에 있는 친구에게마다 전화해 급전을 받기도 했다. 어떤 때는 돌아올 그레이하운드 버스비가 없어 고생하기도 했다.

나는 어떠냐하면 조상대대, 집안 및 친척을 샅샅이 살펴도 놀음하다가 망한 사람이라곤 절대 없는 선천성 도박기질 결핍형이다. 그래도 겨울에 스키를 타러 타호에 올라가면 잠 안오는 긴긴밤을 달랠 겸 인근 카지노를 한번쯤은 들른다. 들고가는 자본금은 보통 1백달러. 어떤이는 한번 배팅하는 금액이지만 난 그걸로 족히 세

시간을 버틴다. 슬롯머신은 25센트짜리로, 블랙잭은 5달러짜리 칩으로, 룰렛은 1달러짜리 칩으로 붙는다. 손이 새까맣게 되고 목이 뻣뻣해질 즈음이면 대개 자본금을 다 날리고 숙소로 발걸음을 돌린다.

그런 나에게 어느날 K씨가 도박에서 돈을 따는 비결을 일러 주었다. 슬롯머신 고르는 법, 블랙잭에서 상대방의 카드를 읽는 법, 룰렛의 흐름을 보는 방법 등이었다. 그러나 난해했다. 고등수학을 풀려면 기초가 튼튼해야 하는게 이치 아니던가.

몇차례 설명해도 내가 못 알아듣자 K씨는 진짜 쉬운 비결을 알려 주겠다고 말했다. "이 형. 이건 도박하는 방법이 아니라 수학적인 방법이요. 만일 이형이 1백달러를 가지고 도박판에 뛰어들었다면 2백달러로 돈이 불었을때 무조건 그 자리에서 일어나시오. 이 수칙만 지키면 돈을 잃는 경우가 드므오."

그의 설명에 따르면 도박은 확률이다. 즉, 확률은 게임을 벌이는 상대방과 같은 조건을 설정해야 한다. 그러나 딜러는 무한정한 자본을 가지고 있고 그와 마주 앉는 고객은 유한자본을 갖고 있다. 그러므로 도박을 시작할때 자신이 1백달러 자본금이 있으면 상대방도 1백달러가 있다고 루울을 설정하라는 것. 다시 말해 내가 2백달러가 되면 그의 돈을 다 딴 셈이 되니가 그 판을 끝내야 한다는 설명이다.

"무한 자본금과 유한 자본금이 확률게임을 벌이면 백퍼센트 무한 자본금의 승리 아니겠소? 그런데 사람들은 이 명확한 법칙을 묵과하고 덤벼요. 결국 완전히 잃을 때까지 하는거죠."

64

요즘 주식투자 열풍이 대단하다. 10여 년 전만해도 주식투자는 극히 일부, 주식에 대해 뭔가를 아는 전문가들이나 하는 수준이었다. 그런데 요즘은 미국내 10가정 중 6가정이 주식에 투자한단다. 주식얘기하는데 감 못잡고 있다간 왕따당하기 쉽상인 지경이다.

게다가 컴퓨터, 인터넷과 관련한 벤처기업의 주가가 폭등하면서 벼락부자가 속출하자 빚을 내 주식시장에 뛰어드는 사례도 적지 않다. 그래놓고는 하루종일 컴퓨터에 붙어 앉아 시시각각 주가 변동만을 지켜보고 앉아 있는 것이다.

물론 도박과 주식투자는 근본적으로 차원이 다르다. 그러나 하루새 오르고 내리는 폭이 엄청나 금전적 득실이 하루 임금, 일주일 주급, 한달 월급, 1년 연봉을 초과하게 만들 정도가 되는데 문제가 있다.

주식투자의 근본 취지는 오간데 없고 도박과 이웃사촌인 투기 심리가 불지피는 것도 이 즈음이다. 땀흘려 일하는 노동의 신성함에는 이미 흥미를 잃었을 지도 모른다.

"주식투자로 돈 벌었다는 사람들 제가 볼 땐 소용없습니다. 주식으로 갖고 있는 거죠. 팔면 그렇게 돈이 남는다는 말인데 팔지 못합니다.

또 오를 것으로 기대하고 있는데 왜 팝니까. 돈을 남기려면 어느 정도 올랐을 때 아쉽더라도 팔고 나와야 하는데 사람 심리가 그렇게 안되거든요."

며칠전 주식투자에 대해서는 전문가 경지에 와 있는 회계사 Y

씨가 어느 자리에서 한 말이다.

　"주식에 투자했다가 자본금의 2배가 되면 무조건 팔고 나와야지 더 욕심내면 피보는 수가 많아요."

　주식에 대해서 영 깡통인 내가, 마치 주식투자의 전문가인 듯 그 자리에서 내놓은 비결이다.　　(2000. 4. 26)

해태껌을 아시나요

패스트푸드점 중에서 가장 잘되는 '맥도날드' 는 어린이들에게 집중적인 마케팅을 벌인다고 한다. 그렇다고해서 아이들이 주 소비자냐 하면 아니다. 매상을 기준으로 할 때 어른들이 주 고객이다. 그런데 왜 어린아이들을 상대로?

그것은 어떤 유행가 가사처럼 "한 아이가 자라나서 어른이" 되기 때문이다. 어릴 때부터 친숙하게 대했던 햄버거는 어른이 되어서도, 또 태어나는 아이들에게 당연하게 물림을 해나가기 마련이다.

우리가 어릴적 가장 친숙했던 상표는 '해태' 였다. 지금보다는 먹는 문화가 훨씬 덜 발달되어 있던 때이기도 했지만, 해태카라멜, 해태껌, 해태사탕, 해태과자 등은 어린 우리들에게 최고 인기 품이었다.

나는 지금도 해태에서 처음 만들었던 풍선껌을 기억한다. 홍길

동 만화그림이 포장으로 있는 이 껌은 신기하게도 입안에서 바람을 넣으면 큼지막한 풍선을 만들 수 있었다. 지금이야 풍선껌 부는게 놀이는 커녕 영 촌스러운 일이 되어버렸지만, 그때는 서로 누가 풍선을 크게 만드는지 시합하며 틈만 나면 풍선을 불어댔다.

해태 사탕공장에 견학도 갔었다. 어린이잡지에 났던 쿠폰을 보내서 그 중에 뽑혀갔던 것 같은데 남산인가에 모여 해태전용버스를 타고 해태제과 생산라인을 구경했다. 얼마나 신기하고 좋았던지… 사탕, 과자, 껌들 선물도 한아름 안고 돌아왔다. 그후 나는 친구들에게 무용담처럼 해태에 갔던 일을 신나게 들려주곤 했다.

그 당시 라디오 등에서 들었던 선전노래가 지금도 일부는 생각난다. "해태, 해태, 신용있는 상표, 해태, 해태, 정다운 상표…"

그런데 그 해태가 없어질 지경에 이르렀다니, 이게 웬말인가.

IMF시대가 무섭긴 무섭다. 쓰러져 가는 많은 기업들 중에 해태그룹이 꼈다. 1일 보도에 의하면 해태그룹에 돈을 빌려줬던 30개의 채권은행들은 해태그룹에 속한 계열회사를 모두 매각 또는 청산하기로 결정했다는 것이다. 해태그룹은 해태제과만이라도 살리기 위해 채권단이 대출금을 출자전환해줄 것을 강력히 요청했으나 무산됐다.

그렇지, 어렸던 우리들에게 신바람을 불어넣었던 맛난 껌, 사탕, 과자는 바로 해태제과에서 나온 것이었다. 그때 해태는 '해태제과' 그 이름 뿐이었다.

그런데 지금 해체될 위기에 놓인 해태는 유통, 광고대행, 포장업, 전자, 중공업에 이르기까지 참으로 다양한 분야에 진출해 있다. 해태제과가 얼마나 잘 되었으면 이처럼 벌릴 수 있었을까. 또 해태제과처럼 모든 분야가 잘 되었으면 얼마나 좋았을까. 그러나 한국경제가 본격적으로 무너지기 시작하던 작년 11월초 화의를 신청했고 결국은 회생의 몸부림이 무위로 그치고 만 것이다. 이렇게 된 원인은 무리한 사업확장이란다.

어찌 해태뿐이랴. 지금 본국의 그룹, 기업들이 엄청난 곤욕을 치루고 있는 원인도 다 무리한 사업확장이다. 좀 잘되는 사업이 하나 있으면 그것을 기반과 담보로 삼아 다른 분야의 사업을 세우고, 또 그것을 담보로 또 세우고, 또 세우고 또 늘리고… 정신없이 늘리다보니 웬만한 그룹은 계열사가 십수개에 이르렀다.

과거야 은행에서 돈을 거의 원하는대로 끌어다 쓸수 있었지만 IMF시대가 오면서 은행 돈줄이 막히니까 졸지에 총체적인 마비현상을 일으키고 있다. 서로 물려있는 고리는 몸체 그보다도 더 큰 것이어서 결국은 자체만으로는 흑자를 내는 회사도 공멸하는 안타까운 현상이 벌어지고 있다.

도대체 왜 이렇게들 늘려대기만 했을까. 늘리는 것만큼 행복도 늘어나는 것일까.

하긴 우리처럼 코딱지 반만한(그룹총수들이 보기엔) 비즈니스를 하는 사람들이나, 평생 직장생활하는 사람들의 I.Q.로야 감히 헤아릴 수 있으랴, 근수로 재보자고 덤벼들면, 아- 우리들은 속된 말로 '쪽 팔려' 고개를 들 수가 없다.

그러나 생각해 보자. 사실이지, 대그룹의 계열사 하나만 해도 엄청난 규모다. 그 회사 하나만 잘 경영해도 대단한 부와 명예를 얻을 수 있다. 부러운 것 없이 한평생 잘 살수 있다.

그런데 천년, 만년 살 것처럼 그저 기를 쓰고 죽고 살기로 벌리고 키우고 늘려가기만 하더니 그 중 하나도 건지지 못하는 비극을 맞고마니… 오호 과욕이로다.

그저 큰 것, 많은 것으로 충혈된 눈을 돌리는 근성. 솔직히 그게 왜 재벌만의 것이랴. 우리에게도 나름대로 처한 상황에 다 잔존하고 있다.

법구경에 있는 "만족할 줄 알면 행복한 것이고, 중단할 줄 알면 화를 면한다"는 말, 큰 데는 큰대로, 작은 데는 작은대로 교훈이요, 명언이다.　　(1998. 6. 3)

오호 통재라, 이그재미너지여

벌써 몇 개월째 되느니, 안되느니 말이 많았던 언론재벌 허스트 재단의 샌프란시스코 크로니클지 매입이 마무리 단계로 치닫고 있다. 걸림돌이었던 이그재미너지를 중국계 팽 페밀리(Family) 에 매각키로 합의한 것이다.

정작 자기가 운영하던 신문(이그재미너지)은 팔거나 없애버리고, 경쟁지였던 크로니클지를 매입하겠다고 나선 것이 애당초 아이러니컬하기는 했다. 그런데 느닷없이 팽 페밀리에서 이그재미너를 사기로 했다는 데는 깜짝 놀랐다. 팽 페밀리가 그렇게 커졌나?

나는 팽 페밀리를 비교적 잘 안다. 이번에 이그재미너지를 매입한 테드 팽과는 3~4년간 잘 알고 지냈었다. 처음 중앙일보를 시작할 때 그가 운영하는 작은 인쇄소에서 신문을 찍었기 때문이다. 우리뿐 아니라 다른 한국계 일간지들도 초창기에 그의 인쇄소가 있는 차이나타운에 부지런히 드나들었었다. 한때 그 인쇄소에서는 한국계 3개 일간지가 서로 앞다투며 인쇄한 적이 있다.

일간지 셋을 인쇄하면 그 이윤도 만만치 않다. 팽의 인쇄소는 다른 인쇄물도 있었지만 당시 주 수입원이 한국계 일간 신문이었을 것이다.

어느날은 저녁 늦게까지 기다려도 인쇄된 신문이 오지 않아 전화를 하니 윤전기가 고장났다고 한다. 기다리다 지쳐 직접 가 보니 고물에 가까운 윤전기를 거의 다 분해해 놓고 고치고 있다. 언제 고쳐서 언제 찍어서 언제 우리는 독자들의 주소까지 넣어 우체국에 가져다 줄 수 있을런지, 그때의 황당함은 차라리 절망에 가까웠다.

그렇게 수년이 지난후 우리도 자체 윤전기시설을 갖추면서 팽과의 비즈니스가 정리됐다. 넉넉한 사정으로 윤전기시설을 갖춘 것이 아니었기 때문에 팽의 인쇄소에 인쇄비로 내야할 돈이 좀 남은 상태였다. 4년 동안 일요일을 빼고는 한번도 거르지 않고 인쇄한 고객에게 막판 할인도 해줄 법 하지만 이자까지 합해 빚받는 그 끈기에 그만 나는 손을 들고 말았다.

그런 저런 일 사이에 테드 팽과 나는 시애틀에 윤전기를 보러 간 적이 있다. 아침 일찍 공항에서 만나 밤늦게 다시 돌아올 때까지 윤전기를 보는 한두시간을 빼고는 많은 이야기를 나누기도 했다. 그때 그는 '아시안위크' 라는 영문 주간지를 발행하고 있었다.

내가 팽에게 물었다. 네가 영어신문을 만들 줄 아니? 그때 그는 이렇게 말했다. "내가 직접 영어기사를 쓰거나 제작하지는 못하지만 적어도 볼 줄은 안다." 팽은 그 나머지는 영어를 잘 쓰는 기자들을 뽑아서 할 수 있는 일이라고 했다.

영어신문을 나도 할 수 있겠다고 생각한 것은 테드팽의 그 말 때문이었다. 영어를 잘 못하고 영어로 기사를 쓸 줄 몰라도 최소한 읽을 줄 알고 기사의 줄기를 가늠할 수 있으면 되는 것 아닌가.

테드 팽은 그후 베이뷰지역에 큰 사옥을 구입해 옮겨갔다. 그곳에 두 세차례 들렀던 적이 있다. 언젠가 그는 내게 샌프란시스코 인디펜던트 신문을 인수했다면서 자랑스럽게 펴 보였다. 샌프란시스코 인디펜던트는 무료로 주 3회씩 뿌려지고 있지만 시정에는 제법 영향력을 끼치고 있는 신문이다. 난 그가 참 부러웠다. "미국에서 신문을 하기로 했으면 저 정도는 돼야 하는데…"

그랬어도 오랜 전통과 엄청난 규모를 가진 이그재미너까지 인수할 줄은 몰랐다. 그새 돈을 그렇게 많이 벌었나.

그런 나를 더 아연실색 하게 한 것은 이그재미너지를 팽 페밀리가 사들인 가격이다. 정확하게 밝혀지지는 않았으나 마이너스 2천2백만 달러로 알려졌다. 즉, 허스트 재단에서 팽 페밀리에 이그재미너지를 넘기면서 2천2백만달러를 얹어 준다는 것이다.

뭐 이런 거래가 다 있을까. 인수한 다음에 약 3년간 그정도의 적자가 예상되기 때문이란다. 관계자들은 그래도 결국은 이그재미너가 문을 닫을 가능성이 높다고 말한다. 크로니클과의 경쟁을 견뎌내기 어렵다는 것이다. 그러나 내 생각은 좀 다르다. 산전수전 다 겪은 팽 페밀리식의 경영이 미국신문이라고 안 통할리 없지 않는가. 또 이미 테드 팽에게는 신문을 경영하면서 축적한 바닥 경험도 만만치 않다.

그를 알고 모르고를 떠나, 아시안계가 주류사회의 주요 일간신문을 소유하게 된다는 것은 기분 좋고 바람직한 일이다. 첩첩산중을 파헤쳐 나가야 할 테드 팽에게 행운을 빌어보자. 마음 한편 구석에서 꼬물꼬물 피어나는 "그런 딜이라면 나도 덤벼볼 걸"하는 부러움을 애써 모른척 하면서.　　(2000. 3. 29)

IMF와 미주교포

한때 미주교포 총각이 본국에서 아주 괜찮은 신랑감으로 꼽혔던 적이 있다. 1970년대 초반부터 1980년 중반까지 '잘사는 나라' 미국은 '못사는 나라' 한국의 동경의 대상이었고, 따라서 거기에 사는 사람들의 정서도 마찬가지였다.

그 후 88년 서울올림픽을 전후로 미주교포들의 주가는 곤두박질쳤다. "미국가면 고생한다더라, 한국이 이렇게 잘 사는데 왜 타국에 나가냐"는 말이 나오기 시작했다.

그 다음엔 한국에서 미국으로 관광, 유학, 연수의 붐이 걷잡을 수 없이 일기 시작했다. 서울 등 대도시는 말할 것도 없고 농촌에서까지도 웬만한 사람치고 미국에 안 와 본 사람이 없을 정도였다. 미국이라는 나라에 대한 오랫동안의 잠재적 '열등의식'이 "가보니 별거 아니더라"는 자만심과 우월감을 더욱 부채질했다.

친척이나 친구 중에 미국에 이민와 사는 사람 없는 이가 별로 없다. 일주일에 허겁지겁 하와이, LA, 라스베가스, 그랜드캐년, 샌프란시스코를 몽땅 도는 와중에 친구와 친척을 만난다. 가만히 생활하는 것을 보니 고생이 이만저만 아니다.

집에 초대되어 가 보면 한국의 것보다 다소 넓기는 한데 값을 물어보니 변두리 아파트 한 채 값이나 될까 말까. 머릿속으로 재빠르게 계산해보니 한국에 있는 내 재산을 전부 팔면 미국에서는 제법 부자에 속하게 되는 것 아닌가. 통계숫자에 밝은 편이라는 어떤이는 그래서 "한국의 아파트와 땅을 모두 팔면 미국 전체를 사고 남겠다"고 까지 했다. 미국거지는 이래서 탄생하게 됐다.

교포들의 가슴은 이래저래 멍이 들었다. 내가 조국을 떠나올 때는 조국의 경제도 형편 없었고 미국에 와보니 남의 눈치볼 것 없이 열심히 일하면 잘 살 수 있어 그렇게 체질을 길들여 왔던 터였다. 그런데 미국땅에서 실로 수년만에 만난 반가운 친구와 친지들이 해대는 자랑을 들으니, 다지고 단단하게 매었던 각오였을 망정 흔들림이 시작됐다.

누구는 몸살이 날 정도로 일해야 하는데 누구는 빈둥거리며 놀다시피해도 더 떵떵거리고 잘 사니, 내가 뭔가 잘못된 삶을 사는 것 같고, 이러자고 태평양을 건너 왔는가 하는 생각에 차라리 미국이 원망스럽기까지 했다. 더구나 현찰로 1백달러짜리를 뭉텅이로 가져와 물처럼 써대는데 기죽을 수 밖에야.

여기온 지 십수년이 넘어도 한번도 가 본 적이 없건만 샌프란시스코 다운타운 유명브랜드점엔 돈 잘쓰는 한국인 관광객들을 위해 전담 한인 종업원들이 별도로 있단다.

어쩌다 서울에 가보면 물가가 달러로 환산해 봐도 엄청 높다. 음식값은 말할 것도 없고 술값은 미국에 그런데가 없다. 그래도 백화점마다 인산인해요, 식당과 술집도 만원사례다. 도대체 한국은 무슨 일로 수년내 갑자기 이렇게 잘 살 수 있을까. 복권이라도 맞았나. 불가사의했다.

그러더니, 그러더니 말이다. 이게 무슨 변고인가. 달러값이 스물스물 오르기 시작했다. 어, 어랍쇼? 하는 사이에 IMF시대가 도래했다. 고장을 일으킨 비행기가 승객들에게 경고방송도 체 하지 못하고 곤두박질을 치는 형국이었다. 채 두려움과 경계심을 갖기도 전에, "아침에 일어나 보니 갑자기 유명해졌다"는 어느 시인의 말처럼, 정말 하루 아침새 전국민의 재산이 반으로 줄고 실업자 투성이의 나라로 전락하고 말았다.

IMF시대가 미주교포들에겐 위안의 구실을 한 것도 사실이다. "그것 참 잘됐다. 정신들 좀 차려야지. 그렇게 흥청대더니 꼴 좋다"는 반응이 대부분이었다. 그렇게 써대던 달러가 결국은 외채였다니… 한심하다, 한심해. 혀를 끌끌 차니 한편으로 시원한 감도 없지 않았다.

그런데 요즘의 심정은 다시 뒤숭숭하다. 따끔하게 정신을 차릴 수 있을 정도였으면 좋았으련만 그 치루는 대가가 너무 엄청나고 눈물겹다. 진짜 어려움을 겪는 사람들은 흥청되어 본 적도, 빈둥거린 적도 없는 소시민들 아닌가.

금모으기 운동도 서민층만이 결혼반지, 돌팔찌 등 귀한 추억과 기념의 증표를 내놓았을 뿐이다. 정작 현 난국의 '혐의자'들은 내것 꽉 틀어쥐고 끄덕도 하지 않는다. 오히려 이럴 때 주식도 사고, 부동산도 사서 더 없는 호기라는 것이다.

그래서 "한국은 아직 멀었다"고 분노해 보지만, 동생을 위해 대학을 그만두는 누나, 식구들을 먹여 살리기 위해 어설픈 강도로 돌변하는 가장 등 드라마 같은 현실은 다시 우리의 마음을 착잡하게 한다.

이래저래 우리들의 가슴엔 크고 작은 멍울이 지워질 날이 없다. 그렇지만 적어도 이제는, 이민짐을 싼 데 대한 후회감은 없으니… 이게 행복 아니면 뭐랴.   (1998. 3. 10)

조국걱정 괜한 일인가

원래 나는 풋볼을 좋아했는데 작년부터는 야구에 더 관심이 간다. 메이저리그에 박찬호 선수가 들어왔기 때문이다. 우리 동네팀인 샌프란시스코 자이언츠보다 다저스팀의 경기에 더 촉각을 곤두세우는 것도 순전히 그 때문이다.

작년 자이언츠와의 경기에서 박찬호가 선발로 나올 때 구경을 갔던 기억이 지금도 생생하다. 90마일을 넘는 초고속의 투구에 자이언츠 타자들이 스트라익을 당할 때 그 쾌감이란 그곳에 앉았던 자만이 느끼는 특별한 것이었다.

반면 그가 던진 공이 배트에 맞아 공중을 가르며 쭉 뻗을 땐 가슴이 철렁한다. 안타는 그래도 참을 만하다. 홈런이라도 맞는 날엔 속이 상해 어쩔줄을 모르게 된다. 그러고나면 여지없이 박찬호는 강판당하고 만다. 그가 없는 경기는 '앙꼬없는 찐빵' 이다. 그 다음부턴 게임을 볼 기분이 안난다.

욕심 같아선 박찬호가 자이언츠에 소속됐으면 좋겠다. 시즌티 켓이라도 사들고 박찬호뿐 아니라 자이언츠도 열렬히 응원할 일 이겠다. 그러나 이만한 것도 다행이라고 위안한다. 아주 이따금씩이나마 구장에서, 또는 TV로 대한남아의 통쾌한 투구장면을 볼 수 있으리라고 과거에 상상이나 했으랴.

박찬호 열풍은 미주 한인사회에서는 물론 본국에서도 대단한 모양이다. 덩치 큰 양키 선수들의 코를 납작하게 하는 그에게 전 국민이 반해 버렸다.

최근 인천TV방송이 박찬호의 경기를 본국에 중계하는 계약을 맺었다고 한다. 비록 서울은 제외되는 조건이 붙었다고는 하지만 국민적 영웅처럼 되어버린 박찬호의 활약상이 생생하게 보여지는 것은 당연한 일이라고 생각했다.

그런데 뒷소식으로 중계 계약료가 1백만 달러라는 얘기를 듣고는 입맛이 씁쓸해졌다. 요즘 IMF시대 아닌가. 그래도 1백만 달러 쯤은 별 것이 아닌가. 아니면 그 돈도 엄청나지만 국민들의 박찬호 열기를 그렇게라도 식히지 않으면 큰 일 나는 것일까.

그 첫 번째 위성중계가 지난 2일 있었다. 이번 시즌에 들어서 박찬호가 선발로 나간 첫 경기였다. 한국과는 시간차로 경기를 보기도 애매했을 것이다. 그래도 많은 국민들이 오밤중에 자다말고 일어나 TV앞에 앉았으리라.

그런데 애석하게 박찬호는 5회를 넘기지 못하고 강판당하고 말았다. 몇 개의 삼진을 빼앗기는 했지만 안타와 홈런을 여러개 허용, 코치에게 볼을 뺏기고는 침울하게 마운드를 내려왔다. 그 뒤의 경기는 연장전까지 갔지만 결국 다저스는 패하고 말았다.

여기서 생각해 보자.

박찬호가 마운드를 떠난 후 과연 얼마나 많은 국민들이 그 경기의 나머지를 보았겠는가를. 내 생각엔 10%도 안 남았을 것이다. 괜히 잠만 설쳤다고 툴툴되며 TV를 끄지 않았을까. 끓어오르는 울화때문에 다시 잠자리에 들지도 못했을게다. 어쩌면 중계방송 자체가 적당한 선에서 중단됐을지도 모르겠다.

다섯명의 선발투수가 돌아가면서 던지는 야구경기. 그것도 한 투수가 9회까지 던지는 예는 극히 드물고 도중에 물러나는 경우가 다반사다. 이걸 1백만불이나 주고 중계하는 한국의 TV방송사는 아무리 생각해도 철 없다. 더구나 궁핍한 시대에.

인천방송만을 나무랄 생각은 없다. 다른 방송들도 마찬가지다. 작년 IMF바로 직전, 나는 서울에 잠시 다녀온 적이 있다. 낮시간에 잠시 쉬면서 TV를 켰더니 (MBC 아니면 KBS였다) 헤비급 프로복싱 챔피온 홀리필드와 도전자의 시합이 라스베가스로부터 생중계되는 것 아닌가. 그 시합도 3라운드 아니면 4라운드에 홀리필드가 다운을 세 번 뺏어 이기는 숏 게임이었다. 그런 권투시합은 미국에서도 PAY-TV가 아니면 볼 수 없다. 한국에 홀리필드 친척이라도 살고 있나.

마침 월드컵예선 축구경기도 볼 기회가 있었는데 각 방송마다 별도로 중계팀을 해외에 내보내고 있었다. 당시 이미 환율은 1천대를 넘어서는 등 경제는 급격히 악화되고 있었다.

이런 일련의 일들을 난 도무지 이해할 수가 없다. 그저 순간적인 오판이 우연으로 이어지는 것들이었을까.

조국 경제에 대한 걱정, 이거 미국에 사는 우리 같은 순진하고 통 작은 사람들이 공연히 해대는 짓 아닌가 싶기도 하고.

(1998. 4. 7)

보배합을 여는 계절

오늘도 그 길로 오면서 또 한 번 올려다 보았다. 내가 신문사로 오는 출근길 밴네스에는 24시간 문을 여는 헬스클럽이 있다. 문을 연 지 그렇게 오래 되지는 않은데 상당히 잘 되는 곳이다. 꼭두 새벽인데도 그 큰 건물의 2, 3층이 꽉 찬다.

신호등 외에는 대부분 상점의 불은 꺼져 있지만, 훤하게 불 밝힌 헬스센타엔 어느새 하루를 숨가쁜 호흡으로 살고 있는 '건강인들'이 땀을 흘리고 있다. 먹는 것이 많아 과잉 영양공급인데다 운동이 부족한 현대인들이 살을 빼고 체력을 유지하느라 분주하다.

"나도 저렇게 운동을 해야 하는데…" 하는 부러움에 그 길을 지날때마다 나는 여지없이 헬스센타 건물을 올려다 본다. 커다란 창으로 목에 수건을 걸고 뛰고 걷고 오르는 모습들을 볼 수 있다.

그런데 이 길을 아침이나 낮에 지나면 또한 틀림없이 만나야 하는 모습이 있다. 바로 그 건물 앞 도로 중앙 분리대에 서서 동정을 구하는 무숙자다.

무숙자 중에는 몸집이 좋은 사람도 많건만, 하필이면 깡 마른 몸매에 눈이 움푹 파인 사람이 거기에 '헝그리'라는 사인을 들고 서 있다. 신문사에 늦게 나가는 토요일이나 외출했다가 회사로 돌아가는 길이면 그는 꼭 거기에 있다.

24시간 오픈한다는 현란한 헬스센타 간판과 건물, 그 안에서 군살을 빼는데 여념이 없는 사람들, 그리고 그 앞에서 지나는 차마다 동냥을 구하는 말라깽이 걸인. 가진 자와 없는 자가, '자유'가 분명히 보장돼 있는 살기좋은 미국사회에서 '평등'하게 어울리는, '한폭의 그림'인 것이다.

지난 토요일에는 아침 10시쯤 그 길로 지나왔는데 걸인은 보이지 않았다. 이쪽 저쪽 두리번 거려 보아도 그는 없었다. "아니, 이런 바보같은 사람이 있나. 요새가 대목인데…" 크리스마스, 연말연시를 끼고 온갖 흥청되는 분위기에 사람들은 다소 너그러워지기 마련일텐데 말이다. 성서학자들은 일반적으로 예수가 기원전 4년에 세상에 왔다고 본다. 그것은 당시 유대왕이던 헤롯이 죽은 해와 성서의 아기 예수 근황을 맞춰 유추한 것인데, 그렇다면 올해로 예수탄생은 딱 2000년이 된다.

그 성탄절이 엄청난 세월을 두고 지금까지 이어져 오는 사실이 우선 놀랍다.

마구간에서 태어난 그는, 사랑하기보다는 미워하고, 용서하기보다는 복수하고, 껴안기보다는 외면해 버리는, 어쩔 수 없는 인간의 죄성을 고쳐주기 위해 참으로 불꽃같은 삶을 살았다. 그러기 위해 신의 아들인 그가 사람의 아들로 왔다는 기독교적 가르침은, 설령 개인에 따라 미심쩍어 한다고 하여도, 특히 이 계절에 주는 의미는 너무도 분명하다.

현자들인 동방의 박사들이 허름하고 냄새 나는 말구유에 놓인 아기에게 엎드려 절하고 귀한 보배합을 열었다.

나는 이것이 가장 극명한 성탄절의 사건이라고 생각한다.

그러므로 크리스마스의 정신은 말구유를 찾는 일 이라고 생각한다. 낮고 천한 말구유는 우리 주변의 도처에 널려있다. 진실로 겸손하게, 그곳에 우리가 귀중하게 여기는 것을 선물하는 일이다.

샌프란시스코에서는 지난 12개월 동안 모두 154명의 무숙자들이 죽은 것으로 나타났다. 이는 작년보다 8%가 늘어난 것으로 시 사상 기록적인 숫자다. 이들의 평균나이는 41세. 더러는 마약에 중독됐던 사람도 있고 에이즈에 걸렸던 사람도 있다. 거리에서 자다가 죽은이도 있다.

죽은 직접적 원인은 각자 다르겠지만 똑같은 사실은 이 사회가 그들을 제대로 돌보지 못했다는 것이다. 갑자기 네가 무슨 인류 박애주의자라도 됐느냐는 비난을 감수하거니와, 내친 김에 같은 공간의 사회에서 숨쉬고 사는 우리에게도 일말의 책임이 있다고 말하고 싶다.

바라노니 내가 가끔씩 보았던 그 무숙자가 154명 중에는 안 끼었으면 좋겠다. 차안에 동전이 있으면 몇 닢 던져주고 그런대로 스스로 기분 괜찮아 했던 이 딱한 사람이, 이 계절에 그대를 찾노

너… (1996. 12. 24)

3

이산가족의 비극, 우리들의 희극

이산가족의 비극, 우리들의 희극

바로 열흘 전이었는데 지금 생각해 보면 이게 꿈이었는지, 생시였는지 헷갈린다. 서울도 울리고, 평양도 울린 남북한 이산가족의 만남은 우리의 가슴에 주체할 수 없는 묵직함으로 찾아 왔었다. 눈물이 없이는 접할 수 없었던 그 많은 사연들. 50년이란 긴 세월을 하룬들 빼 놓았을까, 가슴에 접고 또 접고 또 접으면서 결단코 생전에 펴보지 못하리라 포기했던 그 사연들이 터지는 것을 보면서, 어떤 이가 말했다. "셰익스피어의 비극적 작품인들 이처럼 통절할 수는 없다."

20년 가까운 신문쟁이 생활에 뉴스를 보며 처음으로 눈물을 찔끔댔던 나는 북에 혈육이라곤 하나도 없었거니와, 진짜 실향민들이야 더 말해 무엇하랴. 서울도, 평양도, 샌프란시스코도 울었다.

그 와중에도 내 눈에 띈 것은 1면에 큼지막하게 실린 사진에서 질끈 눈을 감고 서로 얼굴을 마주대고 울고 있는 두 남매의 닮은 모습이었다. 영락없는 순 한국식 넙적한 얼굴, 뭉뚝한 코, 두툼한 뺨하며… 반 백년의 세월과 판이하게 다른 세상을 따로 따로 지냈을 망정 모습은 여전히 닮았으며, 그렇게 닮은 모습이 부여안고 우는 모습은 또 한번 애잔하다.

그런데 말이다. 만난 것도 기가 막히지만 2박3일의 일정을 끝내고 헤어지는 모습은 정말 봐 줄 수가 없었다. 아무리 사람이 헤어지기 위해 만난다고 하지만 이게 도대체 뭔가. 나같은 사람도 가슴이 메어지는 느낌인데 당사자들은 어떠했을가. 떠나는 버스의 차창으로 내민 아들의 손, 오빠의 손을 잡다가 가슴이 무너지고 다리가 무너지면서 땅바닥에 주저앉아 통곡하는 모습들. 도대체 이 지구상 어느 곳에서 50년만에 만난 아들과 어머니가, 누이와 남동생이 번개불처럼 스친 짧은 만남 끝에 다시는 이생에서 못볼 너무 분명한 이별을, 그것도 벌건 대낮에 모든 이들이 눈시울을 붉히는 가운데 '실행' 한단 말인가.

기행과 기습으로 우리를 놀라게 했던 몬도가네에서도 이런 일은 정녕 없었다. 분단의 비통이 이처럼 가슴을 후빌 줄은 5천만 중 단 한명도 몰랐을 터이다.

지금까지도 가슴 뻐근한 그 사건을 난 오늘도 다시 기억해낸다. 사람 사는 게 사람 만나는 일인데, 가장 만나고 싶은 사람과 아무리 만나고 싶어도 만나지 못하다면 이게 어디 사람 사는 일일까. 그러므로 남북의 복잡한 통일 '통수'는 접어두고라도 어떤 형태로든 상호방문의 길이 열려야 한다는 생각이 간절하다. 그러나 그일이 어디 우리의 바램만으로 될 일일까. 바램은 하늘만한데 아무것도 내가 할 수 있는 일이 없으니 어찌할 것인가.

그런데 그런 답답함속에 마치 한줄기 바람처럼 스치는 또 다른 생각이 있었다. 그렇다면 너는 지금 네 형제들과 자주 만나고 있니? 이번 상봉에는 50년을 남북에서 수절하며 서로를 그리워했던 부부도 있었다는데, 너는 지금 네 마누라와 그만할 사랑을 나누고 있니? 언제나 볼 수 있는 부모라고 소홀히 하지는 않니?

"그거야 상황이 다르지 않나" 하고 떨쳐버리기엔 그 바람같은 물음이 너무 강했다. 아니 그 물음이 강했다기 보다는 열흘전에 벌어진 피붙이들의 만남과 헤어짐의 드라마가 너무 깊이 가슴에 각인되었던 것 같다.

인간의 삶에서 혈육의 관계란 도대체 무엇인가를 깊이 짚어본다. 우리는 주변에서 남보다도 가깝지 못한 혈육관계를 쉽게 본다. 지긋지긋한 생각을 먼저 떠올리는 혈육들도 여럿이다. 어쩌다 만나도 소가 닭본 듯하는 친척관계도 있다. 그러면서도 이산가족의 만남을 보며 눈물을 흘리니 희극적 아이러니가 아닐 수 없다.

주변을 얘기해서 뭣하나. 우리 중 과연 누가 부모를, 아내를, 남편을, 자식을, 형제를, 친척을 소홀하게 대하지 않았느냐는 다그침에서 자유로울 수 있을 것인가.

특히 미국에서 살면 뿔뿔이 흩어져 살기 십상이다. 만날 수 없어 못만나는 이산가족이 아니라, 만나기엔 시간이 아까워서 못 만나는 경우가 대부분이다. 핸드폰까지 해서 전화가 골수십대 있어도 따스한 핏줄의 온기는 불통이다.

제단 앞에 나왔다가도 형제와 불화한 일이 생각나거든 즉시 돌아가 그 일부터 해결하라고 한 예수의 교훈이, 그러므로 진짜 리얼하다.

난 이번 주말에 LA로, 뉴욕으로 전화하련다. 갑자기 웬일이냐고 묻거들랑 그냥 목소리가 듣고 싶어서 전화했다고 쑥스러운 진담을, 실없는 농담처럼 할 망정.   (2000. 8. 26)

일본 정치인 한국 정치인

요즘 본국지엔 4월 총선을 앞둔 여러 기사가 연일 크게 실리고 있다. 의석의 과반수를 넘기려고 애쓰는 민주당, 정통 야당의 입지를 굳히려는 한나라당, 제2당으로의 체면은 유지해야겠다는 자민련, 어떻게든 바람을 일으켜 최소한 원내교섭단체는 만들어 보겠다는 민국당이 제각각 사활을 걸고 충돌하고 있다.

엄청났던 공천 후유증은 어느 정도 가라앉은 느낌이지만 마치 "당선이 아니면 죽음을 달라"는 식으로 이리뛰고 저리뛰는 후보들의 모습은 사뭇 비장하기까지 하다.

사실 나는 본국의 정치에 대해선 의견이 별로 없다. 어느 정당이 얼마나 이겨야 한다는 등등의 이야기가 있는데 내 생각엔 전혀 의미가 없다. 걸핏하면 합치고, 나누는 마당에, 4당의 구도까지 걱정하는 거국적인 심정은 여간 사치스럽고 허망한 것이 아닐 수 없기 때문이다.

지난주 신문을 들척이다 조그만 박스로 실린 일본의 한 정치인에 대한 기사에 난 한동안 눈길을 떼지 못했다. 사민당의 8선의원 이토시게루 부총재였다.

　동경대 경제학부 출신으로 올해 72세인 그는 자타가 공인하는 당내 최고의 정치 이론가일 뿐 아니라 차기당수로 손꼽히고 있는 인물이다.

　그런 그가 돌연 정계은퇴를 선언했다는 것이다. 그런데 이유가 어처구니 없다. 병든 아내를 간호하기 위해서라니. 이토는 이렇게 말했다. "국정은 다른 사람들이 할 수 있지만 사랑하는 내 아내를 돌볼 수 있는 사람은 나밖에 없다." 기사에 붙어있는 가로세로 1~2센티미터나 될까 말까하는 그의 작은 얼굴사진에서 나는 눈길을 한동안 뗄 수가 없었다.

　이토의원의 부인 레이코는 "뇌리주막하출혈"이라는 병으로 이미 수년 전부터 의식이 없는 상태였다. 눈, 귀, 장기의 근육만 무의식 상태에서 살아있는 것이다.

　물론 의학적으로도 다시 소생할 확률은 없다. 그런데 일본 최고의 정객이 이런 부인을 간호하기 위해 수십년 동안 경력을 하루아침에 물린다고 한 것이다.

　사민당엔 큰 충격이었다. 그러나 아무리 그의 마음을 돌리려도 소용없었다. "부인을 사랑하는 마음은 십분 이해합니다. 그래도 나라를 위해 결정을 재고해 주십시오." 그럼에도 불구하고 이토의원의 결정이 확고하자 의사까지도 나섰다. "레이코여사는 좌뇌 장애로 아무것도 느끼지 못하고 계십니다." 이때 이토의원은 "모

94

르는 소리. 내가 아내의 손을 잡고 이마를 쓰다듬고 있으면 아내는 예전의 다정한 눈빛으로 돌아온다" 고 말했다는 것이다. 그는 그 바쁜 정치일정 중에서도 하루 한번씩 병원으로 아내를 찾아 머리를 정리해주고 손톱을 깎아주고 얼굴에 크림을 발라주고 있었다.

영락없는 일본인 스타일의 얼굴인데 해맑은 표정으로 웃고있는 이토의원. 일본 정치인과 국민들은 그에게 참으로 신선한 충격을 받았을 것이다.

사람의 살아가는 모양처럼 같으면서도 다른 것이 또 있을까. 똑같은 사람들이 똑같이 숨쉬고 똑같이 잠자고 먹으면서 지낸다. 그런데 하는 일은 천차만별이다. 어떤이는 말한다. 큰 일이 있고 작은 일이 있다고. 역사는 큰 일을 해내는 인물이 창조하는 것이라고 외쳐댄다. 중요한 의미를 지닌 것을 위해 사소한 정리는 접혀야 하며 희생도 각오해야 한다고 말한다.

그런 말들이 전적으로 부정될 필요는 없다. 그러나 크고 작고, 의미 있고 없다는 평가는 상대적이며 주관적인 것이지 절대적이고 객관적이지 않다는 점에 생각을 기울여 볼 필요가 있다.

우주에는 은하계가 수도 없이 많이 존재하는데 그 은하계를 지구로 비교할 때 지구는 사과 한개 크기다. 사과 위에 놓여있을 우리의 객관적 존재를 상상해 보면 크기를 논하기 쑥스러워진다.

이토의원은 이런 의미에서 크고 작은 것을 정확하게 알고 있는 사람 아닐까.

정치에서는 객관적으로 작은 존재요, 앓고 있는 부인에게는 주관적으로 절대적인 존재임을 깨달은 사람이다.

　일본과 한국의 차이를 10년이니 20년이니 하던데, 그만한 세월
이 지나면 우리에게서도 이토같은 정치인이 나올런지…

(2000. 3. 15)

한국축구와 연애론

주말을 지내고 났는데도 축구때문에 받은 열이 아직도 화끈거린다. 풍차나 돌리고 있는줄 알았지 네덜란드가 그렇게 우리팀을 비참하게 작살을 낼 줄은 꿈에도 몰랐다.

네덜란드가 우세이긴 하지만 측면 공격으로 붙으면 해볼만 하다는 둥, 4-2-4전법이 어쩌구, 최용수가 기용되면 어쩌구 등등 축구 전문가들이 떠들어대서 기대했었다. 적어도 멕시코때 보다는 나을 것이라고 생각했다.

그런데 웬만해야지 5대 빵이 도대체 웬말이냐. 놀림 당하는 듯한 한국팀이 나중에는 차라리 불쌍했다.

우리는 어쩌자고 축구에 그렇게 미쳐 있었을까. 사랑해선 안될 것을 사랑하는 '죄인들' 아니었던가 싶다. 할수만 있다면 축구에 대해 정을 끊고 싶다. 16강의 꿈을 모락모락 피워 놓았던 매스콤에게 "너네들 사기쳤다"고 외치고 싶은 심정이다.

또 2천2년 월드컵은 어찌해야 하는지 난감하다. 4년후엔 그런 창피를 불러들여 당하게 생겼으니 말이다. 할수만 있다면 재고해 보라고 충고하고 싶은 심정까지 든다.

앞으로 4년이 있지 않느냐, 그동안 죽기 살기로 덤비면 16강은 들어갈 수 있지 않겠느냐. 누가 이렇게 말하려는가? 아-. 16강 같은 소리, 이제는 꺼내지도 마라. 16강 소리가 나올때마다 부풀었던 가슴에 시퍼렇게 든 멍은 여간해서 지워질 것 같지 않다.

그렇다면 앞으로 한국축구는 어떻게 해야 하는가.

나는 축구해설가도 아니고 더욱이 전문가도 아니다. 그렇지만 지금은 해설가도, 전문가도, 코치도 예상과 작전이 영 틀려 할 말을 잃은때 아닌가. 아니 한걸음 더 나가, 오히려 나같은 신문쟁이가 보는 보편적이고 일반적인 대책론이 맞을 수 있다는 객기를 참을 수 없다.

나는 단언한다. 앞으로 미국이 월드컵을 제패할 날이 십수년 내로 도래할 것이라고. 왜냐하면 미국처럼 풍부한 환경 속에서 4, 5살때부터 축구를 가르치고 동네마다 리그를 만들어 게임을 하는 나라는 없기 때문이다. 머지 않은 장래에 축구는 미 전국민의 사랑을 받는 스포츠로 자리매김을 하고야 말 것이다. 그것은 시작된 지 얼마되지 않은 프로축구 리그가 벌써 상당한 인기를 끌고 있는 것만으로도 예상될 수 있다.

나는 한국 축구가 16강에 들어갈 수 있는 방법도 거기에서 찾고 싶다.

첫째는 환경이 바뀌어야 한다. 동네마다 볼을 찰 수 있는 잔디

밭, 운동장이 있어야 한다.

두 번째는 공부, 공부만 하라고 할일이 아니라 아이들로 하여금 축구할 수 있는 시간을 허락해야 한다.

그런데 우리나라의 현실은 어떤가. 첫째도 둘째도 요원한 이야기다. 그래서 각급 학교에 축구부를 두고 거기에서 잘 하는 아이들을 축구선수로 육성하는 방법을 택하고 있다.

작금의 현실에서는 그런 방법 밖에는 없겠지만, 큰 우를 범하고 있는 일이다. 예를 들어 초급학교나 중고교에 축구부가 있다고 하자. 축구부원을 모집한다. 축구를 좋아하는 아이들이 들어간다. 그렇지만 진짜 진주는 묻혀 있을 가능성이 얼마든지 있다. 게다가 공부 잘해야 좋은 대학가고, 대학가야 사람구실하는 한국사회에서 부모가 축구부에 들겠다는 아이를 가로 막는 일도 얼마든지 있다.

이래 가지고야 축구를 잘 할 도리가 없다. '아시아의 최강' 도 그저 고마울 뿐이다.

신문에 보니까 차범근 감독이 본국으로 불려 들어갔단다. 한 게임 아직 남아 있는데 경질된 것이다. 도대체 이건 또 무슨 경우인가.

물론 감독의 책임이 있다. 잘못 판단한 작전때문에 질 수도 있다. 그렇지만 우리는 분명히 봤다. 네덜란드와 우리 선수들간의 큰 실력 차이를. 그런 실력 차이로는 어떠한 작전으로도 이길 수 없다.

대회 중에 감독을 불러들이는 조치, 그래서 또 한번 전세계에 뉴스거리가 되는 한국축구 집행부의 성급함은 미련하기까지 하다. 차범근을 제물 삼아 국민들의 실망감을 상쇄하려는 의도도 엿보인다.

한국축구가 진 것은 사실 누구 한사람만의 책임이 결코 아니다. 넓은 의미로 보면 국가전체에 총체적 원인이 있는 셈이다. 우리의 사회적 여건이 바뀌지 않고서는 도약하기 어려운 난제다.

한국축구에 거는 기대에도 거품이 끼어 있었다. 할 수만 있다면 비현실적인 기대를 보류하는 것도 필요하다. 한국축구 집행부처럼 저렇게 급해서는 곤란하다.

모든 국민이 축구를 사랑하는데 그 사랑을 금지시킬 수는 없다. 그 사랑이 짜릿한 결실을 맺을 날을 학수고대해야 할 일이다.

그러나 열정만 갖고서는 되질 않는다. 막대한 정성과 노력과 투자 없이는 그저 짝사랑으로 끝나기 마련이다.   (1998. 6. 23)

대통령나이, 내나이

　본국 날짜로 내일은 김대중씨가 제15대 대한민국 대통령으로
정식 취임하는 날이다. 국내에서는 말할 것도 없고 해외동포만도
약 2천명이 취임식에 참석한다니 그 규모나 분위기가 대단할 것
같다. 북가주지역에서도 42명이 본국으로 떠났다. 여의도 국회의
사당 앞에서 벌어질 맘모스 대통령취임식을 머릿속으로만 상상해
도 흥분되어 오는데 그곳에 직접 자리를 잡은 이들이야 오죽하랴.
다소 비용과 시간이 들었을지언정 확연한 한 역사의 장에 증인됨
을 자랑스럽게 여길만 하리라.

　"호랑이를 잡으려면 호랑이굴에 들어가야 한다"는 논리로 3당
합당을 하고 정말 그굴에서 호랑이를 잡아낸 YS의 능력도 대단
하지만, 허허벌판에서 맞붙길 네 번, 마침내 대통령자리를 따낸
DJ의 능력은 차라리 불가사의라 해야겠다. 불가능이라 여겨졌던
여야간의 정권교체를 그가 일궈낸 것이다.

과정이 고달프고 어려우면 그만큼 그 결과에 대한 감회는 깊은 법. 국정의 책임자로 선서를 하는 DJ의 심정은 어떤 말로도 표현할 수 없을 것이다. 나는 1984년 DJ에게 '심정'을 물어 본 적이 있다.

샌프란시스코에서 열렸던 미 민주당 전당대회장에서였다. 취재 때문에 오가다 모스코니센타 남쪽 모퉁이에 부인과 함께 앉아있는 그를 보았다. 당시 DJ는 내란음모죄로 사형을 선고받고 무기징역, 다시 20년형으로 감형된 후 미국에 망명하고 있었을 당시다. 민주당에서 그를 전당대회에 초청한 것이다. 이 전당대회에서는 먼데일이 대통령 후보로 결정되어 있었다.

이 전당대회를 지켜보는 심정을 물었던 것이다. 그는 70년 신민당전당대회에서 자신이 대통령후보로 선출될 때가 생각난다고 말했다. 그러면서 덧붙이길 성숙한 미국의 민주주의와 미국의 정치인, 국민들이 너무 부럽다고 했다. 마침 진행되던 전당대회 프로그램이 신통치 않아서인지 많은 자리가 비어 있었다. 앉아있는 김대중 씨 부부의 모습이 서글플 만큼이나 썰렁했던 기억이 지금도 생생하다.

이제는 부러울 것도 없고 물론 썰렁하지도 않다. 14년의 세월이 모든 것을 바꾸어 놓았다.

하기야 어찌 그 14년뿐이겠는가. 김대중 차기대통령의 인생 전체는 좌절과 희망과 용기와 또 다른 좌절 등의 반복이었다. 이미 여러차례 보도를 통해 잘 알려진 그의 경력이지만, 곱씹으면 곱씹을수록 경이스럽기만 하다.

1924년 1월에 태어난 DJ는 목포상고를 졸업한 후 선박회사, 신문사를 운영하다가 29세에 정치에 입문, 국회의원에 출마했으나 낙선했다. 그 후에도 4, 5대 총선에서 또 낙선했다. 겨우 6대에 당선됐더니 이번엔 5.16으로 국회에 들어가 보지도 못한다. 그 사이에 재산도 다 날리고 부인도 죽었다.

　아마 보통사람 같았으면 그 정도에서 "나는 정치를 하라는 팔자가 아닌 모양"이라며 다른 길을 찾았으련만, 63년에 7대 국회의원 선거에 또 나가 마침내 당선되고야 말았다.

　71년 7대 대선에서 박대통령과 겨루어 다시 낙선. 72년 10월 유신선포에 항거, 73년 8월 일본에서 중정요원에게 피랍되 강제귀국조치, 3.1구국민주선언으로 구속, 고문, 징역형, 연금조치. 80년 내란음모죄로 사형선고받고 2년 7개월 감옥살이하다 미국 망명. 85년 2월 귀국했으나 곧 바로 연행 다시 가택연금. 87년 13대 대선 도전 실패. 92년 14대 대선 도전 실패.

　그가 15대 대통령에 출마한다고 했을 때 많은 사람들은 "해도 너무한다"고 생각했었다. "몰라도 저렇게 국민여론을 모를까"하며 답답해했다. 그러나 그는 여론의 비난을 무릅쓰고 JP와 TJ까지 묶어내 대선에서 승리를 거두었다.

　그는 정치입문 43년만에, 대권도전 23년만에 대통령이라는 정치 최고봉 등정에 성공한 것이다.

　그의 경력은 한 인간의 인생 변화폭이 얼마나 클 수 있다는 것을 여실히 증명하고 남는다.

　김대중 차기대통령은 미국나이로 따져도 74세다. 이 나이면,

아니할 말로, 장례식에서도 "고인께서는 장수했다"고 인사해도 실례가 되지 않는다. 그러나 그는 대통령을 시작한다. 그것도 참으로 어려운 가운데 있는 나라를 맡아 이끈다. 대단한 노익장이다. 그런 나이까지 갖은 역경을 넘기면서도 주저앉지 않은 의지는 더욱 그렇다.

요즘 IMF 때문에 본국에는 좌절하고 실망하는 이들이 많다는데 그럴 일이 아니다. 김대중 대통령을 보라. 그리고 스스로에게 물어라. 나는 지금 몇 살인지? 나이를 묻자고 들면 어디 그들뿐이랴.   (1998. 2. 24)

유자식 유죄론

　아무리 갈때까지 간 세상이라지만 이건 너무 갔다. 워낙 많은 인간들이 함께 북적대며 사는 고로 무슨 일인들 없겠는가 하더라도' 수학적인 확률에 기대어 봐도 '박한상 사건'은 가늠 수 없는 자조적 허탈감으로 우리를 덮는다.

　신과 사람의 만사가 닿아 그 갖가지 기록을 담고 있는 성경에도 아버지의 재산을 탐하는 탕자의 이야기가 나온다. 그러나 반을 갈라가지고 나가 실컷 탕진해 돼지 우리에서 함께 기거하며 목숨을 연명했을지언정, 탕자는 "아버지의 집에서 종으로 살아도 이보다 낫다"는 생각으로 다시 집으로 돌아온다.

　또 성경은 인간최초의 살인을 형제간에 일어난 일로 인간심성의 최악을 적나라하게 표현했지만 끝끝내 박한상과 같은 패륜아에 대한 기록은 담지 않았다. 아마 하나님께서도 박한상의 끔직한 사건을 보며 "우째 이런일이…" 하셨으리라.

박한상, 그놈은 도대체 어떻게 생겨먹은 놈이냐.

이미 언론에서 그의 패륜적 행동을 파헤쳐 늘어놓은 판에 반복할 필요는 없겠다. 얼핏 굵은 기억으로 박한상은 돈많은 집의 장남이었고, 그 또래에서 필요한 돈이라면 전혀 아쉬움 없이 부모로부터 타 낼 수 있었으며, 공부를 잘하지 못해 지방대학 등에 어영부영하다가 미국에 온 조기유학파다. 더 덧붙이면 라스베가스에가서 도박을 즐겨하고 한국에 부모몰래 귀국해 술집 등으로 전전하며 참으로 '머리에 피도 안마른 주제'를 모르고 여자를 끼고 놀았다.

그래서 언론들은 조기 미국유학과 돈이 그를 버렸다고 질타하고 있다. 모르긴 모르되 때마침 미국유학을 준비하고 있던 비슷한 처지의 자녀들에게 다짜고짜 집어치라고 소리친 부모는 한둘이 아니었으며, 넉넉하게 주었던 용돈의 용도를 뒤늦게 캐내느라 아우성친 부모는 왜 없었을까.

박한상은 어릴때 특별히 말썽을 부린 문제아였거나 난폭한 성격의 소유자도 아니었으며 사고를 쳤던 전과도 없다. 둘러보면 그와 비슷한 환경과 과정을 밟고있는 청년들은 얼마든지 있다. 그렇다면 도대체 어쩌다 그런 악성 불량품이 생산됐을까.

나는 이것을 일그러진 현대문화에 책임을 돌리고 싶다. 본국 신문에 보니까 박한상사건을 계기로 "총체적 반성이 시급하다"는 지적이 있었는데 여기에 전적으로 동감한다. 총체적 반성이란 갓난아기에서 노인에 이르기까지, 요람에서 무덤에 이르기까지 알게 모르게 우리가 접해야할 사회 각 구석구석마다, 모서리마다

"이게 제대로 되어 있는지"를 진단해야 한다는 말 아닌가 싶다.

너무 단정적인지 모르겠지만 한 예를 들면, 요즘 아이들은 도무지 책을 가까이 하지 않는다. 안데르센 동화집보다 폭력과 살인이 난무하는 TV나 영화를 훨씬 사랑한다. 딱지치기, 자치기, 구슬치기 등 친구들과 어울려 노는 것 보다 방에 들어앉아 혼자서 비디오게임을 즐긴다. '우리들 마음에 빛이 있다면…' 하는 동요를 부르기보다 이상한 몸짓으로 바람에 날릴 듯, 뜻이라곤 전혀 들어있지 않은 서태지의 노래에 반한다.

어찌 아이들만 맘에 안 든다 할건가. 어른들의 음침함은 더 심하다. 성실하고 정직하게 살려는 노력은 뒷전이고 돈이라면 수단과 방법을 가리지 않는다. 아이들 앞에서는 에헴하며 무게를 잡지만 사실은 뒤에서 향락과 부조리와 부도덕에 몸을 담근다.

사람만 탓할것이 아니라 사회제도도 문제다. 사람의 됨됨이나 강직함은 아랑곳하지 않고 일류학교를 나오지 않으면 그 실력을 인정하지 않는다. 따지고보면 그만한 지식이 전혀 필요 없음에도, 일류대학만을 고집하는 사회의 쏠린 모습 저편엔 인정받지 못해 웅크린 집단이 엉뚱한 생각을 꽃피우고 있다. 이런 삐뚠 군상들을 밤새 따진 들 끝이 있을까. 앉으나 서나 시선이 닿는 곳곳마다 역겹게 풍요롭다.

그래서 우리의 마음은 '총체적으로' 답답하다. 어디서부터 손을 대야 이런 패륜이 다시는 없을 것인지 막연함도 총체적이다. 그러나 어쩌랴, 이게 꿈이 아니고 현실인 것을. 또 어쩌랴. 아무도 이런 문제를 한번에 해결해 그 다음을 개런티할 수 없는 자명한 사실을.

고작이면서 최선이면서 그리고 유일한 방법은 나 밖에 없다. 내가 내 아이를 철저하게 챙기는 수 밖에 없다. 말로만 되는 일은 절대 아니다. 우리 스스로가 성실한 모습을 보이지 않으면, 도루묵이 되고 만다. 귀찮고 괴롭고 힘들어도 게걸음이 아닌 정면으로 걸어가야 아이들도 그것을 보고 배운다.

어차피 '무자식 상팔자'가 아닌 다음에야 우린 이미 '유자식 유죄'이므로, 그 책임을 열이면 열번 다 우리에게서 찾는 것이 옳다는 생각이다.　(1994. 6. 4)

여자란 무엇인가

지구에 사는 그 많은 사람들 중에 절반이 여자들일진대, 여자란 무엇인가 하는 화두란 차라리 어처구니 없다. 창세기부터 바로 오늘에 이르기까지 인류의 삶이 이어져 올때까지 적어도 그 절반이 여자의 몫이거니와, 두가지 성으로 나뉘어 서로 맞대고 수만년을 살아온 처지에 뭐 그리 신비롭고 새삼스러울 것이 있을까.

그뿐이랴. 일찍이 여자를 경험했던 많은 동서고금의 남자 조상과 선배들이 여자에 대해 헤아릴 수 없이 많은 가르침을 남겼다.

그러나 아무리 그러면 뭐하랴. 우리 우매한 남자들은 오늘도 여자 때문에 골머리를 썩이고 애간장을 태우고 망신을 당하고 있는 걸.

"부적절한 관계를 두 번 맺고 로비 활동을 도왔다"고 고백한 전 국방부장관의 말이 신문에 대문짝만하게 실렸다. 요즘 서울은, 아니 미주한인사회도 온통 린다김 얘기다. 상상을 초월하는 거액의 군사무기의 판매를 성사시키는 로비스트 재미여성의 선굵은 행적이 우리로 하여금 마치 흥미진진한 스파이 첩보소설을 읽는 듯한 착각까지 갖게 한다.

남녀 관계라는게 자신이 하면 사랑이요, 남이 하면 스캔들로 쉽게 단정되는 특성 아닌 특성을 지니고 있기는 하지만, "알고보니 나 아닌 다른 사람들과도 깊은 관계를 갖고 있어 분개했다"는 나이 지긋한 전직 장관의 말은 차라리 순진하기까지 하다.

도대체 여자란 무엇인가. 왜 이리 남자들은 어리석을까 하는 답답함에, 사실 나는 오늘 쾌도난마의 논리로 여자에 대한 실체(?)를 파헤치겠다고 덤벼들었다.

그러나 사실은 그게 터무니없는, 계란으로 바위를 치는 것보다도 더 무모하다는 것을 알고 있었다. 남자란 원래 만들어질 때 여자에 대해서 알려고 덤빌수록 더 헷갈리게끔 만들어지지 않았던가 말이다.

좀 엉뚱한 곳으로 튀지만 요즘 대체의학이 각광을 받고 있다. 의학적으로 어떠한 성분이 그 질병에 도움을 주는지는 규명할 수 없지만, 특정 식품을 먹는다든지 어떤 형태의 식생활이 개선되면 불치의 병이 낫는 경우를 말하는 것이다. 과거에는 이러한 일을 의학적 근거가 없다고 하여 무시해왔지만 이제는 적극적인 연구대상이며 첨단의학에서도 이를 인정하는 추세에 있다. 즉 본질적인 분석을 통한 것이 아니라 경험적 방법론에서 치유의 길을 찾는 것이다.

남자들에게 영원한 숙제인 여자에 대한 문제도 이런 대체의학적 방법론으로 접근하면 어떨까. 예를 들면 "처자 있는 남자들이 다른 여자를 밝히면 후에 망신살이 뻗친다."

이를 증명하는 대표 사례로 빌 클린턴 현직 미국대통령과 이양호 한국 전 국방장관.

여기에 르윈스키에게 매력이 있느니 없느니, 린다김이 휴혹을 했느니 안했느니는 다 부질없는 논란이다.

당신도 그와같은 상황에 있으면 마음 한편에서 불같이 충동이 아니 인다고 장담하지 못할 터이니, 오로지 망신살을 미리 기억하는 것이 현명하다는 말이다.

더 똑똑하다면, 아니 덜 똑똑하다면 더욱 그런 상황을 미리 미리 피하는게 상책이다. 당신이 남자인 것을 부인하지 않는 이상, 아무리 탐험심을 자극하더라도 칼날위에 선 것과 같은 객기성 모험의 기회는 안 만드는게 좋다.

대통령이, 장관이 그래도 그만한 자리에 오를 때는 학식과 경험과 인격이 있는것 아닌가. 어디에 내놓아도 뒤지지 않을 만한 판단력과 자제력도 겸비했음은 물론이다. 그런데 한발, 한발씩 다가간 상황은 어느새 자신을 "사랑을 위해 목숨이라도 기꺼이 내놓는 로미오"로 착각하게 만드는 것이다.

어디 권력자 뿐인가. 교육자도, 성직자도 수십년을 쌓은 교양과 인격과 신앙을 송두리째 포기하게 만들지 않던가.

하기야 우리같은 범인은 그만한 상황을 걱정할만한 위상도 아니므로, 이 모두가 "걱정도 팔자"인 수준이긴 하다.

그러나, 그렇다고 하더라도, 한 여자에 매여 한눈 한번 안팔고

(또는 못팔고) "적절한 관계만 맺어가며" 열심히 살아가는 남자들에게 여자들은 지금 듬뿍 크레딧을 주어야 옳을 때다.

행여라도 그대가 출세하지 못한 남편을 탓하는 여자였다면, 이 기회에 회개(?)함이 마땅하다.　　(2000. 5. 10)

미국엔 러브호텔이 없다

　요즘 본국 신문에는 심심치 않게 러브호텔에 관한 기사가 나온다. 주민들이 러브호텔을 반대한다는 내용이다. 한적할 만한 곳에 무조건 들어서고, 들어서기만 하면 장사가 잘 되는 러브호텔인데 업주들인들 가만 있을손가. 곳곳에서 마찰이 일고 있다.

　러브호텔을 반대하는 이유는 아이들 교육때문이란다. 학교 근처에 난립하는 이 호텔에 드나드는 남녀를 보면서 도대체 아이들이 무엇을 배우겠느냐는 항변이다. 그러나 이미 세워진 건물이 하루아침에 없어질 것도 아니고 업주들의 입장에도 추호의 변화가 없자 어떤 지역에서는 주민들의 비디오카메라로 러브호텔에 드나드는 손님들을 찍겠다는 협박(?)까지 발표했다. 물론 업주측은 손해배상, 명예훼손, 영업방해 등 댈만한 죄목은 모조리 붙여 소송하겠다고 맞섰다.

　이런 와중에 어떤 순진한 독자가 물었다. 도대체 러브호텔이 무

어냐는 것이다. 아무리 미국에 산다고 하지만 진도가 안 나가도 이렇게 안 나갈 수가 있나. 처음엔 어이가 없었지만 그의 말을 들어보니 일말 수긍이 갔다. 러브호텔이란 말은 많이 나오지만 신문을 구석구석 읽어도 러브호텔이 무슨 호텔인지에 대해서는 설명이 없더란다. 가만히 생각해보니 나도 그런 설명을 읽은 기억은 없다. 그러나 언제부터 인지는 모르지만 대낮에(혹은 밤에) 도무지 부부로는 볼 수 없는 남녀가 두 세시간씩 '쉬었다' 가는 호텔이란 상식아닌 상식이 있었다.

설명을 하고 났더니 그의 추가질문이 걸작이다. 그럼 그 호텔에는 부부가 가면 안되냐는 것이다. 아. 이런 순진무구한 사람이 있다는 사실이 차라리 나를 유쾌하게 했다. 안될 것은 없지만 부부가 굳이 그곳에 갈 필요가 있겠습니까. 집 놓아두고 말입니다. 아하. 긴 감탄사는 드디어 그에게 깨달음이 왔다는 신호였다.

나도 한국사람이지만 한국은 좀 이상한 나라다. 왜 러브호텔같은 것이 그렇게 잘 될까. 무슨 프리섹스의 천국도 아닌데. 오히려 표면상으로 지향하는 모습들로 친다면 이렇게 보수적이고 윤리적이고 도덕적인 사회도 드물지 않은가. 전세계 민주국가들 중에서 간통죄가 있는 나라도 한국뿐 아니던가.

뭐 그런 것을 다 떠나서도 그렇다. 막말로 요즘 한국인들이 모두 '개방적'이고 화끈하게 되었다고 하자. 그래서 만나 좋으면 잠자리도 불사한다고 치자. 그래도 좀 이상하다. 그렇다면 만리장성을 쌓을 망정 하룻밤을 같이 지낼 일이지 몇 시간이 뭐냐, 째째하게.

더 웃기는 건 러브호텔이 밤새 잠을 자고 가는 손님은 받지 않는다는 일이다. 호텔에서 밤에 잠을 자겠다는 손님을 안 받으면 어쩌자는 말인지. 그럴 바엔 호텔, 모텔간판을 떼고 노래방처럼 차라리 러브방이라고 이름 짓는게 낫겠다.

러브호텔이 학교 근처에 있기 때문에 문제일까. 그야 학교 근처보다는 멀리 떨어져 있는 것이 낫겠다. 그러나 그런 해결은 마치 손바닥으로 하늘을 가리는 격이다. 사회는 퇴폐스러워도 학교와 학교 근처만은 교육적이어야 한다는 절박한 심정을 모르는 바 아니지만, 결국은 아이들도 성장하면서 어떤 경유로 배우든지 간에 러브호텔이 뭐라는 것을 알고 다 커서는 드나들 줄도 알게 될 것이다.

어느 시대, 어느 사회든 성적 문란과 퇴폐적 행태는 있다. 그러나 그것은 큰 사회의 한 구석에 조그맣게 만들어지는 음지일 뿐이다. 굳이 찾으려면 찾을 수 있지만 대놓고 눈에 띠어서는 안될 부분이다. 그러므로 당연히 이런 음지를 찾는 것이 부끄러운 일이 되는 것이다.

그런데 한국에는 러브호텔이 일반화 되어 있다. 진짜 문제의 심각성은 여기에 있는 것이다. 전국 방방곡곡에서 성업중이다. 이는 두말할 것도 없이 그만큼 성적 문란과 타락이 예사로움을 증명하고 있다. 그리고 이런 예사로움은 무섭게 전염되어 결국은 음지와 양지에 대한 구별력도 무디게 만든다. 음지도 좋고 양지도 좋고, 동서남북도 없고.

러브호텔의 문제는 도덕 불감증을 치유해야 그 근본이 해결될 문제다. 그래서 정말 어렵다. 이미 많은 사람들이 얼룩져 있는데, 아니 그 얼룩진 무늬가 유행처럼, 자랑처럼 되어버렸는데 이를 어떻게 뺄 것인가.

왜 국가가, 정부가 존재하는가, 궁극적으로 개인이 자유와 행복을 누리게 하기 위한 수단 매개체에 다름아니다. 그러나 그것은 만용적이고 퇴폐적인 자유가 아니라 건전한 것이어야 하며, 혼자만 누리는 쾌락적 행복이 아니라 함께 나누고 드러낼 수 있는 정직한 행복이어야 한다.

학교 근처뿐 아니라 어디에도 러브호텔 같은 것은 발붙이지 못하게 해야 한다. 개인의 재산권 어쩌구 저쩌구 복잡한 문제가 어찌 없을손가. 그러나 원칙이 분명하며 목적이 선하고 솔직하면 길은 얼마든지 있을 것이다. 더구나 한국은 명분이 맞아 떨어지면 무섭게 여론이 몰아치는 사회 아닌가.　(2001. 8. 26)

용서의 전제 조건

　최근 5.18광주항쟁의 진상을 밝히는 중앙일보의 기사는 한국에서 관계자들은 물론이고 일반 국민들에게 엄청난 관심을 받고 있는 것으로 알려졌다. 이미 5.18을 앞두고 한달 전부터 본격적으로 심층취재를 하기 시작한 중앙일보 특별취재팀은 "전두환, 노태우 두 전직대통령이 당시 광주를 방문했었다", "진압 공수단은 미리 실탄을 지급받고 광주에 파견됐다"는 등 그동안 전혀 알려지지 않았고 당사자들은 "터무니 없다"고 잡아떼던 특종을 캐내고 있다.

　김영삼 대통령이 12.12를 '쿠테타적 사건'이라고 규명하고 광주의 의로운 항쟁의 연장선상에 문민정부가 섰다고 말한 최근, 한국뿐 아니라 미주교포들 사이에도 당시 광주항쟁의 실질적 책임자인 두 전직대통령을 처벌하느냐, 마느냐는 토론이 종종 벌어지고 있다.

근래에 와서야 광주항쟁, 광주 민주화운동 또는 광주의거로 불리우지, 처음 80년 5월18일의 사건이 발생했을 때는 누구도 아무런 의미도 부여할 수 없는 '광주사태'였다. 이 사태는 대한민국 전라남도 광주에서 일어난 엄청난 사건이었지만 당시 한국 내에서는 철저하게 차단당한 뉴스였다. 당시 미주지역에 있었던 교포들을 지금도 생생하게 기억할 수 있듯이, 미국의 ABC, CBS, NBC 등 유수한 TV는 광주까지 들어가 일주일 넘게 연일 톱뉴스로 생방송 보도했었다. 우리는 가슴을 조이며 TV앞에 앉았으며 한국에서 오히려 친지들이 미국으로 전화해 광주가 어떻게 되고 있느냐고 물어오곤 했었다.

그래서 미주교포들은 많이 분개했다. 세상에 이럴 수가 있단말인가. 광주로 가는 전화선, 철도, 고속도로 등 모든 통로를 차단했다. 같은 나라가 아니었다. 같은 민족이 아니었다. 불가능한일이 버젓이 진행되고 있었다. 한동안 대치상태에 있더니 군대는 무력진압에 들어갔다. 탱크가 앞장서고 시가전을 방불하는 작전속에 시민시위대는 무력할 수밖에 없었으며 외신을 타고 들어오는 사진과 뉴스는 참담하기 그지 없었다. 무자비하게 구타하는 공수대원들의 모습. 당시에는 사망자가 2천여 명에 이르고 있다는 소식도 계속 전해졌고 진압하는 공수대에 의해 시위에 참가했던 한 여학생은 폭행을 당하고 가슴은 난자 당했다는 믿을 수 없는 소식 등이 우리의 가슴을 점점 끓어 오르게 했다

그런 사태앞에 태평양 건너라고 그냥 있는 것은 죄악이었다. 오히려 우리가 사실을 더 알고 있을진대 뭔가 해야하는 것은 의무

요, 최소한의 양심이었다. 당시 시카고에 있던 나는 뜻을 같이한 친구들과 함께 광주진압에 대한 항의시위를 열기로 했다. 교포 언론들도 홍보에 적극적으로 협조해 주었다. 수백명의 교포들이 모였고 우리는 2마일쯤 걸으며 시위했다. 대변인도 정해 취재 나왔던 미국언론에 우리의 입장을 전했다. 시위끝에는 당시 뚜렷한 권력자로 부각된 전두환보안사령관에 대한 화형식도 거행했다.

광주 진압에 대한 항의시위 이후 '부작용'도 많았다. 시위에 참석했던 교포들은 한국방문을 할수 없다느니 등등 소문도 그랬거니와 실제로 주동했던 친구(목사)는 철저하게 '반정부, 용공' 목사로 찍혀 시시때때로 수난을 당했으며 당시 학생이었던 나는 학교에서, 특히 유학생들에게 요주의, 경계의 대상이 됐다. 광주사태를 너무 '적나라하게' 보도하고 군부에 대해 실랄하게 비난했으며 항의시위를 '주동적으로' 보도했던 한 교포신문사의 편집국장 C씨는 후에 본사로부터 압력이 들어와 끝내는 신문사를 떠날 수밖에 없었다.

그후 광주 민주화운동 1주년인지, 2주년인지 기억이 확실하지 않은데 우리는 다시 기념행사를 가진 적이 있다. 시카고 시내의 한 교회를 빌려서 광주 진상에 대한 필름을 상영했다. 필름은 광주 진압당시 그 시내에 있던 일본 TV기자가 목숨을 걸고 찍은것이라고 했다. 마침 비까지 내린 그날, 그 필름을 보면서 모인 2백여명의 교포들은 눈물을 감출 수가 없었다. 영화 아닌 영화속에서 학교운동장에 놓인, 끝이 안보이게 많은 관, 그리고 그위에 덮인 태극기 위로 엎어져 통곡하는 유가족들, 사망자 명단을 대학노트에 적어서 정문에 붙이는 학생들의 퉁퉁부운 눈은 지금도 잊혀지지 않는다.

영화상영후에는 지금은 고인이 된 함석헌 선생의 강연이 있었다. 한국이 낳은 세계적인 사상가, 민족운동의 선구자, 민주화운동의 거목 등으로 알려진 함선생이었는데, 그날은 왜 그러셨는지 지금도 이해가 되지 않는다. 그의 강연요지는 "상처를 자꾸 풀어보려고 하지말고 아물도록 그대로 놓아두라"는 것이었다. 틀린말이랴. 그러나 한맺힌 광주항쟁을 기념하는 자리에서 그것을 그대로 묻어두라는 것은 주최측으로선 매우 섭섭한 일이 아닐 수 없었다. 참석한 교포들 중에는 고개를 끄덕이는 이들도 있었고 갸우뚱하는 이도 있었다.

전두환, 노태우 두 전직대통령에게 5월은 참으로 괴로운 달이다. 재직시에는 5월마다 대학가의 시위로 골치아파 했더니 물러난 지금까지 또 시달림을 당해야하니 말이다. 그들에게야말로 광주민주화운동은 함석헌옹의 말대로 제발 그대로 덮어두고 싶은 사건이리라.

그렇다면 김영삼 문민대통령에게는 어떤 사건일까. "잊지는 말되 과감히 용서하자"고 했다던가.

그러나 잊지 않겠다고 마음을 먹을 바엔 정확하게 알아야 할 것이며, 용서하려면 잘못한 측의 사과가 선행되어야 함이 우리네 작은 생활에서도 기본이다. 하물며 역사를 논하고 그것을 후대에 남기는 데랴.   (1993. 5. 19)

애들 대입걱정 안해서 좋겠다

요즘은 듣기 어려워졌지만 2, 30년전 우리가 국민학교, 중고교에 다닐때만 해도 북한하면 '천리마운동'과 '새벽별보기운동'이 꼭 덩달아 붙었었다. 천리를 달리는 말처럼 힘든 노동을 시키고 새벽에 일어나 별을 보면서 시작한 노동이 저녁 별이 뜰때가지 계속된다는 참혹성을 강조한 일종의 반공교육이었다. 그런데 이때 사실은 새벽별 보기운동을 우리가 한 셈이다. 바로 입학시험 때문이었다.

꼭두새벽에 일어나 라면을 하나 먹고 도시락을 3개 싸가지고 집을 나선다. 별이 총총 빛나는 하늘을 보아도 아름답다는 생각은 할 틈이 없었다. 시내버스 정류장에 도착하면 맨 학생들 뿐이었다. 그 새벽에 종로로 향하는 버스는 만원이다. 소위 학원에서 새벽반을 수강하기 위해서다. 2시간 가량 수업을 듣고 나오면 이제는 학교로 가는 버스를 타느라고 아우성들이다. 학교에 도착하자

마자 아침을 먹고 수업을 받는다. 점심때 두번째 도시락을 까먹고, 오후수업을 받은 후 다시 마지막 도시락을 먹은 후 이번에는 방과후 수업에 들어간다. 또는 다시 학원으로 저녁반 수강을 위해 간다. 집 근처 정류장에 내리는 시각은 밤 9시도 넘는다. 하늘에는 다시 별이 떴다.

국민학교때는 좋은 중학교에 들어가려고, 중학교때는 더 좋은 고등학교에 들어가려고 애쓰고, 고등학교때는 대학에 들어가려고 새벽별을 보는 것이다. 이제는 시대가 바뀌어 고등학교까지는 다 평준화로 같아져 중간 입시는 없어졌지만, 결국은 국민학교, 초중고 12년간의 교육이 오직 하나 대학합격을 위해 존재하는 셈이 됐다. 대학입시는 일생 최대의 승부를 가리는 전쟁터가 됐다.

수년 전에 한국을 방문할 때였다. 고모댁에 갔더니 작은 아버지댁은 가급적 방문을 피하라는 말을 들었다. 이유인즉은 그 집이 이번에 대학입시를 치룬다는 것이다. 전식구가 초비상이라고 했다. 또 다른 친척집도 방문금지였다. 그 집은 지금 고등학교 2학년짜리가 있다는 것이다. 가서 오래있을 시간도 없으련만, 온통 집식구의 운명이 걸려있는 듯한 대학입시를 2년 채 못남겨 두고는 대학입시에 도움이 안되는 일은 무조건 엠바고가 붙었다. 처음엔 왕년에 대학입시 안 치러 본 사람있나 하는 생각에 황당함도 없지 않았지만, 알고보니 고등학교 학생이 있는 집엔 웬만하면 발걸음을 피하는 것이 대한민국의 불문율이었다.

그래도 대학입시를 준비하고 있을 때는 낫다. 대학입시에 대한 발표가 있은 직후 한국엘 가면 곳곳에서 초상집보다도 더 우울한 분위기를 만난다. 붙었느냐, 떨어졌느냐 하는 그야말로 백지장 한 장의 차이가 어떤 집은 세상에 부러울게 없는 축제의 분위기로, 어떤집은 집안뿌리가 송두리채 뽑힌듯한 절망감으로 휩싸이는 것이다. 아, 대학입시가 뭐길래.

요즘 신문을 보면 하루도 빠짐없이 대학부정입학에 관한 기사가 고정메뉴로 등장한다. 교육부에서는 88년도 이후 부정입학이나 편입학을 통해 대학에 들어간 학생은 20개 대학에 1천18명에 이른다고 지난 8일 밝혔다. 이들 학생들의 부모는 소위 사회지도층에 속하는 사람들이 상당수였다면서 그 명단까지 공개하기에 이르렀다. 김영식 전문교부장관이 이에 포함되는가 하면 장강재 한국일보회장도 끼어있었으며 국회의원, 대학교수 등 내노라하는 사람들이 즐비했다. 이게 무슨 망신살이란 말인가. 공부 못하는 자식둔것만도 서러운데 그것으로 하여 만천하에 '부정' 학부모로 공개되고.

이런 일들이 화제가 되자 어떤 교포는 이렇게 말했다. "나는 그 부모들의 심정이 이해가 갑니다. 한국처럼 그렇게 살벌한 대학입시전쟁속에서 어떻게해서든지 자식을 대학에 집어넣고 보려는 부모가 무슨짓인들 못하겠습니까. 한국에서 대학에 못들어가면 그 자식은 일생이 끝난다고 생각합니다. 실제로 한국의 상황이 그렇기도 하고요. 그런 마당에 '줄'이 닿고 '돈'이 있는 데야…"

사실 수긍이 가는 말이다. 교육부 발표에 20개 대학만 해서 그렇지 모든 대학을 다 조사하면 부정입학자와 관련 학부모는 어마어마한 숫자에 이른른다. 아예 이런 식의 부정합격은 이미 부정이 아니라 '통례화' 되어 있다고 보는게 더 정확하다. 혼자만 그렇다면야 가슴도 두근거리고, 할까말까 망설임도 있겠지만, 누구도 그랬고 누구집도 그랬다는데야 못 하는게 바보라는 생존경쟁의 위기감도 작용했을 것이다.

그러나 대학입시는 상대적이라는 지극히 상식적인 사실을 인지하건대 '총체적'으로 마비된 삐뚠 양심에 울화가 치민다. 제한된 정원을 뽑는데 한 사람이 비정상의 방법을 동원하면 한 사람의 정상적인 합격자가 탈락할 수밖에 없는 일이다. 한 사람이 웃을 수 있다면 다른 한 사람은 울 수밖에 없는 것이다. 남의 웃음을 가로챈 셈이다. 어찌 웃음뿐이랴. 대학에 들어가기 위해 12년을 애쓰고, 몇 년은 새벽별보기 운동도 마다 않은 본인은 말할것도 없겠고 기대와 긴장속에서 맘 편할 날 없었던 온 집안식구와 일가친척은 어쩔 것인가.

요즘 입시개혁에 대해 논란이 많다. 일부 대학에서는 본 고사를 폐지하기도 했지만 여전히 문은 바늘구멍이다. 따지고 보면 대학을 안 나오면 안되는 사회구조가 제일 문제인데 이게 어디 하루아침에 해결될 일인가. 야, 너는 미국서 사니까 애들 대입 걱정 안해서 좋겠다. 겨우 국민학교 3학년에 다니는 아이를 둔 C형이 지난번 미국방문을 하면서 몇 번씩이나 내게 알려준 행복의 조건이었다.   (1993. 5. 12)

역사적 순간에 토를 답니다

　나이 50도 안되어서 그동안 겪어온 삶의 경험을 다양한 듯 늘어놓는 것이야 경망스러울 수 있겠지만, 변화무쌍한 세상의 모습을 논하자는 데는 그 정도의 길이도 충분하고 남을 터다.

　동네 만화방에 처음 들어온 흑백 TV앞에 동네사람들이 전부 옹기종기 모여 앉았던 일, 친구집에서 처음 전화를 보고 신기해 어쩔줄 몰랐던 일, 그 더운 여름 냉장고에서 꺼내온 시원한 김치를 맛있게 먹었던 일 등을 얘기하자고치면 나는 그런 첫 경험의 장소까지도 구체적으로 떠올릴 수 있다. 그만큼 그 일들은 내게 충격적이었다.

　얼마전 TV매장앞을 지나다 진열된 여러가지 최신형 TV에 넋빠져 있다간 어릴 적 흑백 TV시절을 생각해냈다. 또 얼마전엔 최신형 핸드폰을 하나 마련하면서 내가 처음 잡아보았던 검정색 다이얼 전화기가 생각나기도 했다.

좀 지저분한 얘기지만 다쓴 공책으로 접어만든 봉투에 담아주는 뻔데기를 사먹으면서는 국물좀 많이 달라고 떼썼다. 삐죽한 외뿔 형태의 봉투 밑부분을 잘라내고 거기에 입을대 공책 종이 맞까지 빨아대던 때도 나는 가끔 생각한다. 비위생적? 그땐 그런 거 없었다.

찻길이 없는 깡시골 할머니 할아버지댁을 가면서 깊은 산속 열두고개를 겁먹은 눈을 하고 넘던 기억하며, 시내에서 부모님과 탄 시발택시에 아버지와 앞자리에 앉았다가 교통순경 근처를 지나면 정원초과에 걸리지 않으려 덥숙 엎드려야 했던 기억등등.

컴퓨터는 또 어떻고. 주판을 배웠던 우리에게 컴퓨터의 전신과 같은 수동식 자동 계산기가 등장한 것도 30여 년 전밖에는 되지 않는다. 어떻게 이렇게 만들 수 있을까 감탄했던 기억이 지금도 역력하다. 요새 컴퓨터로 말하면 유구무언의 지경이다.

문명의 이기로만 말할 일도 아니다. 중학교때 웅변대회에 나가느라 외웠던 원고 중 일부를 나는 지금도 기억한다. 그때 웅변은 천편일률적으로 반공이 소재였다. "…저 김일성의 심장에 민족의 한을 모아 통일의 단도를 꼽습니다." 선생님에게 배운대로 비장하고 낭랑하게 목소리를 꼬아 주먹을 흔들며 클라이막스 피치를 올리면 당연히(?) 박수가 터져 나왔다. 오히려 나이든 지금 생각해보면 내용이 섬뜩하지만 그때는 자랑스런 주문을 외우듯 입에 '줄줄' 달고 다녔다.

사람은 누구나 성장하면서 자연스레 어릴적의 유치한 발상이나 생각을 버리게 마련이지만, 국시로까지 치켜세워진 이데올로기에

흠뻑 적셔진 우리네 동심은 그 회복의 과정에서 상당한 혼동이 불가피했다. 짙게 물든 물감을 아무리 빨아내도 그 흔적이 남듯이, 다음 세대라면야 모를까, 우리에겐 쉽지 않은 일이다.

전쟁을 경험하지도 않았으며 실향민도 아닌 나의 처지가 그러할진대 죽음이 바람처럼 옆을 스치며 지나는 잔혹한 전쟁을 경험한 세대나 '3일의 약속'을 하고는 그만 가족과 영영 이별한 실향민들에게 남아있을 흔적이야 오죽할까 싶다. 깊은 상처는 아물었어도 흉터로 남았을 것이다.

김대중 대통령과 북한의 김정일 국방위원장이 만난다고 소식이 처음 전해졌을때만 해도 맨송맨송하더니 마침내 두사람이 만남을 보는 심정은 그야말로 싱숭생숭하다. 왠지 묘한 흥분감이 미열처럼 온몸을 데운다. 그러면서 어렴풋하고도 야릇한 슬픈색 센치멘탈도 있다. 이를테면 흔적이나 흉터의 무의식적 반응 아닐까.

언론에서 그렇게 난리를 치지 않더라고 두사람의 만남은 참으로 극적이다. 그리고 대단한 가능성을 내포하고 있는 것도 사실이다. 진실로 두 사람이 모두 통일을 원한다면 그냥 될 수도 있다. 특히 김정일은 적어도 북한에서는 무소부재의 절대권력자 아닌가. 그의 결정에 북한은 무기를 집기도 하고 평화의 악수를 내밀기도 하지 않던가. 김대통령의 통일에 대한 식견과 소신, 능수능란한 대화술과 논리, 해박한 지식과 경륜이 아무쪼록 김정일 위원장을 잘 설득할 수 있기를 바랄 뿐이다.

그러면서 하나 토는 달자. 민족의 운명을 한 바구니에 넣은 통일의 문제는 절대로 서두를 일이 아니라고 생각한다. 한 평생을 살아가면서 시시때때로 겪는 변화가 엄청나기는 할 망정, 그렇다고 우리 대에서 끝내 열매를 따야겠다고 조급할 일도 아니다. 두 말할 필요도 없이, 우리가 설익은 과실을 따기보다는 후대가 농익은 과실로 딸수 있다면, 기꺼이 우린 그 익어감을 볼 수만 있는 것으로도 기뻐할 일이다.   (2000. 6. 14)

탕자이야기가 '해피 엔딩' 하려면

아들이 둘이 있는 한 부자농부가 있었다. 어느날 둘째 아들이 아버지에게 청했다. "아버지의 재산 중 제몫을 지금 주십시오. 그렇게 해주시면 저는 집에서 좀 떠나 사업을 해보렵니다." 아버지는 짐짓 걱정이 되기는 했지만 워낙 둘째아들의 요청이 강한데다 성격도 고집스럽고 또 어차피 둘째의 몫을 챙겨두고 있던 바여서 재산의 상당부분을 떼어 주었다.

아들은 그 많은 돈을 갖고 집에서 멀리 떨어진 도시로 들어갔다. 사업을 한다고 왔다갔다 하면서 돈도 잘 쓰겠다, 친구들이 많이 따랐다. 그러나 그는 사업을 시작하기도 전에 흥청망청 돈의 대부분을 소모하고 결국 사업도 망해 땡전 한푼 없는 알거지가 되고 만다. 친구들도 다 떠났고 그는 먹을 것이 없어서 남의 집 종으로 들어가 돼지나 먹는 식량을 먹으면서 연명한다.

그러던 어느날 문득 깨닫는다. 과거 우리집에 있던 종들은 그래도 먹고싶은 것은 배불리 먹지 않았던가. 내가 감히 아버지를 아버지라고 부르고 아들이 될 자격은 없겠지만 종으로라도 받아주시길 부탁 드려보자.

몇해 동안 소식 한번 없던 아들을 늘 걱정하고 있던 아버지는 둘째아들이 돌아오자 그를 껴안고 입맞추고 좋은 것으로 입힌다. 둘째아들은 아버지에게 백번 사죄하면서 종으로 일할수 있게 해달라고 울먹인다. 종이라니? 아버지에게 그건 말도 안되는 얘기다. 오히려 동네 잔치를 크게 열고 소와 돼지를 잡아 푸짐한 음식으로 아들이 돌아온 기쁨을 나눈다.

그러는 사이 밭에 나가 열심히 일하고 돌아온 큰 아들이 돌아왔다. 자신의 몫을 챙겨 집을 나갔던 동생이 돌아온 것 아닌가. 그런데 그런 불효한 아들을 아버지는 껴안고 좋아 어쩔줄 모르고 잔치를 벌이고 있는 것이다. 큰아들이 불만을 터뜨리자 아버지는 큰아들을 달랜다. "이 모든 것이 네것 아니냐. 고생하다 돌아온 동생을 잘 거두어 주렴."

성경에서의 탕자 이야기는 이런 식으로 매듭지어 진다. 이야기의 초점은 탕자의 회개이며 자식에 대한 아버지의 극진한 사랑이다.

그런데 나는 이 이야기를 읽고 들을 때마다 궁금해지는게 있다. 그동안 아버지 말씀 잘 듣고 열심히 일하고 있었던 큰 아들의 섭섭함이 과연 아버지의 그 정도 도닥거림으로 완전히 씻겼을까 하는 점이다. 더구나 그후 개망나니 짓을 하고 돈이란 돈은 다 탕진하고 돌아온 동생을 어지간해서는 곱게 보아줄 것 같지 않았다.

아버지 살아 생전에서는 몰라도 혹시 아버지가 돌아가신 뒤에는 동생을 구박 꽤나 했을 가능성도 농후하지 않을까.

그러나 성경의 뉘앙스로 보아 아마 그렇지 않았을 가능성이 더 큰 것 같다. 둘째 아들은 과거 망나니짓 했던 것이 참으로 염치없고 잘못한 일임을 철저히 깨닫고 머슴될 것을 각오했다니 말이다. 그렇다면 탕자는 아버지에게 뿐 아니라 자신의 형에게도 머리숙여 사과하지 않았을까 싶다. 형도 망나니였을지언정 하나 밖에 없는 그 동생을 끌어안지 않고는 못 배겼을 것이다.

남북한의 정상회담이 성공적으로 끝났다고 온통 축제분위기인 요즘, 나는 뜬금없이 탕자 이야기가 자꾸 생각난다.

북한이 둘째아들 탕자이고 우리는 착실하고 착한 맏아들이라고 섣불리 생각은 말자. 곰곰히 생각해보면, 사안에 따라 더러는 우리도 탕자였고, 그러나 대부분의 경우 탕자로 인식된 북에는 오히려 다소의 억울함도 없지 않을터, 너그러운 포용력을 피차간에 호소하고 싶다.

그런데 그렇다고 하더라도 말이다. 갑자기 과거의 가슴아픈 사건에 대한 회상 조차 금기시 되고, 수십년간 되새겨온 한국전쟁의 직접적 원인은 훌쩍 뛰어넘어 잊은 척, 비극의 근원을 세계사에서만 찾는 우리의 모습이 나에겐 별로 편해 보이지 않는다. 포용력이 부족한 탓일까.

마치 집에 돌아온 아들이 혹시라도 또 뛰쳐 나갈까봐 잘못에 대한 사과를 받기는 커녕 눈치보기에 급급한 미약한 아버지의 모습 같기도 하고.

이러면 불안은 계속될 수밖에 없다. 진정한 화해의 시작이 아니라 마음 한편에 끄지 못할 의심의 불 때문에 살어름판 걷 듯 초조할 뿐이다. 겉으론 아닌 체 해도 속으론 긴장할 수 밖에 없다.

  탕자는 잘못을 사과하고, 아버지는 그를 넉넉함으로 감싸고, 형은 그를 이해할 때 탕자의 이야기는 '해피엔딩'이 될 수 있다. 만고의 진리, 성경에 그렇게 되어 있다.　　(2000. 6. 28)

4

우울한 공청회

아기낳기와 퍼레이드

이런 얘기를 남자가 할 입장은 아니지만, 여자들에게 가장 고통을 주는 일은 아기를 낳는 일이라고 들었다. 그래도 요즘은 의술이 발달해 분만시 진통제도 놓고 제왕절개수술은 마취에 취해있다 깨어나면 어느새 옆에 아기가 누워있기도 하지만, 예전엔 맨살이 째지는 아픔을 어머니들은 그대로 안을 수밖에 없었다.

옛날로 올라갈수록 아기를 낳다가 목숨을 잃는 여성들이 부지기수였으며 지금은 그런 일이 없으되, 그래도 아기를 낳는 일은 목숨을 거는 정도의 각오와 고통을 감수하는 참으로 희생적인 여성만의 창조 작업이다.

요새 한국에서도 신세대들은 그런다고 하기는 하지만, 미국에서는 아이를 낳을 때 남편이 함께 분만실에 들어가는게 통례다. 멀쩡히 서서 진통하는 아내의 손을 잡아주는 것 외에는 별로 할 일이 없는 남편들의 심정도 사실은 보통 고통스러운게 아니다. 죄인 아닌 죄인의 심정으로 피 말리는 듯 가슴 조이는 일을 두번 하고 난 뒤, 나는 더 이상 그런 일이 싫어서 아이를 그만 낳기로 했을 정도다.

지독하게 고통스런 경험은 한번이면 족할텐데 이상하다. 여자들은 아기를 낳고 또 둘째, 셋째, 넷째를 마다하지 않는다.

낳을 때의 괴로움은 그때 뿐이라던가. 얼마 지나면 그것을 잊게 되어있고, 태어날 새 아기에 대한 희망과 기대와 사랑이 어머니될 여성의 마음을 가득 채운다는 것이다. 아마도 인간들의 번영을 위한 조물주의 섭리인지도 모르겠다.

그러나, 그렇다고 해서 아기를 많이 낳은 여성일수록 그 희생과 사랑이 자식의 수가 적은 여성보다 크다는 것은 아니다. 아무리 우리 옛말에 "자기 먹을 것은 자기가 갖고 태어나고 낳아 놓으면 크기 마련"이라지만, 정작 부모의 일은 태어난 다음부터 시작된다는 것을 우리는 경험적으로 안다.

잘 양육하고 교육시켜서 삶에 대한 가치관을 올바로 갖도록 해야하고, 사회전체에 뭔가 기여하고 남에게도 도움이 되는 존재로 성장시킬 의무가 낳은 이에게 있는 것이다.

전반부에는 마치 어머니의 은혜라도 기릴 듯 하더니, 어느새는 가정계획을 역설하는 것도 같고, 급기야는 교육의 중요성을 들고 나오는 이 글의 진의가 좀 늦었다.

최근 샌프란시스코 한인회가 준비하느라 정신이 없는 '한국의 날 퍼레이드'에 관해 생각 좀 해보자는 뜻이었다. 한국의 날 퍼레이드는 명분상으로, 또 프로그램 그 자체로도 참 그럴 듯해 보이는 행사다. 아니 분명히 의미가 있는 것이다. 한인들의 기상을 외부에 알리고 내적으로는 우리의 발전과 단합을 다짐하는 대축제인 것이다. 샌프란시스코의 중심가인 마켓스트릿의 교통을 차단하고, 꽃차와 농악대와 태권도행렬이 지나는 그림은 머릿속으로만 그려도 우리를 감격시킨다.

그러나 지금쯤 우리는 이 퍼레이드에 대해 좀 냉철한 분석을 해볼 필요가 있지 않을까 싶다. 이를 진행하기 위해 들어가는 엄청난 예산과 에너지를 동원하느라 탈진한 한인사회 자체의 한계점과 견줄때, 과연 퍼레이드는 할 만한 것인지를 가늠해봐야 한다는 말이다.

"우리는 생업을 접어두고 여기에 매달리는데 그게 무슨 소리냐"라는 항의도 있을 법 하다. 그러나 동분서주하는 퍼레이드 준비관계자들이 안쓰러워 그 면전에서는 차마 말하지 못하지만 퍼레이드에 대한 회의감을 갖고 있는 사람들도 적지 않다는 것은 알고 있는 것이 좋다.

준비관계자들은 말할 수 있다. "올해는 잘하면 될 것 아니냐"고. 그러나 언제 그런 다짐이 없었던 적이 있었던가. 지금까지 드러난 결과로 한국의 날 퍼레이드가 실제적으로 우리에겐 어떠한 것이었으며 대외적으론 어땠다는 것을 평균할 수 있으며 장차의 것도 예측 가능하지 않을까.

제발 우리는 아기가 예쁘다고 무조건 낳고보자는 식이거나 낳을 때까지의 고통은 다 잊어버리고 때가 되었으니 또 하나 낳는다는 원시시대적 사고도 아니길 바란다. 아기 낳는 얘기로 말할때,

준비관계자들이 어머니라면 한인사회가 아버지쯤이라 할 수 있겠다. 그렇다면 커뮤니티의 의견이 잘 수렴되어야 한다.

난 낙태를 찬성하는 사람은 절대 아니지만, 사정이 그럴만하다면 '퍼레이드 아기'는 포기해도 괜찮다고 생각한다. 그러나 꼭 이를 낳기로 한다면 이번엔 정말 샌프란시스코가 떠들썩 할 정도의 건강한 아기를 낳아야 한다.   (2000. 7. 12)

북한돕기 금식 운동

어떻게 하면 더욱 넉넉하게 살 수 있을까. 더 많이 가질 수 있을까. 이는 인간이 처음부터 가졌던 관심이다. 아담이 선악과를 딴 것도 결국은, 마지막 한가지까지 소유하려는 욕심에서 비롯됐다고 볼 수 있다.

인간의 이같은 본능은 세월이 흐르면서 부족, 국가를 형성하는 과정에서 통치집단의 이념 내지는 정책으로 묶어지게 되는데 근세에 이르러 자본주의와 공산주의로 대별됐다.

개인의 부를 보장해주는 자본주의와 국가전체 또는 국민전체가 일정하게 잘 살게 된다는 공산주의 이념은 거대한 축을 이루며 팽팽한 대결로 이어졌는데, 동독, 소련 등 공산권의 대국가들의 붕괴는 곧 자본주의의 승리를 의미하게 된다.

아직 동구권에는 공산권 국가들이 건재하기는 하지만 경제적으로 자본주의를 능가하는 것은 불가능하다는 판단아래 부분적으로 자본주의의 논리와 정책 등을 수용해 나가고 있다. 중공에서도 "흰 고양이든 검은 고양이든 쥐만 잘 잡으면 된다"고 말한 등소평 시대 이후 인민이 풍족하게 될 수 있는 길이라면 일단 문을 크게 열고 있는 상태다.

그런데 지구상에서 유일하게 이러한 역사적 추세를 무시하고 공산주의체제로 일관하는 곳이 있는데 바로 북한이 그렇다. 무역을 중심으로 세계 각국의 교류가 엄청나게 빠르고 활발하게 진행되는 동안 북한은 문을 꽁꽁 걸어 닫고 자체적으로 경제 싸이클을 돌리고 있었다.

게다가 무지막지한 군사비 지출과 정권 수뇌부만을 위한 재정 집행, 가뭄과 홍수피해 등이 겹치면서 북한의 경제는 늪으로 빠져들었다.

경제라는 단어나 개념이 생기기 전에도 인간들은 적어도 먹고 사는 데는 큰 문제가 없었다. 사냥을 하고 농사를 짓던 시대에도 그랬다. 그런데 작금의 북한은 굶어죽는 이들이 수백만에 이르고 있다니…

사람이 잘 살기도 어렵지만 이렇게 비참하기는 더 어려운 것 아닐까. 어쩌다 그렇게 됐는지 곰곰이 생각해 보지만 찾아낸 이유 앞에서도 여전히 기가 막힐 뿐이다.

배고플 때 먹어야 하는 것은 동물의 생존원리 제1조다. 만물의 영장인 사람은 이것을 일찌감치 극복했다. "사람이 떡으로만 살 것이 아니다"라고 한 예수의 말씀도, 역설적으로는 떡은 일단 있어야 산다는 말이며 더 나아가 최소한 떡은 해결된 상태를 전제하지 않았던가.

이제 내일 모레면 2천년, 인류의 찬란한 문명을 극적으로 정리해 볼 만하다는 이때, 배고파 죽는 집단이 지구에 존재하고 있다는 것은 인류전체에 대해서도 오점이 아닐 수 없다.

같은 동족인 우리에겐 더 말할 나위가 없다. 한 민족이 둘로 나뉜 것도 서러운데 그 절반이 굶어 죽어가고 있으니 이보다 더한 민족적 비극은 어디에도 없을 터다.

사흘 굶어 도둑질 안 할 사람이 없다. 그러니 사흘을 굶지 않은 사람이 없을 북한에서는 상상을 초월하는 비참한 일들이 벌어지고 있다. 풀을 뜯어먹고 인육까지도 있기만 하면 허겁지겁 먹어치운다.

북한의 이러한 상황이 전세계에 알려지자 북한을 돕기 위한 자선의 손길이 곳곳에서 일어나고 있다. 많은 구호단체가 북한을 방문해 구조의 손길을 펴고 세계인들을 향해서는 도움을 청하고 있다.

쌀, 밀가루 등 곡식이 다량으로 북한에 들어간다. 그렇지만 모두가 배고픈 국민이니 태부족이다. 어린이들은 대부분 배고픔이 너무 오랫동안 계속돼 성장도 못하고 신체에 손상을 입어 이를 치료하기 위한 약품이 시급히 필요한 형편이다.

오는 24일은 전세계가 북한을 위해 금식하는 날이다. 얼마전에는 교황도 이 금식에 참가하겠다고 밝혔거니와 25개국에서 대대적으로 참여할 예정이다. 이날 금식으로 배고픔도 경험해 보고 절약된 음식으로 북한을 돕자는 뜻이다.

시차를 떠나 전세계가 동시에 이일을 추진하는데 샌프란시스코 시각으로는 24일(금) 오후 6시부터 25일 아침 6시까지 12시간 동안이다.

저녁 한끼 굶는 일, 우리가 북한의 아픔을 이야기한다면 이 정도는 감수해야 되지 않을까.

금식운동을 전개하는 측은 12시간 동안 안먹은 음식비용을 1인당 10달러로 계산해 북한을 돕는 각 단체에 기부하기를 바라고 있다.

불가피한 사정이 있든지, 그래도 난 먹을 수 밖에 없다는 사람들은 '한끼 저녁 값' 플러스 '안 굶는 값' 도 내라.   (1998. 4. 21)

김창준 의원과 한인사회

　김창준 의원이 요즘 구설수에 올랐다. 'HR3500' 이라는 공화당 웰페어 개정안엔 '오리지널 코스폰서'가 됐다는 것이다. 이미 여러차례 보도된 바 있지만 그 HR3500이라는 안은 거의 모든 사회보장 혜택을 시민권자에 국한시키자는 내용으로, 공화당에서 이 안을 내놓은 것은 막대한 국가재정의 적자를 줄인다는 목적이라는 것이다. 한인사회에서는 잘 모르고 있다가 아시안계 권익옹호단체에서 이 문제를 들고 나오자 처음에는 "설마 김창준 의원이 그럴 리가…" 했던 것이 점차 확인되면서 "아니 그럴수가"로 여론이 전환되고 있다. 특히 노인들층에서 그 원성이 자자하다.

　김창준 의원은 딱 부러진 해명이 없다. 다만 만일 그 법안이 본회의에 상정되어 진짜 투표에 부쳐진다면 반대를 표할것이라고 말할 뿐이다. '오리지널 코스폰서'에서 이름을 빼기는 곤란하다는 입장을 보이고 있다. 또 대치법안이라고 HR3860을 얘기하고 있지만 그건 대치법안의 성격이 아닌 것으로 밝혀졌다.

김창준 의원은 또 우리가 이해하기 어려운 의사를 표명한 적이 있다. 지난 3월 21일에 있었던 이중언어교육에 대한 연방정부예산을 없애느냐 마느냐 하는 하원의 표결에서 없애자는 쪽에 표를 던진 일이 바로 그것이다. 334명이 이중언어교육기금을 존속시키기를 원하고 58명이 그 반대의사였는데, 58명 중에 김의원이 들어 있었다.

이에 대해 김의원은, 비율로 볼 때 이중언어예산의 대부분은 히스패닉계에 들어가고 있지 실질적으로 한인에게 혜택이 되는 기금이란 극히 미미하다는 이유를 사적으로 밝힌 바 있다.

과연 그것이 이민 소수민족계에 이해될 만 할까. 미국에 왔으면 영어를 배우는 것은 당연하고 빨리 적응하는 것도 천만번 이치에 맞다. 그러나 워싱턴디씨에 앉아 펴는 일직선적인 논리가, 이제 막 이땅에 보따리를 푼 이민자의 고통스런 삶의 현장을 포용하기에는 너무 거리가 멀다.

김창준 의원은 어째서 가히 우리가 '악법'이라고 표현할만한 두가지 안건에 찬성을 했을까.

사실이지, 김창준 의원은 한인사회가 길러낸 인물은 결코 아니다. 그는 제이킴 엔지니어링회사를 성공적으로 운영해온 엔지니어출신의 비즈니스맨이었다. 한인사회와의 관계도 거의 없었다. 그러다가 '다이아본드바'라는 자그마한 시에 최다득표로 시의원으로 당선되었으며 자연스럽게 시장이 됐다. 이때부터 한인사회에 그의 이름이 알려지기 시작했다. 그후 그는 여세를 몰아 공화당후보공천을 받는데 성공하고, 전통적으로 공화당 표밭인 지역구에서 당당히 연방하원의원이 됐다.

그때부터 김의원은 한인사회에 영웅적인 존재가 됐다. 어찌 한인사회 뿐일까. 본국신문, TV 등도 김의원의 성공을 침이 마르도록 높이 평가했고 그는 개선장군처럼 모국을 방문, 대통령도 만나게 되는 등 화려한 환영을 받았다. 교포사회에서도 기회가 되는대로 김의원을 초청연사로 부르고, 미주 곳곳에서 그를 위한 모금파티가 열렸다. 정치에 뜻을 둔 미국사람이 일생동안 매달려도 하늘에 별따기인 연방하원에 한국인 이민1세가 입성했다고 우리는 흥분과 감격에 젖어 있었다.

아마 그 기쁨과 자랑에 우리가 스스로 도취되었었나 보다. 가만히 기억해보건데 우린 그와 제대로 얘기할 기회를 갖지 못했다. 그저 그의 성공사와 연설을 일방적으로 들으며 박수를 보냈을 뿐이다. 그러던중 HR3500문제가 불거져 나오니, 우리의 입장이나 김의원의 입장이나 뒤늦게 난처해졌다.

혹자는 말한다. 한국사람으로 연방하원의원을 둔 것만으로 만족하자고. 또 어떤이는 우리가 김의원을 이해 못하면 누가 하겠느냐고 말한다. 맞다. 한국사람 연방하원이 있는 것과 없는 것은 큰 차이다. 또 그의 입장을 헤아리자면 못할 것도 없다.

그러나 더 근본과 끝을 따지자면, 정치란 서로 다른 집단들간에 이권을 서로 줄당겨 팽팽하게 균형 이루게 함 아닌가. 같은 한국사람이라는 표현에는, 그래서 생각과 끝이 같지는 않을지 언정 거꾸로 거슬리지는 않을 것이란 전제가 있다. 따라서 우리는 적어도 김의원이 우리의 최대이권이라고 할 수 있을 웰페어수혜와 이중언어교육문제를 반대할 것이라는 예상은 전혀 없었던 것이다.

결론으로 가자. 우리는 뜨거운 마음으로 김창준 의원을 사랑하고 자랑하고자 한다. 그러려면 그는 다소 입지가 어려울지언정 HR3500에서 이름을 빼야 옳다. 그것은 그를 위해 어려운 가운데서도 돈을 모아준 교포사회에 대한 최소한의 예의이며 원칙이다.

만일 그것이 그의 재선여부와 연결될 만큼 크리티컬한 문제여서 마음은 원이로되 그럴 수 밖에 없다면 그렇게 밝혀야 한다. 그래야 한인사회에서 '짝사랑'의 모금은 없을 것 아닌가.

(1994. 4. 23)

김창준 의원 얼굴 책임지기

남자는 40세 이후의 얼굴에 대해 책임을 져야 한다는 링컨의 말을 가끔씩 떠올린다. 40년의 세월을 웃고 울고 화내고 기뻐하고 슬퍼하고 고민하고 생각하고 지내다보면, 어느덧 얼굴의 표정에는 그 사람의 성격과 인격을 나타내는 각인이 새겨진다는 것이다.

요즘 곤욕을 치루고 있는 김창준의원의 얼굴사진을 보면서도 나는 링컨의 말을 또 생각하게 된다. 다분히 그의 주변에서 발생한 일의 결과와 연결시키는 나의 심리적인 편견도 있겠지만, 김의원의 얼굴에는 무엇인가 깊은 고민의 흔적이 있다.

한국인 이민 1세로서 주류사회 정치의 핵에 뛰어든 담대함이 있는가 하면 어쩔수 없는 아시안이라는 굴레가 주는 긴장감도 상존한다.

최근 김의원은 법원에서 유죄판결을 받았다. 한국기업들로부터 정치자금을 불법적으로 받았다는 것이 주요 죄목이다. 다행히 실형은 면해 법적으론 의정활동에는 지장이 없게 됐다. 그러나 그에게 계속되는 시련의 파도는 더 높아만 간다.

미언론들과 정치인들의 사임 압력이 거세게 몰아치고 있다. 연방하원 윤리위원회는 윤리위대로 김의원의 과거행적을 다시 조사하는가 하면 얼마전에는 그가 부인과 이혼절차를 밟고있다는 기사와 함께 부인이 김의원을 비난하는 내용도 보도됐다. 그야말로 김의원은 사면초가 상태다. 이런 분위기가 계속된다면 그의 4선 고지 점령은 무산될 공산이 커진다.

4년전쯤 웰페어 개정안이 한창 의회에서 논란이 되고 있을 때, 김창준 의원은 그 개정안에 앞장 선 적이 있다. 물론 웰페어 개정안은 우리같은 이민자들에게 크게 불리한 내용이었다.

이같은 사실이 알려지자 한인사회에서는 김의원에 대한 비판이 높아졌었다. 어떻게 한국사람 연방의원이 그럴수 있느냐고 섭섭해했다. 나도 그런 이들 중에 하나였다. 지역구가 백인들 일색이니까 개정법 반대까지는 못 나선다 하더라도, 그것을 통과시키는데 앞장 설 필요까지는 없지 않느냐고 글을 썼던 기억이 있다.

그후 그가 정치자금 수수건으로 조사를 받는 것을 볼 때만해도 떨떠름했었다. 미국에서 정치란 어차피 서로 주고 받는 것인데, 그는 한인사회에서 받기만 하고 한인사회를 위해 구체적으로 한 것이 없었다. 그에게 정치자금을 너무 많이 줘서 문제가 된 한국기업들은 무슨 급부를 바라고 그렇게 했는지 모르겠다. 혹시 김의원이 그런 기업에게는 나름대로 의회차원에서 신경을 썼는지도

모를 일이다. 문제가 됐다면 적절한 조치를 받는 것도 당연하다는
생각도 없지 않았다.

그런데 요즘은 부쩍 그가 안타깝고 아깝다는 생각이 많이 든다.
그는 능력있는 사람이다. 다이아몬드바 시장에 당선되고 연방하
원의원에 당선되기까지 그 길을 스스로 개척해 나갔다. 한인사회
의 도움이 전혀 없었다고 해도 과언이 아니다.

사실이지 그가 연방하원의원에 되고 나니까 한인사회가 반색을
하고 그를 자랑스럽게 여긴 것 아닌가. 동양계 이민 1세가 미국에
서 연방의원에 당선된 것은 김의원이 사상 처음이다. 그런 그가
사방에서 돌팔매질을 당하고 있다.

연방하원의장 깅그리치도 자금관련 불법행위로 하원 윤리위원
회에서 조사를 받고 잘못을 인정한 바 있다. 경우가 다르긴 하지
만 클린턴은 또 어떤가. 김의원보다 더 어려운 입지였을 망정 건
재하다.

왜냐하면 그들에게는 편이 있기 때문이다. 함께 돌을 맞으면서
도 돌을 상대편에게 던질 아군이 있었기 때문이다.

그런데 김의원에게는 편이 없다. 그나마 부인까지 돌아서 홀홀
단신으로 보통 외로운 싸움이 아니다. 편이 없는 이유 중에는 그
가 아시안이라는 것도 비중이 크다. 그렇다고 아시안 사회는 그의
편인가 하면 천만에다.

이런 저런 생각끝에, 결국 김의원의 얼굴에 깔려있는 무거운 외
로움을 벗길 사람은 우리밖에 없다는 데 이르고 만다. 어차피 통
과된 웰페어 개정안이니 접어두고, 피는 물보다 진하다는 민족의

식을 새삼 지피우면서.

그런 의미에서 일부 교포들이, 또 미주 총연에서 김의원을 돕기 위한 논의가 있었다는 소식은 반갑고 위로가 된다. 부디 잘되어서, 김의원이 한국인의 얼굴을 제대로 책임지게 했으면 좋겠다.

(1998. 3. 31)

서편제와 교포문화

이따금씩 나는 교포사회에 문화란 것이 있다면 어떤 것이 될까 하는 생각을 가져보곤 한다.

환경적으로는 어쩔 수 없이 미국문화권에 속해 살 수 밖에 없다지만, 문화라는 것 자체가 인간이 살아가면서 어떤 목표나 목적을 향해 나갈 때 자연스럽게 이루게 되는 생활의 형태 내지는 공동관심으로 규정되므로, 잘 나가다가도 진저리쳐지게 낯선 이질감을 느낄 때마다 결국 나는 이 사회의 문화권에서 튕겨져 내동댕이 쳐지는 외톨박이라는 생각을 갖곤 한다.

문화를 하나로 뭉뚱그려 맞다 안맞다 할 수는 없는 노릇이고, 또 무엇이 옳다 그르다 할 일도 아니어서, 곰곰이 생각은 하되 끝에서는 혼란스러움 속에, 딱 부러진 결론을 유보할 수 밖에 없게 된다.

교포신문이 영세하고 여러가지 어려운 환경을 안고 있는 것은 사실이지만, 역시 신문사업은 문화사업의 범주를 끼고 있다. 교포사회에서는 더욱 그렇다. 일반적으로 먹고 사는 일이 너무 바쁘고, 또한 우리끼리만 모여 사는 것도 아닌 섞임사회에서 어떤 문화사업을 일반 개인이나 단체에서 주관하는 것이 여간 어렵지가 않다.

시간적으로, 인적으로, 재정적으로 막대한 투자가 있어야 하고 그렇게 해도 기대했던 결과는 어림도 없는 적이 태반이다.

그래서, 신문을 비롯한 교포언론매체가 문화행사를 부지런히 주관하고 또는 후원하는 것이 매우 바람직하다고 나는 늘 생각해 오고 있다.

아무리 좋은 프로그램이라도 잘 홍보하지 못하면 흥행에 참패하기가 쉽상이기 때문에, 최소한 언론매체가 나설 경우 이런 부담은 줄기 때문이다.

아무튼 이런 생각이 오락가락하는 가운데 본보도 소위 '문화행사'를 한다. 가까운 기억만 따져도 쏠리스트 앙상블을 주관했으며 글로리아 앙상블을 후원했다. 다행히 두 행사 모두 자타가 공인하는 성공이었다. 교포사회 전체를 수준있는 문화행사로 순화시키고 격상시켰다는 뿌듯한 자부심, 그맛에 행사를 하는것 아닐까.

대개의 경우 이런 행사는 신문사측에 의뢰가 들어온 것을 여러 각도에서 가늠하면서 주최 또는 후원여부를 결정한다. 아무리 좋은 문화행사라도 신문사가 땅 파서 운영하지 않는 다음에야 최소한 손해는 안 나야 될 것 아닌가. 그런 후에 조건을 맞추어 본격적으로 행사를 진행시켜 나간다.

그런데, 오는 12월2일부터 6일까지 본보가 주최하는 영화 '서편제' 상연의 경우는 좀 달랐다. 우선 우리쪽에서 주최를 해보려고 안달을 했으며 수지타산도 상세히 따져볼 겨를이 없었다. 마지막 영화상영에 대한 계약서에 서명을 하기까지 어렵고 조마스런 과정을 넘기는데 신경이 전적으로 쓰였다. 영화가 워낙 인기있으니까 유치경쟁도 심했다. 다행히 태흥영화사의 젊은 L상무의 화끈한 결정으로 본보가 이 영화를 끌어안게 됐다.

일단 끌어 안고나니 이쪽 일도 많았다. 북가주지역의 특성상 한 곳에서 상영할 수도 없는 노릇이어서 곳곳마다 극장을 빌리는 일, 좌석수와 상영시간을 지역 특수성에 맞춰 결정하는 일도 쉽지 않았다. 일전에 영화상영을 해보았던 산호세 P형의 경험과 도움이 아니었더라면 우왕좌왕, 어쩔 줄을 몰랐을 것이다.

쫓기는 시간속에 전 직원이 나서 포스터를 곳곳에 붙이고 티켓을 배포하고 타언론매체에도 대대적인 협조를 얻어 홍보를 시작했다. "우리가 모두 알고있는 영화, 그러나 볼 수 없었던 영화, 서편제가 북가주에 옵니다"

밀려드는 양악과 빠르게 변하는 사회의 근대화과정에서 우리의 고유소리를 지키려고 처절히 발버둥치는 아버지와 딸의 모습을 그린 서편제는, 핀트는 다소 안 맞지만 미국문화권속에서 뭔가 마땅치 않아 뒤뚱대는 우리의 모습과 일맥 통한다고 할 수 있다.

요즘 나는 '교포사회의 문화' 란 것을 새삼 정립해보려 애쓰며, 좋은 영화엔 관객도 많다는 원리를 일단은 철석같이 믿고, 그러나

영화관이 텅 비면 어쩌나 하는 조마조마함에 하루하루를 꼽으며
집으며 분주하게 넘어가고 있다.   (1993. 12. 8)

서편제 보고서

　"음악을 그래도 남보다 좋아한다고 자부하던 내게 사실은 부끄러움이 있다. 우리 고유음악인 판소리에 대해서 취미를 붙이지 못하고 있었던 것이다. 그러나 애낳은 처녀도 할말은 있는 세상이므로, 판소리는 내적성과 도대체 맞지 않는다고 턱없는 위안을 늘어놓고 있었다. 영화 서편제는 그런 나에게 판소리의 새로운 세계를 펼쳐 주었다…"

　이미 서편제 영화를 감상한 독자들 중에는 팜플렛에 실린 필자의 '서편제 북가주 상영에 부쳐' 라는 주최의 변을 보았을 터이다. 그 팜플렛과 영화필름을 들고 몬트레이부터 새크라멘토까지 마치 곡마단처럼 5곳을 훑으며 영화 돌리기를 14번 했다. 어제(6일)로 상영의 대단원 막을 내렸는데 그동안 차곡차곡 쌓아 놓았던 긴장감과 피로감이 엄습해 아침 늦게까지 침대를 빠져나오지 못했다.

신문을 하는 사람의 최대 '빽'이란 죽으나 사나 독자들 밖에 없기 때문에, 나는 서편제로 가슴 조이던 2주전, 그런 느낌으로 포장하여 한명의 독자라도 서편제에 더 초대하려고 안달을 하는 글을 썼던 적이 있다. 안 오려고 했던 분이 시원치 않은 글귀를 읽고 마음이 확 바뀌어 온 분이 설마 얼마나 될까마는, 주최의 대표로서 서편제상영 영화관 입구에 서 있었더니 많은 분들이 "글을 읽었다"는 언급을 해주셨다.

보도된대로, 서편제는 인산인해를 이루었다. '줄서기 문화'에 서툴 뿐 아니라 시간 전에 와서 '기다리는 문화'는 아예 잊어버린 줄 알았던 우리에게, 필요하다면 우리도 이쯤은 할 줄 안다는 스스로의 확인이 우선 기분 좋았다. 일찍이 교포대상 행사가 제시간에 시작한 꼴을 못 보았던 터에 딱 정시에 시작할 수 있었음도 서편제를 함께 본 모든 관객들이 자축할만한 일이다. 극장이 컸던 일부지역에서는 팝콘을 사려고 줄 서있던 관객들을 지금 영화가 시작되니 어서 들어가라고 밀칠 수 없었으므로 본의 아닌 지체가 있었으나 5분을 넘기지 않았다. 특히 몬트레이에서는 3회에 걸쳐 6백 여명의 관객이 들었는데 한명도 상영시간에 늦은 사람이 없었던 신기한 기록도 세웠다.

1시간 53분간 상영된 '서편제'에 대한 교포들의 영화 평가도 사실은 주최측의 마음을 다소 불안케 했었다. '서편제'를 한다고 하니까 극히 일부였을 망정 "그 영화 별 볼일 없다"고 나팔을 불고 다닌 무리들도 있었기 때문이다. 그러나 상영이 끝난후 눈시울이 붉어져 나온 관객들이 개인적으로 알 턱이 없는 주최측 사람들

156

을 붙들고 좋은 영화를 보여줘서 고맙다고 하는 모습, 되받아 감사하다고 인사하는 모습은 곳곳에서 목격됐다. 벌건 눈시울로 어색스러운듯 웃으며 영화에 만족해 하는 수많은 얼굴을 만나는 일은 주최측에게 있어 더 없는 보람이었다.

하늘도 도왔음인가. 영화상영을 시작하기전 폭우가 내려 걱정스러웠건만 5일간 청청 맑은 날이었다. 6일 샌프란시스코지역을 중심으로한 베이지역에는 비가 내렸지만, '서편제'는 이날 새크라멘토 교민들과 만나는 날이었다. 같은 북가주 내에서 어디는 비 오고 어디는 맑은 날도 드물거니와 영화일정을 어쩜 그렇게 비껴가는지.

어떤 신문사 사주가 "신문기자는 무엇보다 사람을 사랑하지 않으면 안된다"고 했었다는데 나는 그말의 진리성과 허구성을 수시로 번갈아가며 확인하는 편이다. 신문을 펼치면 처음부터 끝까지 모두 사람 살아가는 얘기다. 성철스님은 산은 산이요, 물은 물이라 하였다는데, 사람은 사람이요 신문도 사람이라는 생각이다. 그러니 사람을 사랑치 않고서야 신문을 사랑할 수가 없다는 말이다.

그러나 그건 원초적인 진리다. 사람끼리 사람을 끼고 그 안에서 북새통을 치면서 산다는 것이 얼마나 피곤하며 실망을 반복해야 하는 일인가. 각 개인도 그렇게 느낄진대, 그런 해프닝을 매일같이 채로 쳐서 건져진 것들을 문자화하는 신문업 종사자들에겐 이따금씩 주체할 수 없이 침잠하는 총체적인 피로감과 허무감을 맛본다. 이럴 땐 사람을 사랑하는 것이 아니라 몹시 징그러운 것이 솔직한 심정이다.

그런데 나는 '서편제'라는 영화를 감상한 7천여명 관객들의 '공감대'를 느끼면서 우리 한인들에 대한 애정이 깊어졌다. 갑자기 예수같은 말씀이 아니고 건방 떠는 말이 아니다. 아니 애정이 깊어졌다는 말보다 이 지역에서 신문을 할 맛과 힘이 솟았다고 표현해야 할까 보다.

굴곡 심한 인생 속에 한이 맺히고 풀리는 한 가족의 삶을 그린 한편의 영화에 커뮤니티 전체가 심취했다는 사실은 신나는 일이다. 이런 고맙고 자랑스런 커뮤니티에서 신문을 한다는 일도, 아니 우리가 살아가고 있다는 자체도 신나는 일이다.

(1993. 12. 8)

우울한 공청회

．

　상항 한국인연합감리교회 건물을 사적으로 결정할 것인가의 여부를 위해 열린 시 사적보존위원회의 공청회소식을 듣는 우리의 마음은 울적하다. 막연하게나마 공청회라는 것에 대한 절차와 분위기를 알고 있었던 터에 그럴 줄 몰랐느냐고 다그치면 할 말이 없겠지만, 한인이민사로 점철된 역사적 무게를, 단 한명의 한인 커미셔너도 들어있지도 않은 위원회에서 저울질한다는 것은 아무래도 아이러니이며 어처구니 없기 때문이다.

　사적이라 함은 역사적으로 남아있는 사건의 자취를 말하는 것인데, 어찌 그들이 우리의 진짜 자취를 냄새맡을 수 있겠는가 하는 의문은 공청회가 지난 후 일주일이 지났지만 아직도 진하다.

　시 사적보존위원회의 한 위원은 이처럼 과열된 공청회를 일찍이 경험하지 못했다고 했다. 사적보존위의 공청회란 사실 축복되고 즐거운 분위기여야 옳을 일이다. 우리가 뭔가에 역사적 가치를 인정하려고 하니 이를 승인해달라는 일이므로, 신청자측과 사적보존위의 상대적인, 혹은 때로 상반되는 입장이 있을뿐이런만, 이번 공청회는 우리입장이 사적이다, 아니다의 편 갈라진 모습이고 저쪽은 꼭 판사처럼 판결을 내려야 하는 꼴이 됐다. 그래서 우리의 마음은 편치 못하다.

시 사적보존위를 나무라자는 것은 아니다. 또 사적보존을 해달라고 제안한 한미사적위원회나 이를 반대하는 입장을 표명한 상항 한국인연합감리교회측을 탓하자는 것도 아니다. 다만 사적이다, 아니다의 갈림길에 섰다는 현실을 다시 한번 실감하되, 당장 결정하기 곤란한 시 사적보존위원회가 한번 더 공청회를 갖더라도 결국 결과는 어느 한쪽이든 치명적(적어도 이 문제에 관한한) 타격을 받을 수 밖에 없는 것이니, 정작 이것이 우리의 '운명'인지는 가늠해 보고 싶은 것이다.

서로의 이해관계가 다르고, 마음의 상처를 받을 만큼 받고, 불신의 골도 결코 얕지 않은 상황이지만, 이런 부수적 파생물을 채로 치듯이 걸러내 마지막에 남을 것만 가려간다면 사실상 어려울 것도 없다는 생각이다. 강건너 불 보는 심정이 결코 아닌 충정에서 말하거니와, 마지막 결과는 어떻든 최선의 방책을 도출해내야 한다.

상항 한국인연합감리교회측이 건물을 사적이 아니라고 강변하는 이유는 한가지다. 사적으로 지정될 경우 건물값을 제값을 받지 못하게 된다는 우려이며, 이것은 곧 교회이전에 차질을 가져온다는 것이다. 교회입장에서는 사적이냐 아니냐 하는 이슈만을 곰곰이 생각하기 이전에 자칫하면 건물값이 시세에서 폭락을 초래한다는 현실적 위협이 있는 것이다.

애당초 교회는 선교적사명을 우선으로 결정했으며 그렇기 위해서는 교회를 이전할 수 밖에 없다는 결정을 내렸었다. 그런데 거기에 가장 기본적으로 필요한 금전문제에 엄청난 차질이 오면 궁극적으로 선교적 사명을 망치게 되는 결과로 이어진다는 것은 누구나 쉽게 이해할 수 있는 일이다. 따라서 사적지정은 곧 이전불가와 마찬가지이며, 게다가 부동산 가격만 내려 놓는 결과가 된다. 이런 상황에서의 반대는 당연하다 하겠다.

한미사적보존위의 입장은 어떤가. 교인총회에서 교회이전이 결정되고 마지막 보루로 모금할 기간을 달라는 요구도 거절된 마당에 다른 방법이 있을 수 없었을 것이다. 시 사적보존위원회에 지푸라기를 잡는 심정으로 매달린 것이다. 교회의 문제는 교인들의 의사대로 정한다는 방침과는 상당히(?) 거리를 두고 있는 시 사적보존위에 마지막 기대를 건 셈이다. 누가 이를 틀렸다고만 할 것인가.

그렇다면 이런상황에서 최대공약수는 당연히 건물을 제값으로 매각하고, 그 건물은 사적으로 보존한다는 내용이 된다. 물론 이런 최대공약수를 유출해 낸다는 것이 결코 쉽지 않다는 것을 안다. 그렇게 가기까진 또 다시 여러차례의 고비가 기다리고 있을 줄도 안다. 그러나 이를 해내지 못한다면 우리는 한쪽을 크게 잃고 만다는 인식이 분명하고 그에 대한 안타까움이 있다면, 희망은 분명히 있다고 생각한다. 그러면 어떻게 해야 할 것인가.

우선 시 사적보존위원회의 사적지정에 대한 가부결정이 유보되어야 한다. 앞에서도 언급했지만 시 사적으로 결정되면 상항 한국인연합감리교회가 안게 되는 손실은 이루 말할 수 없게 되기 때문이다. 현재 2백만달러까지 입에 오르는 건물가격이 1백만달러까지 떨어질 우려가 있다는 말이 나오고 있다.

시에서 사적지정을 하는 것은 후에 해도 늦지 않는다. 시 커미셔너들 앞에서 처음엔 분열된 한인커뮤니티의 의견이었으나 후에 우리가 합한 의견으로 사적지정을 요구한다면 그들도 고민없이 흔쾌하게 사적지정을 승인하리라.

또 함께 이루어져야할 조건은 상항 한국인연합감리교회가 한미사적보존위원회측에 이 건물을 구입할 수 있도록 모금할 수 있는 적정기간을 허락하는 일이다. 물론 건물가격은 시가에서 크게 차이없이 적절해야 하며 기간도 마찬가지다. 필경 북가주지역이나 미주지역에서의 모금은 미비할 것이며 본국에서의 모금형태가 될 것이므로, 일단 모금만 시작이 되면 장기간이 소요되지는 않을 것이고 가격 또한 크게 문제가 되지 않을 것으로 본다.

시간이 없다. 속이 상해있고 미움의 앙금도 있겠고 나름대로 억울함도 있겠으나 어서 양측은 만나야 한다. 어떻게 해서든 합의를 끌어내고 서로 협조해 교회도 사적도 함께 살려야 한다. 이 일의 시작을 위해 누군가 중재역할을 해 주면 더 효과적일 것이라는 생각도 든다.　(1992. 12. 11)

화합이 더 중요하다

상항 한국인 연합감리교회의 사적지정이 지난 주 시의회에서 7 대4로 결정나고야 말았다. 서로 피할 수 있으면 좋았을 걸, 끝까지 겨루어 '이긴 편'과 '진 편'을 가르고 만 시의회 결정 다음엔 아직 하나의 변수, 조단시장의 서명이냐 거부권이냐를 남겨두고 있다.

일설로는 조단시장이 성급하게 사적지정 쪽으로 지지를 표명했다가 후회하고 있다고도 하지만, 어느쪽을 지지하는 것이 옳고 그름을 떠나서, 철저하게 의회민주정치를 신봉하는 이 나라의 기본골격을 보건대, 특정 정치현안이나 정책이 아닌 한인교회의 사적지정문제에 시장이 거부권까지 들고 나서는 일은 드물다는 것이 일반적인 견해다.

이미 끝나버렸지만 월드시리즈 야구경기는 한편이 이기고, 그 다음날은 다른 한편이 이기는 등 엎치락, 뒷치락이 많을수록 재미

있다. 그러나 그동안 한국인 연합감리교회의 사적지정을 놓고 시 사적위원회, 시계획국위원회, 시의회에서 '역사적 가치가 있다' '없다' '다시 있다' 로 엇갈려 내려진 결판은, 재미는 커녕 씁쓸할 뿐이다. 당사자 커뮤니티 내에서 사적이다, 아니다 양분되어 심판대에 올라온 예가 극히 드물었기에 난감한 표정으로 한표 던지는 위원들이나 시의원의 모습은 곧 우리의 자존심을 박박 긁어대는 서글픈 것이었다.

이쯤에서 끝나면 그만이라 하겠지만, 사실 나는 앞으로가 더 걱정스럽다. 장차 이문제가 어떻게 발전내지는 변형되어 나갈 것인지에 대한 불투명한 예상 때문이다.

우선, 사적지정이 되었음에도 불구하고 교회매입을 계약하고 있는 장의사에서 예정대로 매입을 하는 경우를 생각할 수 있겠다. 교회는 다른 곳으로 이사를 가게 되겠지만 사적지정까지 된 자리를 떠났다는 따가운 눈총도 있을 것이며, 한인이민역사를 간직한 교회건물은 그대로 있으나 그안은 장의사로 변하고 그 맥락을 잇는 교회는 다른 곳으로 가는 한편 시에서는 사적으로 보존하는, 양복 입고 갓 쓰는 이상한 모습으로 얽혀 매일 것이다.

두번째로는 사적지정이 되었으니, 이사를 못하는 교회의 모습이다. 이는 참으로 가슴아프고 안타까운 형태다. 우리 모두 알고 있는 사실이지만, 상항한국인 연합감리교회는 차이나타운 복잡한 한가운데 위치하고 있어 교회발전에 막대한 지장을 받아왔다. 교인은 늘지 않고 이대로 가면 계속해서 줄어들어 오랜세월이 지나면 교회가 문을 닫게 될 지도 모른다는 위기의식을 느끼고 있기도 하다. 이런 절박한 심정을 지닌 교인들 중에는 그래서 사적보존협회가 교회를 망하게 하려고 한다는 억하심정을 표현한 사람들이 많았다.

장의사가 안 사는데 다른 매입자가 나서지도 않을 것이다. 사적지정이 되고나면 특별한 경우를 제외하고는 부동산 가격이 하락하는게 상례다. 그러니 긴 연장선상에서 보면 교회의 존폐문제까지 직관된다고도 할 수 있다.

세번째로는 한미사적보존협회에서 이 교회건물을 매입하는 경우다. 진작부터 교포사회에서는 교회건물이 한인사회에 남아있고 교회도 원하는 장소로 이사하는 이상적인 타협안을 갈망해 왔었다. 그럴 수만 있다면 실로 바람직하다고 입을 모아왔던 터다.

물론 지금에 와서도 최선의 선택은 세번째다. 사적으로 지정됨에 따라 그렇게 되어야 한다는 당위성까지 띨 수 있다고 볼 수 있겠다. 그러나, 말처럼 쉬운 일이 어디있을까.

여기서 가장 큰 문제는 2백30만 달러를 과연 사적보존협회에서 마련해 낼 수 있겠는가 하는 것이다. 솔직히 이 돈이 교포사회에서 염출되기는 턱도 없다. 그렇다면 본국에서의 도움을 받아야 하는 것인가, 그동안 사적지정을 놓고 하도 왈가왈부해서 본국관계 부처나 관계단체에서도 헷갈리고 있는게 현실이다. 230만 달러가 큰돈인 것은 분명하지만, 사실 한국에서 본격적인 모금이 이루어진다면 어려운 일도 아니다. 다만 모금의 불을 제대로 붙일 수 있느냐 없느냐가 관건인 셈이다.

방법은 단 한가지다. 여기서 화합을 해서 한 목소리를 내면 된다. 그렇게 될때 미주한인사회 사상 최초로, 시의회에서까지 한민족의 사적으로 지정한 건물을 본국에서 외면할 까닭과 명분이 없기 때문이다. 그러나 여전히 분열된 모습으로 남는다면 본국으로부터 지원은 커녕, 샌프란시스코라는곳에 사는 한인들의 이미지는 영 고약스런것으로 인식되기 쉽상이다.

"유리하다"고 표현해도 우습지만, 어쨌든 교회측보다 그와 비슷한 처지에 놓이게 된 한미사적보존협회 관계자들에게 고언하거니와, 행여라도 이겼다는 우월감일랑 꿈도 꾸지 말고 교회를 위로하고 포용하는 자세와 인내심을 갖기 바란다. 교회측도 상할대로 상했을 망정, 이제는 문제를 현실적으로 보고 화합의 태도로 향할 때가 아닐까 싶다. 가장 오래된 교회다운, 그곳의 자부심을 간직한 교인들다운 아름답고 고고한 모습으로.   (1993. 10. 27)

3백분지 1의 책임

황영조 선수의 마라톤 금메달 소식도 있고해서 모처럼만에 기분 좋은 날엔, 여기에 어울리는 시원한 청량제나 샴페인 같은 글이 좋으련만, 현실로 부딪혀있는 이 큰 벽을 우리가 넘지 못하면 두고두고 불쾌한 일들이 계속될지도 모르므로, 나는 오늘 별로 내키지 않은 상항지역 한인회 얘기를 독자들과 나누고 싶다.

하긴 한인회라는 말을 기분좋은 토픽으로 연결시키지 못하는 선입견적 발상부터가 문제라면 문제다. 그렇지만 솔직하게, 상항지역 한인회를 유쾌하다고 부르짖을 사람이 얼마나 있겠으며 혹시라도 누가 그렇게 용기를 내면 필경은 저치가 돌아도 한참 돌았다고 보는 시각이 뻔한 게 현실 아닐까.

그래서 어떤 독자 중에는 한인회 얘기좀 제발 신문에 쓰지 말라고 주문하는 이도 있다. 그럴 지면이 있으면 차라리 어디서 물건을 싸게 세일하고 있다는 기사를 실어달라는 것이다. 얼마전에 만난 어떤 이는 요즘 한인회가 활동 안해서 교포사회가 안되는거 있냐고 한인회 무용론을 들고 나왔다. 해가 안 뜨나, 별이 안 뜨나, 장사가 특별히 안 되나, 교회에 교인이 안 모이나, 마침 본보가 킴보장학금을 시상할 즈음이었는데, 그의 말은 한인회가 없어서 장학금을 못 주나에까지 이르러 나는 그만 웃고 말았다.

맞다. 그건 맞는 말이었다. 한인회가 없다고 해서 슬퍼하거나 서러워할 이도 없고 우리 인생의 희노애락이 지장받을 일도 없다. 그렇다면 한인회는 왜 있는건가? 그래도 왜 신문에서 다시 한인회를 거론하고 그 모임을 최소한의 예우로 갖춰 보도하고 있는 것일까?

그것은 어쨌거나 한인회가 갖는 보편성 때문이다. 그 지역에 사는 한인들의 모임을 우리는 한인회로 보기 때문이다. 한인회, 한인회 하니까 꼭 무슨 특정집단으로 우리는 무의식중에 그 성격을 규정하고 있는데 가만히 생각해보면 한인회야말로 한인사회에서는 유일하게 특정집단으로 규정될 수 없는 모임이다. 논리에 적극성을 갖는다면, 한인은 싫든 좋든, 한인회가 있든 없든, 한인회에 포함된다는 말이다. 그래야 정상이다.

청춘예찬에 "청춘, 이 듣기만해도 얼마나 신나는 일이냐" 했던가. 이민생활 힘들고 어려운데 거기에 존재하는 우리끼리의 모임, 한인회! 이 이름만 들어도 얼마나 듬직하고 정겨운 모임이냐. 사실 한인회는 이렇게 초기에 시작됐다. 분열도 없었고 시비도 없었다. 그러던 것이 지금은 온갖 혼탁한 색깔은 다 칠해져 이제는 도무지 초기의 순수성도 찾기 어렵고 또 우리들은 기대도 하지 않는다. 그래서 내게는, 그런 원초적 한인회에 대한 그리움과 현시대의 한인회에 대한 밉쌀스러움 사이에서, 이를테면 애증이 교차한다.

호들갑스런 감상은 그쯤 떨고⋯ 상항한인회는 오는 15일 제47주년 광복절 기념행사와 함께 한인회 총회를 갖는다. 이미 보도된대로 이 자리에서는 한인회장을 새로 뽑고 문제있는 정관도 새로 개정할 계획을 가지고 있다. 또한 그동안 시비에 대상이 되어왔던 정통성에 대한 시비도 확실하게 매듭을 지으려고 준비가 한창이다. 1990년 12월 선거관리위원회가 둘로 구성되며 회장 권한대행의 소송으로 이어지는 지리한 싸움을 교민의 이름을 빌어 종지부 찍을수 있는 기회로 꼽히고 있다. 총회는 한인회의 최고 의결기관이다. 따라서 여기에서의 결정에는 시비가 있을 수 없는게 상식이다. 그러므로 현재 한인회 이사장을 비롯해서 이사들이 적극적인 방책으로 내놓은 총회안은 현재와 같이 교착상태에 빠져있는 상황의 한인회로서는 최선이라 할만하다.

그런데 여기에는 일말의 불안감이 없지 않다. 다름이 아니라 과연 성원이 될 것이냐 하는 것이다. 3백명이라는 숫자는 결코 모여라 해서 모일 만한 숫자가 아니며 더구나 그동안 한인회의 행각을 잘 알고있는 교민들이 시간이 금이라는 미국생활에서 자기 시간 쪼개 오겠느냐 하는 비관론도 있다. 나는 한인회 이사회에서 총회안으로 한인회 문제를 정면돌파하는 용기에 찬사를 보내면서도 그 쉽지 않은 일을 어찌 치루어 넬꼬 하는 걱정도 많다.

그러나 난 결론지었다. 내가 이제 할수 있는 일은 8월15일 한인회 총회에 참석하는 일 뿐이라는 것을. 언론인으로 늘 한인회 문제에 칼질을 가해 왔지만, 지금은 그 안에 한 작은 일원으로 3백 명으로 가는 길에 한 카운트가 되어주는 일이 가장 절박한 일이라는 생각을 갖는 것이다. 물론 안다. 나 하나 때문에 성원이 되고 안되고 하는 극적인 드라마는 없을 것이라는 것을. 그렇지만 그것 과는 상관없다. 적어도 한인회가 다시 인사불성의 수렁텅이로 빠져드느냐, 쾌적하게 빠져 나오느냐 하는 갈림길에서 3백분지1의 무게를 실어 주는것은 최소한의 내 몫이라고 생각하기 때문이다.

한인회가 그동안 일반 교포들에게 식상해지게 된 데는 대부분이 한인회 관계자들에게 책임이 있다. 일반적인 대중적 집단이 갖는 보편적 성향은 대개 비슷하므로 그것에 연관하여 단체나 집단이 잘못된다면 그 집단이나 단체의 장이나 관계자를 나무라는 것이 일반적으로 옳다. 그러나 거기에 전제되는 것은 대중적 집단이 기본적으로 보여야 하는 관심이다. 예를 들어 이번과 같은 상항한 인회의 상황에서라면 가급적 많은 인원이 참석해주는 일이 그 관심에 속한다. 한인회에 티끌만한 관심이 있다면 가급적 총회에 참석을 권하고 싶다. 마침 8.15광복절 기념식을 겸한다고 하니, 님도 보고 뽕도 따는 다부진 기대속에.　　(1992. 8. 12)

이경원씨와 한인사회

　3년쯤 전 본보에서 일주일에 한번씩 영문판 신문을 낸 적이 있었다. 한 주일에 한 페이지씩, 더러는 두 주일에 두 페이지씩 지면을 할애하여 나름대로 그럴듯한 커뮤니티의 영어신문을 내려고 애썼던 기억이 새롭다. 끝내는 계속해서 내지 못하고 1년쯤 하다가 중단해 독자들에게 송구스럽게 되고 말았지만, 여러가지 악조건을 무릅쓰고 이지역에서는 최초로 영어판을 발행한다는데 가졌던 자부심과 의의는 지금도 확인된다.

　막 영문판을 접을 때 즈음해서 이경원씨를 어느 모임에서 만난 적이 있다. 이경원씨도 영문판신문 '코리아타운'이라는 것을 시작했다가 문을 닫았던 경험이 있는 터라 무엇이 어려운 점이었는지를 서로 얘기하고 공감할 수 있어서 큰 위로가 됐다. 그가 기치를 내세우고 정열적으로 몰아부친 '코리아타운'과 중앙일보 샌프란시스코사가 '여력'으로 해보겠다던 영어판과야 감히 비할게 아

닐 정도로 전자의 무게가 크지만, 영어판이 커뮤니티에서 재정적
인 후원을 얻을 수 없는 점을 허무스럽게 동의하는데 이견이 있을
수 없었다. 우리 신문에서도 영문판을 그만두어야겠다는 말에
"필요하다면 내가 도움을 줄 수도 있을텐데…" 하면서 무척 아쉬
워했던 그의 표정이 선선히 남아있다.

   이경원씨를 내가 처음 만난 것은 이보다 훨씬 전이었다. 9년전
데이비스에 있는 친척집을 방문했다가 저녁식사에서 함께 만나게
됐다. 그의 명성은 익히 들어 알고 있던 터 여서 낯선 느낌은 전혀
없었거니와 약간의 사투리까지 섞여있는 한국말에 오히려 친근감
이 더했다. 당시 저녁식사 자리에서 지나는 말로 이경원씨가 자신
의 딸에 대해 얘기하면서 "아 그래도 그게 조선년이라고 말이
지…" 했던 표현이 내게는 이경원씨하면 꼭 떠오르는 한 부분이
다. 조선년이라는 말이 이때보다 실감날 때가 더 있었을까. 엄마
가 미국인인 딸을 조선년이라고 못박는 그야말로 '토종' 조선인
이었다. 나는 그때, '코리아타운' 이라는 영문판 신문을 시작했던
그의 가슴이 어땠는지를 짐작할 수 있었다.

   이경원 기자에 대해 누군가 이런 평을 했다. 그에 대해서 3번
놀라게 된다는 것인데, 그 처음은 그의 매끈하지 못한 영어발음이
다. 그래서 그와 인터뷰를 하자든지 하면 처음에는 저런 영어로
신문기자를 어떻게 하지 하는 생각을 갖는다고 했다. 그러다가 그
가 묻는 말을 들어보면 두번 째 놀란다는 것이다. 전혀 예상하지
못했던 질문이 쏟아지고 사전 지식이 어찌나 풍부한지 땀을 뺀다
는 것이다. 세번째는 그가 쓴 기사를 보는 순간이라고 했다. 마치

172

군살이라곤 하나도 없는 근육질의 운동선수처럼, 군더더기 하나 없이 더도 덜도 아닌 있는 그대로를 정확하게 옮겨 놓는다는 것이다. 그의 유닉한 필체와 예리한 관찰이 만든 신문기사는 미 언론계에서 알아준다고 했다.

그럼에도 불구하고 이경원씨를 생각하면 끝내 안타까운 생각이 더 진하다. 그는 실력면에 있어서, 통통 튀는 취재아이디어에 있어서, 어느 누구에게도 뒤지지 않았으나 계속해서 일선 기자에만 머물렀다. 미국 신문들은, 겉으로는 절대로 인종차별을 얘기하지도 않을 뿐더러 오히려 인종차별은 절대 없어야 한다고 외칠 망정, 이경원 기자를 데스크에 앉히지는 않았다. 자신보다 훨씬 경력도, 실력도, 삶의 길이도 짧을 편집국장에 원고를 넘기는 이경원 기자의 모습이, 상상일지언정 쓸쓸하고 가슴 아프다.

'코리아타운'의 폐간도 그렇다. 한인사회에 꼭 필요한 이 신문에 대한 이경원 씨의 열정은 하늘만큼 큰데, 커뮤니티의 협조는 차갑다 못해 꽁꽁 언 동토였다.

만일 그 때 '코리아타운'이 잘 존속되어 한인사회의 모습과 목소리를 대외로 알리는 신문이 되었다면, 아마 몸서리처지는 4.29 폭동 따위는 경험하지 않거나 가볍게 스칠 수 있었을지도 모른다. 가깝고 눈에 보이는 것이 아니면 다른 데서 알아보라고 돌아선 한인 기성세대는 이때부터 비극의 씨앗을 잉태했는지도 모른다.

우리를 더욱 슬프게 하는 것은 이런 이경원 씨가 어렵디 어려운 투병생활을 하고 있다는 소식이다. 이민자의 희망과 좌절, 그리고 한을 몸 전체로 겪은 그가, 마지막으로 정열을 불 태우려고 들어

갔던 한인언론매체에서 도중하차하고 게다가 보험이 커버가 안되어 30만 달러의 수술비 재촉을 받는다는 것은 구차한 이유나 설명을 듣기전에 우선 분노스럽다.

이경원씨 병상을 방문했던 사람들은 그의 집안곳곳에 묻어있는 궁핍의 흔적이 콧등을 찡하게 한다고 전한다. 새크라멘토지역에서 뜻 있는 교포들이 모여 이경원 씨를 돕겠다고 나선 것은 참으로 다행한 일이다. 이일이 북가주전체로 확산되었으면 좋겠다. 뜻 있는 교포들이 어찌 새크라멘토에만 있으랴. (이경원씨 돕기 연락처 : 이상규씨 916 : 372 : 6402)   (1993. 10. 6)

5

원칙과 변칙 사이에서

우리의 5월은

　5월이 있기 위해 나머지 열한달이 있다는 말이 있을 정도로, 옛부터 또 동서남북을 막론하고 오월의 싱그러움과 따사로움, 화사한 희망과 부드러움은 칭송의 대상이었다. 그런데 우리에게 있어 5월은 어린아이가 치루는 홍역처럼 곤욕스럽고 안타깝고 조마하고 잔인스럽기까지 하다. 특히 1980년 광주항쟁이 있고부터 5월은 정치권에 있어 공포의 기간이 되어왔고, 일반 국민들에게는 또 시작되는 지겹고 진절머리나는 최루탄 냄새에 쩔어 사는 운명적 한달이 됐다.

　올해도 5월이 가까이 오면서 예상됐던 진통은 있었으나, 설마 이렇게까지 엄청난 사태로 번져 전국민이 열병을 앓아야 할 줄이야 알았을까. 5월에 채 들어오기도 전에 터진 강경대군 치사사건은 5월의 열꽃을 최극으로 끌어올렸고, 잇달아 전남대 박승희양, 안동대 김영윤 군이 분신자살을 기도하는 사건이 꼬리를 물음으로써 졸지에 분신자살 노이로제 증상에 빠졌다. 대학총장들이 나서고 저명하다는 사람들은 제각기 한마디씩, 또 학생들에게 그나마 씨가 먹히는 지식인들도 한마디씩 하고 나섰다. 제발 분신자살만은 자제해달라고.

시위하는 학생들 중 주동자급 또는 가장 선두에 나서는 학생들을 눈여겨 보았다가 그들이 후퇴할때 쫓아들어가 잡으면 인정사정없이 패고 끌어가는 전경의 정예부대, 이들은 사복을 입고 있으되, 하얀 헬멧을 썼다고 해서 '백골단' 이라는 이름이 붙었다던가. 이름만 들어도 으시시하더니 급기야는 그 값을 하고야 말았다. 명지대학에 재학중인 강경대군을 패서 숨지게 했다.

인명이라는 것이 질길 때는 한없이 질기기도 하고, 어처구니 없이 끊어질때는 허망하리만큼 순간적인 것이므로, 나는 그 백골단이 강군을 죽이기로 작정하고 팼다는 생각과는 거리를 둔다. 구타를 해도 작작 해야지 얼마나 때렸으면 죽기까지 했겠는가 하는 말도 강군의 치사사건에 대해 내 하고픈 말이 아니다.

자칫하면 이번 사건이 어느 정도까지의 폭력은 괜찮았는데 죽었으니까 문제가 됐다는, 특히 경찰쪽이나 정부쪽에서 갖기 쉬운 '재수 없이 생긴 일' 이 될 수 있기 때문이다. 폭력은 철저하게 배제되어야 한다는 인식이 없이, 상대방의 피해정도에 의해 가해자가 처벌되는 일반적 싸움의 경지로 이 사건을 볼 때, 여전히 계속될 학생시위에 폭력진압은 여전히 계속될 것이다. 그럴 때는 죽지않을 만큼 패는 기술이 전적으로 연구, 연습될 것이며, 육체적 고통으로 보면 그 대상자는 더 괴로움을 당하기 마련이다.

유신체제하에서 고문으로 시달렸던 한 민주인사가 "차라리 죽을 용기는 있으나, 무저항적 상태에서 당하는 육체적고통을 이겨낼 용기는 나에게 더이상 없다"고 한 말은 물리적 폭력행사가 얼마나 비인간적이며 인간성을 파멸시키는 가를 단적으로 드러낸다. 무조건, 무조건 폭력은 절대, 절대 금지되어야 한다.

우리에겐 제대로 된 '시위문화'가 정착되야 한다. 학생들의 손에 돌멩이와 화염병, 경찰의 손엔 방패와 최류탄이 쥐어져 있어선 시위문화가 싹트기 어렵다. 사실 말이 듣기좋게 시위지, 이건 학생과 경찰간에 전쟁이나 마찬가지다. 총칼 대신에 다소 순화된 무기로, 매일 휴전하되 시시때때로 벌이는 전쟁인 것이다.

아마도 시위문화가 미국처럼 잘 발전된 나라도 없을 것 같다. 얼마전에 있었던 반전데모가 이땅에서의 시위중엔 가장 극렬한 축에 드는 것인데, 고작해야 베이브릿지를 점거하고 몇시간 동안 차량통행을 막는 일이었다. 샌프란시스코 마켓스트릿에서 격한 시위가 있어 경찰차가 한 대 불탄 일은 있었어도 경찰에게 돌을 던졌다거나 화염병으로 공격한 사례는 없었고 도망가는 시위대를 쫓아가 집단으로 몰매를 주는 일도 물론 없었다. TV뉴스에서 이따금씩 보지만, 길거리나 정부청사건물입구에 누워서 시위하는 경우도 있고, 또 그들을 양쪽에서 껴안고 경찰차로 옮기는 경찰의 데모진압 광경은 차라리 애교스럽다.

"공안통치를 중단하라"는 의로운 외침과 "외국전쟁에 참가하지 말라"는 개인적 의견표출에는 차이가 있을지언정, 그 차이가 폭력의 필요성을 요구하는 것은 결코 아니다.

상대방에 대한 폭력행사가 우리 모두를 분노하게 하는 범죄행위라면, 스스로에 대해 폭력을 행사하는 분신자살행위도 죄악이다. 인격적인 무시가 아니라, 고등학교 졸업하고 대학에서 1, 2년 다닌 새파란 젊은이들이, 인생을 알고 삶을 알면 얼마나 알 것이며 온갖 색깔과 수천 수만의 결의 기성사회의 구조를 집었다면 얼마나 집었을 것인가. 80평생, 90평생을 살고나도 삶을 말한다면, 여전히 장님이 코끼리를 더듬고 한 말을 되풀이 할 터인데, 도대체 무엇이 스스로를 산산히 부서지게 할 만큼 분개스럽고 의의가 있단 말이냐.

진실로 정의롭고 민주적인 사회가 중요한 일이라면, 끝끝내 우리의 인생이란게 사랑하고, 미워하고, 희망하고, 절망하고, 웃고, 울며 인간끼리 맺은 인연속에서 더부는 모습인데, 스스로 몸에 불을 붙이는 너희들은 도대체 그 심장에 뭐가 있느냐. 부모님께 죄송하다는 유서를 썼다고? 이놈들아, 너희들이 부모의 맘을 백분지일이라도 헤아린다면 정녕 어림도 없는 일이다.   (1991. 5. 4)

우리의 5월은(2)

　혁명가가 될 수 있는 조건 중엔 자식이 없어야 한다는 말이 있다. 요즘같은 세상에 혁명을 논함이 약간은 황당할지언정, 무자식이 행동의 반경을 얼마나 좌우상하로 넓힐 수 있는가 하는 데엔 큰 공감대가 있다. 이 말은 자식이 속 썩일때 우리가 쉽게 내뱉는 말로 '무자식이 상팔자' 라는 일시적인 마음고생에 대한 회피성 발언쪽 보다는, 뭔가 단호한 일을, 적어도 자기의 목숨을 걸 정도의 그야말로 혁명적인 일을 하고자 할때의 혈연을 끊는 처절한 심정을 표현하는 쪽에 가깝다고 할일이다.

　그런데 왜 혁명가가 될 수 있는 조건 중엔 부모가 없어야 한다는 말이 없는걸까. 부모없이 혁명가가 아니라 그 뭐라도 어떻게 이 땅에 있을 수 있겠는가 하는 뻔한 생태적 이치를 몰라서가 아니라, 부모와의 혈연은 자식과의 혈연만 못한가를 묻고 싶은 마음에서다. 내리사랑이기 때문인가.

2주전에 동난에 쓴 글 '우리의 5월은'에 대해 독자층에서 엇갈린 반응을 꽤 많이 들었다. 잘 읽었다는 격려는 물론 고마웠고, 분신 자살한 학생을 나무랐다고 필자를 나무란 '의식층' 독자들에게도 감사한다. 덧붙여 "옛날에 비해 많이 변한 것 같다"는 지적도, 스스로 기성세대화 되어가는 모습을 자성할 수 있는 기회로 삼았으므로 고맙다.

그러나 여러 번 걸쳐 생각하고 또 생각해도, 여전히 내게는 분신자살한 학생에 대해 꾸짖을 생각만 날 뿐 그입장을 이해하기란 도무지 어려운게 솔직한 심정이다. 형편없는 감성주의자로 지칭되어도, 적어도 이번사태와 관련한 분신자살한 청년들에게 나는 분노심이 먼저 끓어 오른다. 이상한 건 신문에 난 1단짜리 사진밖에는 본 적이 없을지언정, 그런 분노심과 함께 동생같은 친근감이 자꾸 겹치는 것이다. 그런 친근감이 확대되어 만일 내 자식이 성장했을때 저랬다는 끔찍한 상상에 이르르면, 아- 그건 내게 정녕 지옥보다 더하리라. 여기서의 분노심은 마음 가득하다.

이번 사태를 부모와 자식간의 좁은 시각으로만 이해하려는 건 아니다. 운동권 학생들의 주장이 적어도 논리적으로 이상적이며 분명한 진리성을 갖고 있다. 그들과 토론의 장에 선다면, 우리는 "학생들이니 공부에 열중하라" "정치는 정치인들이 할 것 아니냐" "지금이 그래도 옛날보다 많이 민주화가 되지 않았냐" "너희들은 나중에 저러지 않으면 될 것 아니냐"는 단편적 설득과 호소에서 크게 진전시킬 것이 없는 반면, 한국의 역사부터 시작해서 경제, 문화, 정치의 과거와 현재, 한반도의 정세에 이르기까지 어마어마한 지식으로 저쪽에서 나오는 데야 자칫하면 꿀먹은 벙어리가 되기 쉽상이다.

그렇지만 인류의 역사는 논리적이고, 이성적이고, 진리적이지 않았다. 그렇게 이어져서 온 현실을 보면 더 비논리적이며 비이성적이고 허구적인 게 사실이다. 그래서 끊임없이 개선하는 노력이 필요함은 두말할 나위가 없다. 그래도 역사의 줄기가 이만한 것은 바로 그런 개선의 노력에 은혜를 입었음이다. 학생운동이 그런 노력과 맥락을 같이 한다는 데까지 고개를 끄덕이는데 나는 주저함이 없다. 다소 지나친 주장이라도 워낙 보수쪽으로 내려앉은 한국 기성세대의 의식을 깨기 위해선 필요하다고 생각한다.

그러나 그 바닥은 여전히 인간의 모듬살이다. 울고, 웃고, 아파하고, 기분 좋아하고, 섹스도 하고, 아이도 낳고, 돈도 벌어보고, 명예도 가져보고, 희망하고, 실망하고, 늙어가고. 운동권에서 입이 마르고 닳도록 주장하는 민주사회에서의 인간의 삶도 궁극은 이것 아닌가.

그동안 한국 운동권의 정신적 지주와도 같았던 두 거목이 최근에는 운동권으로부터 따돌림당하고 지탄까지 받고 있다. 스스로 믿고 따랐던 사회주의의 실패를 선언한 이영희 교수와 자기고백운동을 벌이는 김지하 시인이다. 이 두사람 모두 과거 정권의 서슬이 시퍼럴때 진실로 용기있게 할 말을 다하고 온갖 고통을 한몸에 받은 민주화운동의 상징 아니었던가. 그런데 적어도 할말을 다할 정도의 사회가 된 이때, 스스로의 양심에 따라 한말로 다시 궁지에 처하는 아이러니는 어떻게 생각해야할 지 모르겠다.

이교수나 김시인의 양심은 다름 아니다. 대부분의 사람들이, 특히 사회의 명망이 있는 사람들이 내세우는 대의명분속에 가려진 솔직한 인간성을 털어놓았을 뿐이다. 특히 시인 김지하의 "여자를 두번이나 낙태시켰고, 룸살롱과 퇴폐이발소도 드나들었다"는 고백은 더욱 적나라하다

　운동권에서도 분신자살을 잘했다고 부추기는 것은 절대 아님을 안다. 살아서 끝까지 투쟁하자는 서로의 격려와 자세에 박수를 보낸다. 그러나 경찰의 데모진압방식이 달라져야 하는 만큼 학생들의 시위방법도 달라져야 한다. 네가 그러니까 내가 그런다는, 서로 맞물리는 입장이라면 학생들의 시위방법이 먼저 달라져야 한다고 나는 생각한다.

　죽은 자식의 관도 마음대로 묻지 못하는 부모의 마음은, 아무리 자식이 열사로 불리우고, 의사까지 되더라도 다 필요없는 일이다.

(1991. 5. 18)

'북한전시회'에 갔더니

84년 오클랜드에 있는 한 흑인계 목사가 북한을 다녀와서 오클랜드 트리분지에 북한방문에 대한 소감을 상당히 긍정적으로 썼던 적이 있다. 마침 이 기사를 접한 기자가 오클랜드 트리분을 인용, 그 내용을 그대로 신문에 옮겨 보도하게 됐는데 그 다음날 아침 작은 소동이 벌어졌다. 총영사가 직접 신문사를 찾아온 것이다. 한마디로 요약하면 아무리 트리분에서 기사가 났기로 교포신문이 어떻게 그 내용을 그대로 실을 수가 있느냐는 항의를 겸한 하소연이었다.

당시 총영사의 개인적인 수수하고 털털한 성격, 솔직한 표현 등을 나는 좋아하는 편이었고, 가끔씩 심기를 불편하게 하는 글을 쓰기는 했지만 신문기자 나름대로의 특성을 그는 이해해주었던 터라, 그의 항의가 결코 불쾌스럽진 않았지만 북한에 대해 경직된 시각과 사고는 안타깝게 생각됐다.

그와 비슷하거나 조금 전쯤 일인텐데 고 마태오신부가 캐나다에서 사목하던 때의 일이다. 캐나다에서 무슨 경기가 있었는데 북한팀과 다른나라의 팀이 경기를 벌이게 됐다. 교인들이 고신부에게 물었단다. "신부님, 우리는 어디를 응원해야 하는 겁니까." "만일 북한팀과 우리나라(한국)팀이 경기를 한다면 당연히 우리나라를 응원해야 하지만, 다른나라와의 경기라면 우리는 우리민족인 북한팀을 응원해야 할 것입니다." 고신부의 '아-조국은 하나인데' 라는 북한방문기에도 실려있는 이 이야기는, 지금 같아서는 별로 새록새록한 맛이 없지만 당시로서는 솔직히 고민스러운 질문이었고, 용기있는 대답에 속했었다.

앞에 숫자가 붙은 선언이니, 사태니 하는 것도 하도 많아 다소 헷갈리지만 88년 노대통령의 7.7선언이 있던 직후였다. 북한을 여러 차례 방문했던 북가주교포 전순태 씨를 인터뷰한 적이 있었다. 두 페이지에 걸쳐 '북한도 사람 사는 곳입니다' 라는 타이틀로 그의 북한방문소감을 주로 실었던 기사는 상당한 논란을 불러 일으켰다. 극하게는 '빨갱이' 라는 누명과 점잖아도 '친북인사' 로 낙인 찍혔던 전순태씨는 사실 그동안 교포신문에서도 그의 이름조차 싣는 것을 터부시 해오던 때였기 때문이다.

당시만 해도 북한은 딴나라였지만, 그 후 북한은 계속 빗장을 열었고 지금 우리는 북한을 다녀온 교포들을 주변에서 쉽게 만날 수 있게 됐다. 베일속에 싸인 그곳에 대한 호기심도 반감되었고, 반면 요원하게만 여겨졌던 통일에 대한 실제적 기대감이 높아져 온 것이다.

186

그런 차제에 지난주 UC버클리에서는 '북한·사진·도서전시회'가 열렸다. 이 전시회는 특히 일반교포들에게 구체적이고 객관적인 자료를 통해 북한을 간접적으로나마 접할 수 있는 기회를 부여했고, 또한 그림, 수예, 도자기 등 북한의 예술품이 함께 전시됐다는 점에서도 큰 의미를 갖는 행사였다. 그동안 북한에서 이 지역에 온 관리나 단체 관계자들이 여러명 있기는 했지만 이번에 온 한종섭 단장이나 김영수 참사처럼 한국식당에서 교포언론을 상대로 기자회견을 공식적으로 한 적이 없었다는 점에서, 전시회 리셉션에 온 일반교포들과 부담없이 대화를 나누었다는 사실에서 또한 의미깊다.

리셉션이 있은 다음날인 5일 나는 전시장을 찾았다. 리셉션에 꼭 오라는 한 관계자의 초청에 철석같이 대답해 놓고는 그날따라 일이 겹쳐갈 수 없었기 때문에 미안하다는 말도 전할 겸 북한도서는 꼭 보아야겠다는 생각에서 하오6시30분쯤 신문사를 나섰다.

베이브릿지를 건너면서 버클리 루터란 교회를 찾기까지, 앞서 언급한 북한에 관련된 내 개인적 경험이 그야말로 주마등처럼 스쳐, 고작 10년도 못되는 세월은 우리의 사정을 이렇게 변화시키고 있다는 생각에 이르자, 느닷없이 세월은 빠르다는 것도 괜한 말이지 싶었다. 교회주변을 두차례 돌았으나 주차할 곳이 마땅치 않기도 했지만 여기까지 오면서 온갖 상념속에 흥분된 마음을 더 이상 지체시킬 수 없어 소방전에다 차를 붙이고 전시장에 들어섰다.

아-그런데 이게 웬일인가. 리셉션을 취재했던 기자에게 듣기는 들었어도 나는 전시장소가 그렇게 협소할 줄을 몰랐다. 여느 교회처럼 지하실에 있는 친교실이 전시장이었는데 '조선민주주의 인민공화국'의 도서와 사진이 공개적으로 처음 전시되는 곳으로는 너무너무 초라했다. 실망이라기 보다는 슬펐다.

북한의 위치가 이 정도 밖에 대접받을 수 없는가. 가져온 책들과 자료, 그림들이 채 전시되지 못한채 한 구석방에 잔뜩 쌓여 있었다. 이 전시회를 앞두고 북한을 이해하는데 큰 도움이 될 것이라고 대서특필한 교포언론의 기사는 잘못된 것이었다. 도서와 사진과 예술로 북한의 실정은 알 수 있었을 망정 "가보니까 안됐더라" 는 한 관람자의 소감은 어쩔 것이냐. 내가 갔을때는 학생들만 맡겨둔채 북한에서 온 관계자들도, 주최측의 아무도 없었는데, 따라서 이것저것 묻는대 여섯그룹의 교포들은 시원한 대답을 들을 수가 없었음은 당연하다. 북한 전시회에 관련해서 버클리대학당국, 주최측, 준비위측, 또 북한의 관계자들도 반성이 있어야 한다. 먼 길 어려운 준비였음을 알면서도 이런 고언을 드리고자 함은, 급변의 시대일수록 단단한 준비와 몸가짐이 없이는 자칫 오해와 잘못된 선입견을 심을 수 있기 때문이다.   (1992. 2. 14)

詩人과의 만남

모국방문을 마치고 돌아올 때쯤 되면, 대개의 경우 우리는 샤핑을 나서게 된다. 본인에게 필요한 것도 살 겸, 가족이나 친지, 친구들에게 할 선물도 고를 겸 나서는 것인데 주로 유명백화점을 찾는다. 물론 갖가지 종류가 한군데 있는 편리함도 있고, 그외 특별히 샤핑할만한 곳을 알지도 못하는 이유도 있겠으나, 사실은 유명백화점이라니까, 품질도 믿음직스럽거니와, 누구에게 줘도 "이거 어느 백화점에서 구입한 것"이라고 한마디 할 수 있다는 이유도 있기 마련이다. '플레이보이'니 '구찌'니 뭐니 하는 유명상표를 선호하는 경향과도 비슷하다. 실질적인 품질의 비교는 차치하면서.

이런 '네임벨류'에 대한 기대 내지는 선입견이, 어느새 사람끼리의 만남에도 적용되는 건 당연하다고 해야할 것인가. 사회적으로 어느 분야에서건 유명한 사람이면, 우리는 벌써 기대나 선입견에 부푼 호기심을 발동시킨다. 권위자다운 말솜씨, 세련된 옷차림새, 번듯한 매너와 인상등등을 찾게되는 것이다. 그 기대치에 얼마나 차느냐에 따라 인물의 점수를 매기게 된다.

그런데, 아주 이따금씩은 '이름값'을 못하는 사람도 만나게 된다. 나는 '이름값'과 다른 경우 오히려 새로운 자극을 받는 편이다. 뭐랄까, 위선이나 겉치레에서 벗어진 진면모를 본다고 할까.

일주일전쯤 만났던 시인 고은씨와의 경우가 바로 그렇다. 잡문이나 많이 써봤지, 시 라는 건 감히 한 줄 흉내도 못내고 있는 내게, 시인과의 만남은, 더우기 '고은'이라는 네임밸류와의 만남은, 내 자신이 주눅조차 들어버리는 설레임과 긴장감도 없지 않았다. 그런데 웬 걸.

수없이 많은 옥고를 치룬 저항시인에게선 일점도 강인함이 엿보이지 않았으며, '민주헌법쟁취 범국민운동'이라는 거대한 조직의 상임고문의 권위도 통 없었다. 두드러진건 그의 겸손이었다. 겸손해지려는 겸손이 아닌 그의 생활방식과 자세, 말이 두드러졌다. 신선한 자극이다.

예를 들어, 그는 이런식이다.

"어제 스탠포드에서 모임이 있어 나갔다가 이 댁에 밤 2시가 넘어서 들어 왔습니다. 그때 잠자던 아들을 깨워 다른방에 보내고 그방을 내개 내주셨는데, 그방에 누우니 코 끝이 찡 합니다. 내가 누구길래 이렇게 따뜻하게 대접을 받나 생각이 들더군요."

(당시 버클리에서 세미나가 열리는 동안 고은씨는 학교기숙사에 있었다가 이날이 미국길 최초의 민박이었다.)

하룻밤 신세가 뭐 그리 찡할 정도로 고마울까 생각하기 쉬운 우리의 뻔뻔함을, 그는 동족이라는 개념으로 벗겨 버렸다.

"내가 같은 핏줄을 나눈 한국인이 아닌들, 어떻게 이런 접대를 받겠습니까. 아주 뿌듯했습니다."

이런 말을 미국에 처음 온 촌 사람의 어설픈 감격으로 볼것인가, 아니면 생활에 부디끼어 무디어진 담담한 가슴에 끼얹는 찬물로 받아야 하는가.

그는 자칭 민족주의자다. 이 부분도 그렇다. 예를들어, 나 같은 작자가 "나는 민족주의자" 라고 선언한다면, 주변에서 이 말을 들은 십중팔구는, 주제파악 못한다든지 심하게는 꼴갑한다는 비난도 있으련만, 시인은 선언 그대로 민족주의자였다.

"민족주의라는 것 별 것 아닙니다. 다른 민족과 우리민족도 대등하게 되자는게 민족주의입니다. 외세로 억눌리고 찌드는 생활을 탈피하고, 정신적으로든 물질적으로든 떳떳한 민족이 되자 이겁니다. 여기에 뜻을 같이하고 그렇게 살면 바로 민족주의자입니다."

얼마나 편하고 포근한 논리인가. 너도 나도. "하여튼 한국사람들은 별 수 없어" 따위의 말만 하지 않을 수 있다면, 민족주의자 아니겠는가 말이다.

「우리 모두 화살이 되어 / 온몸으로 가자 / 허공뚫고 / 온몸으로 가자 / 가서는 돌아오지 말자 / 박혀서 / 박힌 아픔과 함께 / 썩어서 돌아오지 말자 / 우리 모두 숨끊고 / 시위를 떠나자 / 몇십년 동안 가진것 / 몇십년 동안 누린것 / 몇십년 동안 쌓은것 / 행복이

라던가 / 뭐이라던가 / 그런것다 넝마로 버리고 / 화살이 되어 /
온몸으로 가자…」(시 화살 중에서)

　무섭도록 강렬한 저항시를 끝도 없이 뽑아내는 시인과의 만남
은, 돌이켜보건대 사실 별스러운게 아니었다. 외면당하고 무심히
넘겨지는 삶의 조각에 애착을 갖자는 것이며, 우리와는 상관없을
것 같은 거대한 이념이니 사상이니 하는 게 풀어보면 바로 너와나
의 관심일 수밖에 없다는 데 다름 아니다.

　굳이 별스러웠다면, 감히 주제넘게, 나도 시는 못 쓰지만 시인
은 될 수 있다는 '가능성'을 발견한 기쁨이라고 할까.

(1987. 8. 2)

凡人이로소이다

　누군가 "글을 보면 그 사람을 안다"고 했다던데, 나는 이 말에
비추면 영낙없이 '小人'이나 '凡人'의 범주에 들어가게 돼, 심한
낭패감을 맛 본다.

　왜냐면, 글의 소재부터 주변의 잡다한일이나 짧은 내 경험, 별
볼일 없다면 없을 수 밖에 없는 시시콜콜한 사연을 중심으로 하
고, 논리의 전개도 누구나 굴릴 수 있는 구슬처럼 굴리고, 결론부
에 이르러도 획기적이거나 깜짝 놀랄 화끈한 마침을 내리지 못하
는 수가 대부분이기 때문이다. 요순시대의 고사를 그럴듯이 인용
한다든지, 읽는 이로 하여금 무릎을 치게 할 정도로 유식하고 해
박한 지식이나 자료를 푸는 것도 내 성격상, 체질상, 수준상 맞지
않음이다.

　어떤 이는, 적어도 신문에 쓰는 글은, 심각하고 건조스럽게 분
명한 사리를 밝혀야 한다는 조언도 주시기는 하지만, 내 생각은

여전히 째째하게 신문도 사람에게 사람 사는 모습을 전달해 주는 게 궁극적인 목적에 다름아니라는 데 머문다. 가령 세계문제를 논한다고 해도 나는 그것이 우리의 주변 삶과는 어떻게 관계가 있는가를 들여다 보고 싶고, 조국의 민주화가 꼭 필요한 이유를 논할 때도 자유스러움 속에서 우리가 느끼는 편안함이 조국에 있는 형제들에게도 주어져야 한다는 일종의 경험론적 논리를 편다.

그러다보니, 자연 내게는 내 주변 것을 더 크고 중요하게 느끼는 습성이 배는 모양이다. "달나라 땅바닥은 어떤 성분으로 되어 있는가" 보다, 서너그루 고추나무만 심은 우리집 뒷켠 흙에 더 관심이 있다. 직업상 어쩔 수 없이 노스중령의 청문회를 관심두고 듣기는 하지만, 그에 못지않게 마누라의 수다에도 귀를 기울이게 된다. 또 무슨 단체에서 정식으로 만들어진 초청장을 받고 넥타이를 바짝 올려매고 가서는 부지런히 악수를 나누기도 하지만, 저녁을 반 쯤까지 먹다가도 이웃친구에게서 집에와 함께 저녁 먹자는 돌발적인 초대를 받으면 더 반갑게 응하는 편이다

내가 내 편을 들어서가 아니라, 곰곰히 생각할수록 사람사는 게 이런 것이 아닌가.

그저께는 우리집 외아들인 훈해가 수술을 받은 날이었다. 이제 13달밖에 안된 녀석을 병원에 데리고 가서 부둥켜안고 있다가, 뚱뚱한 미국인간호원의 요구로 수술실로 뺏겨버릴 때의 심정은 참으로 착잡했다. 의사말로야 간단한 수술이니 걱정하지 말라지만 부모마음이 어디 그런가. 반나절을 굶기고, 전신마취를 시켜 시간반동안 수술을 하는데, 가슴은 아프다못해 저렸고, 또 그러다

간 뻐근히 아파왔다.

수술을 받기로 날짜를 정한 건 이미 한달 전이었다. 병원에 아이를 데리고 갔던 마누라가 힘없는 목소리로 한달후 수술을 받기로 했다는데 덜컹 가슴이 내려앉았다. 마누라는 다른 권위있는 의사에게 '세컨오피니언'을 듣기도 했지만 수술은 불가피했다.

옛말에 병은 자랑을 하라고 했지만, 어디 그렇게 돼나. 그래서 조용히 우리 식구만 알고 지나려 했었다. 그런데 급할때만 찾는 하나님이 생각났고, 기도를 하면서는 목사님이 생각났다. 아무래도 하나님이 내 기도보단 목사님의 기도를 더 잘 들어 주실 것같다는 생각에서였다. 그래서 목사님께 알려서, 집에서 간단히 예배나 드릴 생각이었는데, 목사님께서는 교인들이 모두 기도해야 더 효과가 있다고 생각하신 모양이었다. 예배시간에 광고, 주보에까지 아들의 수술소식이 오르게 되니, 이젠 모든 교인들의 관심이 되어 버린 것이다.

평소 훈해를 귀여워하신 어떤 여자 집사님은 "어쩌면 좋지" 말씀만 되풀이 하시더니 돌아 서 버리고 말았고, 어떤 분은 꽃을 사가지고 집으로 찾아오셨고, 또 어떤 분은 다른 집 아이도 그랬다는걸 보았노라며 애써 위로를 주시기도 했다. 수술 당일에는 식구를 동반해 병원수술실에 물어물어 오신 분이 있는가 하면, 훈해가 깨어나길 기다려 여러가지 편의를 봐주신 분도 계셨다. 또 여러분이 집으로 전화, 수술경과를 묻고 걱정해 주셨다.

이렇게 수많은 분이 엉켜엉켜 걱정하셨을진대, 어찌 수술이 별일 있을까. 의사도 극히 만족할 만큼 결과는 좋았던 것이다. 아들

녀석은 벌써 장난을 시작했다.

돌이켜 보면, 아들수술이 알려진 게 잘됐다. 하마터면 외롭고, 세상은 나뿐이라는 생각도 가짐직했으려니 말이다.

또 새삼 확인한 일은, 역시 나는 소인이요 범인이라는 사실이다. 혁명가의 조건 중엔 '무자식'이 있다는데 우선 거기서 결격인데다, 큰일을 하려면 소소한 인정에 신경을 꺼야 하는데도 불구, 나는 거기에 아직도 감격하고 있기 때문이다.

오늘 아침에는 집을 나서면서, 나 사는 아파트단지에 그렇고 그런 사람들끼리만 모여, 구미구미 피는 삶의 맛을 곱씹는 재미에 빠져 살았으면 얼마나 좋을까 하는 생각을 가져봤다.

(1987. 8. 9)

하늘의 뜻… 사람의 뜻

　세상 돌아가는 꼴을 영 못마땅하게 여기신 하나님께서, 노아에게 무지하게 큰 배를 만들라고 명하신 일은 굳이 기독교인이 아니더라도 들어 알고있는 이야기다. 그후에 하나님께서는 40일을 주야로 호우를 내리셨는데, 세상에 호흡하던 모든 것들이 물에 잠겼다는 것이다.

　사실여부를 떠나서, 나는 노아의 방주를 생각할 때마다, 도대체 그 배가 얼마나 컸길래 온갖 생물이 암수 한쌍씩 그안에 들어갈 수 있었을까 하는 것도 궁금하거니와, 그 배 안에서 그런 온갖 것들이 먹고 자고 배설하고 지낼 수 있었을까 하는데도 호기심이 발동된다. 또 얼마나 세상이 엉망이었길래, 그토록 세상을 정성스레 만드셨던 하나님이 후회막심, 낙심천만 하시며 물로 쓸어 버리셨을까 하는 생각도 없지 않은 것이다. 그리고 유독 구원의 대상이 되었던 노아 할아버지 식구들이, 물이 차 오르매 살려달라고 아우성쳤을 이웃들의 절규를 들으면서는, 얼마나 심경이 착잡했을까 하는 생각도 따라 오른다.

나의 살던 고향 꽃피는 산골이 온통 물난리를 겪어서 6백명에 가까운 인명피해가 났으며 수십만명이 수재민이 되고, 도무지 우리에겐 감도 잡히지 않을 4천억원 이상의 재산 피해를 냈다는 소식이다.

단 며칠의 호우가 한국 현대사에 유래없는 강우량을 기록하게 했다니, 사십주야에 퍼 붙는 노아 홍수야 지구표면 전체를 물로 둘러싸고 남았을 만 하다. 또 창세기 시절과 지금 사이엔 엄청나게 발전된 과학문명의 차이가 있을텐데, 어찌 우리는 그렇게 당하고만 말았을까 하는 안타까움도 있다.

노아의 홍수때야 하나님의 뜻이 있었을찐대, 이번 우리 고향의 홍수에도 뜻이 계심일런가. 세상 돌아가는 일이 하나님의 맘에 안드는 순서로 따진다면야 바로 그밑에 '신사참배'를 강요했던 경력에다 물질만이 최고라는 태도로 세계공존의 원리를 도외시하고 있는 일본이 있음이며, 문화혁명으로 수없이 많은 기독교인들을 숙청한 중공도 왼쪽으로 넓게 자리하고 있고, 지금도 생각하면 치가 떨리는 KAL격추사건의 장본인 소련도 윗쪽 오른편으로 넓지막히 자리잡고 있음 아닌가.

그런데 하필이면, 그 사이에 가진 것도 없고 좁디 좁은 땅에서, 그래도 살아보려고 애쓰는 우리 고향에 그 놈의 비가 그렇게 무자비하게 퍼부을 게 무엇인가 말이다. 교회수나 기독교인으로봐도 우리가 제일이면 제일 아니었던가.

198

골치 아프고 억울하기까지한 '하나님의 뜻' 은 이쯤에서 헤아림을 그만두자. 탓하려면 우리에게 방주를 만들자고 제의하며, 홍수를 예견할 수 있었던 노아같은 인물이 없었음을 탓할 일이리라. 따져보면, 구약시대 아닌 요즈음에야 '중앙관상대' 가 그 역할을 해야 옳을 이치인데, 관상대에서는 다시 낙후된 시설로 탓을 돌리는데야 또 우린 할 말이 없어진다. 아닌게 아니라, 그들이 정작 홍수를 예상, 수십만 주민을 대피시켜 며칠밤을 보내게 했을 경우 짐짓 태풍이 빗겨갔다면, 또 이러쿵 저러쿵 말이 많았을게 분명하기도 하다.

남은 문제는 이미 저질러진 '큰 일' 을 어떻게 처리하느냐 하는 것인데, 노아는 아라랏 산에 방주를 대고 3백여 일을 기다려 물이 빠진 후 땅을 밟았다고 기록되어 있다. 그러나 이번 같은 홍수에 노아처럼 죽치고 배 안에서 기다리는 방법을 수재대책으로 제시할 수는 없다. 적극적인 복구작업이 서둘러져야 하는 것이다.

여기서 필연적으로 생각해볼 문제가, 우리 미국에 사는 사람들의 자세다. 만약 우리도 한국에서 삶을 영위하고 있었던들 상당수가 그 피해를 그야말로 피할 길이 없었을 처지라면, "한국이 지긋지긋해 버리고 왔다"던지 "나만 좀더 편해져 보고자 미국 병(病)에 들어서 이 땅을 밟았다" 하는 사람은 제외하고, 다소 미안한 마음이 있음직 하다. 별게 다 미안하다고 할 사람이라도, 고향에는 그 난리가 날때 여기에선 이슬비 한차례도 없이 청청 맑은 하늘만 대했다면, 마땅히 아파야 제대로 된 가슴아닐까.

흙탕과 오물이 범벅이 되어 온동네를 덮은 데다 먹을게 없어 생

라면을 씹고, 젖은 담요도 없어서 못 덮고 한가족이 무너지는 흙
언덕에 몰살당하고, 깨지고 부러져 모든 것이 못쓰게 된 고향. 피
해액 4천억 원은 미국돈으로 5억 달러다. 우리가 아무리 모아도
그 '백의 일'도 도움을 주지 못한다. 그러나, 사람이 사람인 것은
마음 씀씀이와 정성이 있기 때문이다. 실로 '마음은 원이로되' 도
울 형편이 없는 이는 이미 마음 씀씀이로 됐거니와, 1달러면 어떻
고 5달러면 어쩌랴. 그것이 우리의 정성이라면 벌써 충분할 일이
다.

　비록 헤아리진 못했을지언정 '하늘의 뜻'이 어려운 이를 돕는
다는 데에서 사람의 뜻과 확실히 일치함은 다시 확실하다.

(1987. 8. 23)

선비 수난시대

선비하면 우리는, 비쩍 마른 체구에 수염은 적당히 기르고 사랑방에 책상다리를 하고 앉아 공자, 맹자를 찾고 비록 독에 쌀한톨 없어도 그런 것쯤 신경쓸 일이 아니며 자신이 등용되지 못함을 잘못 만난 세월로 탓하는, 그런 고고하고 청빈한 모습을 떠 올리게 된다.

요즈음 세상에 그런 선비의 멋과 기개를 운운한다면, 시대착오적 발상을 겸한 씨도 안 먹히는 일이라 하겠지만, 때로는 그런 무모함속에도 말 되는 수가 있다는 생각에서, 나는 요즈음 시대를 한국이나 미국이나 '선비 수난시대' 라고 감히 진단해 본다.

우선의 문제는 요즈음의 선비를 어떻게 규정하느냐 하는 것인데, 진짜 선비가 있던 옛날에도 '천자문을 물론 떼고, 사서삼경은 최소한 줄줄 외우며, 급제는 못했어도 과거에 응시했던 경험을 가져야 했다' 든지 하는 선비규정은 없었던 터에다가, 자칫 잘못 커트라인을 정했다가는 "왜 나는 선비가 아니냐"고 따져드는 사태의 발생도 우려스러우니, 요즈음의 선비는 웬만하면 다 껴주자는 게 내 생각이다.

　빙빙 돌릴 것도 없이 단도직입적으로 말해, 선비수난시대의 단적인 현상은 바로 26일 있었던 서울대학교 졸업식장에서 일어났다. 28일자 신문 본국지 사회면에 큼직하게 난 텅빈 의자사진은 우리의 시선을 멈추게 하기에 충분할 뿐 아니라, 보는 이의 낯까지 뜨뜻하게 만드는 민망스러움이 있는 것이다.

　사진기자가 봐줘서 그렇지, 만약에 그 사진앵글을 텅빈 자리를 보고있는 총장과 문교부장관, 그리고 연단위의 교수들 표정에다 맞추었다면 어쩔뻔 했을까. 더욱 현장감을 살리기 위해 천연색 필름을 썼다면…

　아, 바야흐로 요즈음은 선비수난시대다. '선비 중의 선비'가 '웬만한 선비'로부터 수난 당하는 시대. 고려시대 '무신난' 때 문신 선비들이 수염을 뽑히고 걷어차이고 하는 수난을 겪었다지만, 무식의 극치에서 나오는 그런 행위는 당시 모든 선비의 업보였고 역사적 원리의 반증이었다고나 하련만, 요새의 수난은 어떻게 설명되어야 할 지.

　투철한 역사의식과 올바른 국가관을 가지라는 총장의 말이 나올때, 5천 명 졸업생들은 뒤로 돌아앉아 "긴밤 지세우고" 아침이슬 노래를 불렀고, 능동적 시각과 미래지향적인 자세를 가지라는 문교부장관의 당부가 나올 때는 "검푸른 바닷가에" 친구노래를 부르며 아예 퇴장했다는 소식은, 함부로 젊은 선비들편을 들어

"통쾌하다"고 한다든지, 백발 성성한 노선비들편에 서서 "괘씸한 놈"이라고 해버릴 성질의 것보다는 훨씬 심각한일 아닌가 싶다.

"특별히 올해는 전기공학과 출신이 95% 이상 이미 취직된 데 대해 축하를 해야겠습니다."

내가 이곳 대학 졸업식에서 들은 총장의 첫마디는 너무 엉뚱햇다. 사회국가, 세계인류역사 등 멋진 이야기도 있었을텐데, 그는 여전히 직장얘기만 하더니 끝말도 그렇게 끝을 냈다. 정확하게는 기억을 못하겠으나, 직장에서 뛰어난 사람이 되어 앞으로도 계속 배출될 후배들을 잘 돌봐달라는 식이었다.

군데군데 묻어나는 총장의 유우머에 노란머리 선비들은 깔깔대고 웃고 우-하는 귀여운 야유도 퍼부었으나, 끝날 때는 우뢰와 같은 박수를 그것도 서서 보냈던 것이다. 솔직히 나는 실망하고 있었다. 4년동안 나는 직업학교를 다녔던 것이었다. 나를 「선비」아닌 '농공상', 천민이나 하는 직업인으로 몰아부친 총장의 졸업사는 두고두고 섭섭했다. 그날저녁 친구들이 마련해준 술자리에서, 나는 "미국대학은 썩었노라"고 단언했었다.

어쨌거나 스승이었던 교수들을 덩그러니 단위에 세워둔채 졸업식장을 나온 그들도, 대부분 나처럼 축하연에 참석했을 것이다. 무슨 말을 떠벌였을까. 노래부르며 나올 때의 '짜릿한 통쾌감'을 으시대며 밤새 낄낄 거리지는 않았을가. 그 시간 시대를 탓하며 한숨속에 뜬눈으로 밤새는 '노선비'들의 아픈 가슴을 헤아려줄까. 억지로 위로감을 갖자면, 그게 총장과 문교부장관만을 향한 행동이었다고 좁혀 해석하는 것인데, 그래도 그자리에 있던 어느

교수가 모욕감을 느끼지 않았겠는가.

　어줍잖게 이런 세월에, 이런 세상에, 사제간의 도리만을 따지자는 건 아니다. 원망스러운건 삐뚠 현실이요, 정의편에 모두 있지 못한 학원실정일지라도, '최선'은 이런 것이 아닐 수도 있었지 않았을까.

　워낙 '양반'과는 거리가 먼 미국나라에서, 선비의 기질을 고집해 보려는 것은 나만의 독선이라 할지라도, 그저 듣기 좋은 표현일 망정 동방예의지국이라는 우리나라에서의 선비수난시대는 모두에게 고통스러운 것이다.　　(1987. 3. 1)

성금의 주인은 누구인가

　미국 사는데 정나미 떨어지는 일이 여러가지 있겠지만, 그 중에 서도 나는 '소송 만능주의'를 꼽는다. 이런 말을 하면 변호사들이 못마땅할지 모르겠으나 걸핏하면 '쑤-(sue)'한다고 난리를 떠는 일… 웃기지도 않고, 따라서 영 재미없다. 물론 법치국가에 살면 서 법을 상대방에서 지키지 않아 자신이 피해를 보는 상황에서 무 조건 '무소송주의'로 사는 건 우매한 짓이다. 소송은 경우에 따라 꼭 필요하며, 인간이 만든 여러가지 제도 중 가장 합리적인 제도 로 꼽힐만도 하다. 그러나 별걸 다가지고 쑤-쑤-하는 행위는, 역 설적으로 소송제도를 모욕하는 짓이라고 생각된다.

　특히, 이런 경우를 나는 한인사회에서 많이 본다. 비즈니스나 계약, 또는 거래상에서 이해관계가 얽혀 서로 권리를 주장할 경우 야 누군가 심판자가 필요할 터이니 법정에서의 판가름은 필요하 다 하겠다. 문제는 한인단체간의 분쟁이라든지, 단체와 개인, 직함을 둘러싼 자격시비 등의 경우다.

아주 가깝게 들면 상항한인회가 그 꼴이다. 전 회장직무대리 끈질긴 소송은 결국 현재와 같이 피멍투성이의 한인회를 만들었다. 누구를 붙잡고 물어봐도 그가 지나치고 틀렸다고들 말하지만 재판은 지금도 진행중이다. 판결로 말한다는 재판관은 아직도 뭐가 뭔지 모르고, 세상에 급한 것 없는 데가 법원이다. 누가 감히 예견하랴. 법정판결로 한다면 상한한인회 정상화가 언제쯤 이뤄질 건지.

얼마전에 또 정나미 떨어지는 소식을 들었다. LA에서는 성금때문에 말썽이 생겨 소송사태 일보직전까지 갔다는 것이다.

성금관리위원회와 피해자협회가 마찰을 빚으면서 피해자협회는 피해자 1인당 3천달러에 달하는 일괄 지급방침을 결의하고 막무가내로 밀어부쳤다. 특히 본국에서 그동안 모금된 4백50만달러가 영사관을 통해 도착하자마자 난리가 났다. 성금은 피해자를 위해서 모아진 돈이므로 피해자가 주인이고 따라서 피해자협회는 이것을 받아갈 권리가 있다는 식이다.

농성을 벌이고 관리위원장을 가두고 물리적으로 압력을 줘서 강제로 수표에 이서하게까지 했는데 정작 돈을 내놓아야 할 은행이 지급할 수 없다는 입장으로 나왔다. 수표에 이서한 사람이 강압에 못이겨 당시에 할 수 없이 했으므로 원천무효를 주장했기 때문에 은행이 돈출구를 막은 것이다. 그랬더니 피해자협회는 소송을 위해 변호사와 논의중이라는 것이다.

법을 모독하는 행위로 몰릴지 모르겠지만 이런 소송의 경우 미국의 법제도는 납득이 안가는 짓을 허용한다. 은행에 묶여있는 돈의 임자를 정하는 소송에서 변호사비는 그 묶여져 있는 돈에서 지불한다는 것이다. 그러니 성금으로 우리는 엉뚱한 변호사비를 내야한다는 기막힌 현실에 서 있다.

오래전에 비슷한 소송이 상항에서 있었다. 한인회에 관련된 소송인데 결국 변호사비는 외환은행에 묶여있던 한인회관 기금에서 지불됐다. 내 기억이 맞는다면 1만 몇천달러에 달했는데, 나는 당시 이런 '넌센스'에 한동안 입을 다물지 못했었다.

우리가 우리끼리 해결할 문제를 법정으로 가져가 번역하고 통역하고 난리를 떠는 창피도 자존심 상하지만, 어떻게 모은 돈인데 그걸 소송비로 코를 푼단 말인가. 이건 자존심의 차원이 아닌 억울하고 원통한 심사다. 이번 LA의 경우는 더욱 그렇다. 미주한인사회의 상징이 폭동으로 다 망가져 모두가 아픈 마음으로 동참했다. 한인이민사에 가장 큰 상처라면서 꿋꿋하게 치료해 나가자고, 이 사건을 전화위복의 계기로 삼자고 온갖 정성을 모았는데 그돈을 나누는 과정에서 '쑤'라니. 정말 그들의 양심과 상식을 쑤하고 싶은 심정이다.

피해자의 아픈 마음과 급한 사정을 결코 모르는 바는 아니다. 그러나 이럴 수 밖에 없는 걸까. 또 어떻게 이들 피해자협회가 모든 피해자의 뜻을 대변한다고 자신할 수 있단 말인가. 따지기로 든다면 성금에도 주인이 있는가 묻고 싶다. 주인이라는 것은 소유의 개념에서 출발한다. 성금은 피해자가 소유한 돈이다? 이건 어색하다.

성금은 왜 모아졌는가? 물론 피해자를 돕기 위해서다. 당연히 그 다음에 나오는 단계는 피해자를 어떻게 도울 것인가 하는 문제다. 그래서 성금관리위원회라는 것을 만들었고 그 기관에서 자금을 관리해 여론에 따라, 필요에 따라, 목적에 따라 사용하자고 한 것 아닌가 말이다.

우리가 피해자의 심정을 십분 이해한다면 과장이다. 지금 당장이 급한데 무슨 딴소리냐고 외치는 소리도 들린다. 또 TV로나 본 주제에 제대로 알지 못하면 입 다물고 있으라는 질타도 있을 수 있다. 그러나 성금대열에 이 지역에서의 작은 정성으로나마 참가한 자격으로, 또 이웃사촌임을 주장하면서 말한다면 소송은 그만둬야 한다.

아무쪼록 모두어지는 결과를 기대하고자 한다. 4.29폭동으로 한인타운이 불바다가 됐다는 소식에 접했을 때는 억누를 수 없는 분노가 가슴을 부수듯이 엄습했는데, 성금을 놓고 끝내는 소송사태로 갔다는 소식을 듣는다면 우리는 또 아픈 가슴을 정녕 주체하지 못할 것 같다.   (1992. 7. 29)

'부부의 날'을 제안함

지난 주말 바로 우리집 앞에 있는 마린카운티 시빅센타가 온통 난리였다. 그 시빅센타에 있는 카운티 법정에서 엄청난 사건이 벌어진 것이다. 장모가 전 사위에게 총구를 겨눈 후 자기도 머리에 방아쇠를 당겨 모두 숨진 사건이었다.

이 법정에서는 이혼한 부부가 아이문제를 놓고 심리를 벌이던 중이었다. 이들 부부는 77년에 결혼했다가 5년만에 이혼을 했는데 그 사이에 태어난 딸아이의 양육은 엄마가 맡게 되었다. 아버지는 1주일에 한번씩 방문만 허락되어 있었다.

아마도 엄마는 아버지를 너무도 미워했던 모양이다. 그 아버지가 딸을 보러 오는 것도 싫어 딸아이를 데리고 이곳저곳 도망을 다닌 것이다.

그러나 아버지의 딸에 대한 사랑도 극진한 것이어서 딸을 찾다가 못견디자 그 딸의 엄마를 아동납치죄로 고발하기에 이르렀다.

그래서 엄마는 체포되었고 그 문제를 다루기 위한 법정이 열린 것이었다.

그런 과정들을 지켜본 장모는 손녀 딸의 아버지, 즉 사위에게 총을 겨누는 비극을 연출했다. 확인은 안된 것이지만 그 법정에는 손녀 딸도 있어 할머니가 아버지를 쏘는 모습을 봤다는 이야기도 들렸다.

이 사건은 미국사회의 깨어져가는 가정의 단면을 극적으로, 이혼부부가 늘어간다는 이사회의 문제가 극대화되어 나타난 사건이었다.

언제부터 남녀가 함께 사는 인간풍습이 생겼는가. 이 답을 '진화론'과 '창조론'에 뿌리를 두고 찾아야 할 것 같다.

진화론은 그 만남을 동물적 본능에서 기인하는 것으로 표현한다. 즉, 원시때부터 (다른 동물과 마찬가지로) 암·수가 모여살게 되었고 그것이 점차 현대로 옮아오면서 결혼제도로 바뀌어 오게 됐다는 식이다. 한마디로 결혼에 대한 확연한 분수령을 두지 않는다.

반면 성서에 나오는 창조론은, 하나님이 남자를 창조하고 그가 홀로있어 쓸쓸함을 보신 후 여자를 창조했다고 말한다. 그리고 하나님이 이 두사람을 보시기에 좋았더라 하고 기록하고 있다. 즉, 남·녀가 함께 산다는데 획기적인 가치를 두고 있는 것이다.

거꾸로, 함께 살게된 남녀가 언제부터 헤어지는 습성을 갖게 되었는가를 생각해 보면,(좀 엉뚱하긴 하지만) 진화론은 쉽게 설명을 들고 나오는데 창조론은 별로 설득력(?)을 지니지 못한다.

210

함께 살다가 싫은 본능이 생겨 헤어지는, 별 부담없는(옛날 원시인들이 그랬다는 식)논리를 진화론은 유추시키지만, 성서는 한번 만나서 살면 헤어지면 안되는데, 인간세상이 악해져서 인간들이 그런다고 안타까와 한다.

내가 이렇게, 마치 무슨 역사학자나 사회학자처럼 거창하게 인간결혼제도의 뿌리를 주제넘게 거론하는 이유는 바로 이글의 서두에 언급한 사건의 충격이 전부만은 아니다.

사실은 어제 서기 2천년에 이르면 '부부' 가정이 전체가정의 절반정도 밖에 안될 것이라는 미인구조사국의 예상통계를 대하게 됐음이 더 큰 이유다.

현재 미국가정 중 부부가 함께 사는 가정은 58% 정도인데, 14년후에는 5%가 줄어 53% 정도가 될 것이라는 뉴스였다.

모르긴 모르되, 이런 추세가 계속되면 2천년이 넘은 얼마 뒤에는 부부가정이 '마이너리티' 가 될 것은 쉽게 추측할 수 있는 것이다. 하긴 그때가 되면 나는 이미 이세상에 있지 않게 되겠지만, 그래도 내 자식들이 주역이 되어 있을 것을 생각하면 아찔한 느낌도 없지않다.

그래서 급기야 나는 남녀가 부부가 되는것, 갈라서는 것을 진화론이니 창조론이니까지 들추면서 곰곰히 생각해 보게 된 것이다.

그런데 유감스럽게도 별로 뾰족한 생각이나 수를 발견할 수가 없었다.

오늘 아침, 집을 나서다가 우리집 옆집의 꼬마들 두명을 만났다. 이집은 아버지가 두딸을 데리고 사는 집이다. 주말은 엄마에게 가서 보내고 온다. 아마도 막 엄마에게로 가려던 참이었던 모양이다.

잔뜩 찌푸린 날씨에 신문사로 향하는 차 속에서, 또 한번 나는 옆집 두 꼬마들의 어쩐지 쓸쓸해 보이는 큰 눈망울을 생각했다.

그렇고보니 오늘은 5월의 마지막 날이었다.

이왕 5월에는 여러가지 '날'도 많은데, 거기에 '부부의 날'이라는 것도 하나 만들어 넣었으면 좋겠다는 생각이 엉뚱하게 스쳤다.

그리곤, 그날은 부부에게 화끈한 혜택도 베풀어졌으면 좋겠단 생각도 해봤다. 예를 들어 부부가 가면 식당도 공짜고, 술집도 공짜고.   (1986. 5. 31)

원칙과 변칙 사이에서

몇 달 전에 12살짜리 아들을 데리고 아내와 함께 영화구경을 갔다. 너무나도 유명한 '타이타닉'이었다.

많은 독자들이 그 영화를 보았겠거니와 영화중엔 좀 심한 러브신이 나온다. 거친 숨소리와 함께 어우러진 화면에 나는 영 좌불안석이었다. 혹시라도 아들이 "저 두사람이 왜 저렇게 허덕대느냐"고 물어오면 어쩐단 말인가.

다행히 아들녀석은 물어오지 않았다. 돌아오는 길에 나는 다시 불안해졌다. 이 놈이 이해가 안되지만 그냥 지나친 것인지, 아니면 다 알고 있었기 때문에 묻지 않은 것인지… 그러곤 잊고 있었다.

그런데 요즘 TV뉴스 시간에 아들이 함께 앉아있으면 나는 또 불안하다. 클린턴 대통령 때문이다. 모니카 르윈스키와의 스캔들 관련 보도가 연일 나오는데 혹시 보다말고 아들이 물어오면 어떡

해야 하나.

이번에도 아들은 유심히 뉴스를 보면서 묻지 않는다. 겨우 그 뉴스가 끝나면 난 일단 한숨을 돌린다. 아예 뉴스를 보지 말까? 뉴스를 보는게 중요하다고 아들에게 여러 번 얘기했는데 스스로 번복하는 것 같아서 그러지는 못하겠고… 그저 클린턴이 원망스러울 뿐이다.

'지퍼 게이트'라는 속된 말로 표현되는 클린턴 대통령의 혼외 정사건이 처음에 터져 나왔을 때 나는 이 사건이 미국의 큰 국가적 망신이라는 생각을 가졌었다. 국가원수가 대학을 막 졸업한 인턴직원을 꼬드겨 집무실에서 섹스를 했다는게 도대체 말이 된단 말인가. 전 세계 언론이 아우성이었다. 클린턴도 클린턴이지만, 미국도 망신살이 뻗쳤구나.

클린턴은 물론 부정했다. 그는 강조할 때 단어 단어마다 힘을 주며 천천히 말하는 습관이 있다. "나는 그 여성과 섹스를 하지 않았다." 약간은 화가 난 듯한 표정으로 기자들에게 눈을 똑바로 뜨고 말하는 모습을 보느라니 클린턴이 억울하게 누명을 쓰고 있을지도 모른다는 생각이 들기도 했다.

그러나 미국인들은 여론조사에서 10명 중 7명이 클린턴이 르윈스키와 혼외정사가 있었을 것이라고 답했다. 그런데 함께 던져진 "대통령의 직무에 대한 점수"에서는 70% 이상이 잘한다니 이건 또 뭔가.

그렇게 조금 지나더니 케네스 스타 특별검사에 대해 비판적인 여론이 부상했다. 한마디로 이제 그만하라는 식이었다. 심지어는

214

특별검사제를 재고해야 한다는 주장도 대두됐다.

특별검사란 제도만 가지고 되는 것은 아니었다. "세상 모두가 손가락질을 해도 나는 끝까지 진실을 밝히겠다"는 집념과 오기가 바로 특별검사의 자질이었다.

요즘은 다시 역전됐다. 르윈스키가 증언을 번복하고 클린턴의 정액이 묻은 드레스를 검사에게 넘겼다는 설까지 나오면서 클린턴의 입지가 점점 좁아지고 있는 실정이다. 아마 다시 여론조사를 한다면 지금은 클린턴의 혼외정사를 믿는 사람이 10 중 8, 9는 될 것 같다. 너무 뻔해 여론조사도 더 이상 없는 모양이다.

미국은 물론 세계 각국에서 연일 클린턴과 르윈스키의 이야기가 탑 뉴스가 되고 있다. 좀 체면이 회복되는가 싶었더니 또 다시 망신살인가?

그런데 나는 요즘 클린턴 때문에 망신스럽다는 생각이 더 이상 없다. 오히려 미국의 시스템에 탄복하고 감명받는 쪽으로 기울었다. 미국은 역시 큰 나라다. 아무리 대단한 권력을 가진 자라도 결코 흔들 수 없는 바위산 같은 나라라는 생각이다.

클린턴을 지금 그렇게 애먹이고 있는 특별검사를 임명한 이는 클린턴 행정부의 리노 법무장관이다. 물론 리노는 클린턴이 임명했다. 그러나 클린턴은 리노에 대한 신임에 지금도 변함이 없다. 우리나라 같았으면 벌써 모가지다.

특별검사의 지시에 따라 물증을 확보하는 FBI 수사관들도 흔들림이 없다. 대통령 부정의 흔적을 쫓아다니는 수사관도 한반도엔 있을 수 없다.

망신이 되든지, 자랑이 되는지 사실이면 보도한다는 태도를 견지하는 미언론도 대단하다. 아직도 관계와 체면, 앞으로의 여파를 생각해 거르고 미리 다듬질하는 한국의 언론과는 수준이 다르지 않은가.

이런 모든 이들 태도의 바닥에는 "우리는 우리에게 주어진 일만을 철저하게 해내면 된다"는 사명감이 깔려 있기 때문이리라. 원칙을 원칙대로 고수하는 프로정신이다.

그런데 우리는 얼마나 변칙을 사랑하던가. 변칙으로 해서 안돼는 일이 없고 원칙으로 해선 되는 일이 없고…

어찌 생각해보면 한국에서 그렇게 체질화되어 버린 우리가 미국에 산다는 것, 그 자체가 원칙은 아닌 듯 싶기도 하고.

(1998. 8. 12)

216

6

환상에서 깨어나기

시한부 종말론은 영원히 없다

'마가리타'라는 멕시칸계통의 칵테일 이름과도 비슷하고, '마리화나'라는 마약과도 이름이 비슷한 '마리나타' 교회에 심취해 있던 문창영씨의 죽음은 각양각색의 반응을 독자들에게 일으켰으나, 가장 큰 관심과 충격은 그가 40일 동안이나 금식을 강행했다는 사실이었다.

옛날 말에 사흘을 굶어서 도둑질 안하는 사람이 없다는 말도 있지만, 한두번 몹시 허기진 경험 정도나 가지고 있을 우리같은 일반인들로서는, 굶어서 죽는 경지에 도달한다는 것이 얼마나 힘든 것인가를 상상하기도 어렵다. 교통사고로 숨겼다든지, 총에 맞아 죽었다든지는 그 결정적 순간이 쉽게 떠오르지만 안 먹어서 죽는 일은 순간도 없는 일이므로, 배가 고프고 또 고프고 더 고프면 그 느낌이 어떨까.

그래서 많은 사람들은 문씨가 제정신으로는 그런 일을 해낼수가 없었다고 말하고, 따라서 마리나타 교회에 미쳤었으며, 유가족은 함께 기거했던 에스더 조라는 여인의 강요로 문씨가 결국은 자살을 했다고 주장하고 있다.

문씨의 자살은 한인들이 모이는 곳곳마다 화제였다. 대개는 문씨를 무능력하고 못난 남자로 비난하는 쪽이었으며 마리나타 선교회도 싸잡아 함께 비난의 대상이 됐다. 그러면서 그럭저럭 2주일이 지나더니, 어제는 한국에서 마리나타와 쌍벽을 이루는 다미선교회의 이장림 목사가 경찰에 연행되어 사기혐의로 구속됐다는 소식이 있었다.

두 교파는 모두 오는 10월, 즉 다음달에, 예수재림, 휴거를 외쳤다는 점에서 같은 맥락으로 기독교에서는 이단시 하고 있다. 언젠가도 종말론에 대해 나름대로의 소견을 필자는 밝힌 바 있거니와, 다시 그것의 허위성을 드러내는 것은 무의미하다. 어차피 10월이 넘어가면 이들의 허구성은 완연하게 들어나는 터이므로 세월에 맡기자.

다만, 우리가 발 붙이고 사는 이 북가주 공간에서, 한 구석을 공유했던 문창영이라는 사람에 대해, 경멸과 동정 차원의 감정을 접어둘만한 지금 쯤이라면, 그 사건은 우리에게 무엇이었나 하는 매듭성격의 정돈은 필요하다는 생각이다. 특히 그를 죽음으로 몬 금식에 대해.

인간의 어쩔 수 없는 본능을 3가지로는 식욕, 성욕, 명예욕을 들고, 두가지로는 식욕과 성욕을 들며, 그 중에서 택일을 한다면 당연히 식욕이다. 욕정을 참으며 고행의 길을 걷는 성직자들은 많아도 먹지않으면서 구도의 길에 올라 마침내 이루었다는 인물은 없다는 점에서 먹는다는 것은 본능 중에 본능이요, 가장 원천적인 생물의 조건이라고 보아야 옳을 것 같다.

나는 이런 본능을 거스르는 금식이란 것을 아예 근처에도 안둔다. 먹기 위해서 사는 것은 아니로되 먹는 것까지 금하면서 삶의 방향이나 자신을 훑어 검토하려는 것은, 근본적으로 삶을 부정하는것 같아 통 재미없다. 그리고 솔직히 그 분야는 자신이 없다.

일주일을 금식했다든지, 또는 병원에서 링겔 주사는 맞을 망정 20여일간을 먹지않고 민주화를 외쳐댔던 정치인에 대해, 그래서 나는 경의를 표하는 것인데 그들인들 식욕이 없겠으며, 그렇다고 선천적으로 타고난 금식재능이 뛰어 나겠는가. 아, 그 참을성이란.

그러나 정작 내가 그런 위인들에 대해 부러움과 존경심을 느끼는 것은 그만한 결단에 이르기까지의 고민과 갈등을 이겨낸 점이다. 엉망진창이 된 사고와 양심과 신앙과 자신을 정립하고자 하는 큰 갈망이 없이는, 금식을 단행할 수가 없다.

얼마나 우리 주변에 많은 이들이 자신에 대해 속이며 고민않고 살아가는가. 모른채 덮어놓고 회칠한 무덤 마냥, 이런들 어떠하리 저런들 어떠하리 넘어가면서 자기성찰이라곤 눈꼽만큼도 없이 살아가는 모습이 가득한 현 세태에서, 삶의 가장 근본적인 요소를 절단한 채 무엇인가 원칙적이고 진리적인 것을 구하려 매달리는 모습을 만날 때 나는 신선한 충격을 받는다.

그럼에도 불구하고 문씨의 금식행위가 세간에서 어리석다는 비난을 듣는 이유가 무엇인가. 그것은 바로 마리나타 선교회의 가르침을 배제시킬 수 없기 때문이다. 10월이면 이세상은 끝난다는 대전제 아래 신도를 극한 상황으로 몰아넣어 정상적인 삶과 생활을 도외시하게 하는 시한부 종말론은, 문씨에게도 어차피 맞게될 세상의 마지막을 한달 남짓 앞당겨, 순교의 정신으로 죽겠다는 생각을 갖게 했을 것이다.

문창영씨가 금식을 하면서 써놓은 것으로 보이는 낙서(메모)를 보면, 그는 금식을 통해 모든것을 해결하려고 했던 것 같다. 남을 미워하는 마음도 없애고, 끊임없이 솟아나는 욕정도 불사르려고 했다. 그는 금식이 이런 문제들을 해결할 것이라고 믿었다. 또 금식을 통해 예수를 만난다고 믿었다.

그러나 그는 끝내, 남을 사랑하는 아름다움이 생겼던들 담을 마음이 없고, 여자에 초월한 '초색'의 도를 깨달았던들 아무짝에 쓸모없는 주검으로 변하고 말았다.

내가 죽으면 어쩌구 저쩌구… 유언을 남겼다고 했다. 그런 비장함속에서 득도 하려고 애쓴 그가, 어째서 마라나타와 같은 황당하기 이를때 없는 사이비종교에 대한 깨우침이 없었을까. 혹시 이러다가 10월달에 예수가 안 오면 나만 손해라는 일말의 의심도 없었단 말인가.

가정을 버리게 하고, 청소년들을 가출시키고, 휴가 나왔다가 귀대 안하는 군인을 만들며, 장가를 안가겠다는 총각까지 나오게 하는 시한부 종말론의 독성. 이것은 영원히 경계되어야 한다.

(1992. 9. 25)

루터와 종말론

　며칠전 처럼 비가 화끈하게 내려 대기를 씻어내리고 난 후면 밤 하늘의 별들이 더 쏟아질 듯 보인다. 샌프란시스코 교외로 벗어나서 살고있는 나는 새벽 별을 자주 대하는 편인데 어떤 때는 맥 놓고 한참 동안이나 몰입의 경지로 들어갈 정도로 별에 취할 때도 있다.

　별을 볼 때마다 내게는 '광년' 이라는 속도개념이 떠오른다. 아마도 그것은 중학교때인가 과학시쯤 배운 것일텐데 자주 사용하는 말은 아닐지언정 명확하게 기억하고 있음은, 숫자로서는 도저히 가늠하기 어려울 정도의 엄청난 단위라는데서, 더욱이 별에서 지구까지의 거리를 측정할때 주로 사용된다는 점에서 아닌가 싶다.

　1광년이라는 개념은 빛의 속도로 1년이라는 뜻이다. 빛의 속도는 모두가 잘 알듯이 1초에 지구를 7바퀴반을 도는 엄청난 속도다. 그러니 1분이면 4백 50바퀴를 돌고 1시간이면 2만7천바퀴를 돌며 하루면 64만8천바퀴를 도는 속도다. 1년이면 2천3백65만2천 바퀴를 도는 셈이니 그 거리가 도대체 얼마나 먼 건가. 그런데 우리가 볼 수 있는 별들의 대부분이 몇광년, 몇십광년, 몇백광년의 거리에 있다는 것이다. 바꿔 말하면 내가 오늘 새벽 쳐다본 그 별빛은 몇년전, 몇십년전, 몇백년전에 그 별을 출발해 내 눈동자에 들어온 터이니 경이로울 뿐이다. 우주에는 그런 별들이 거의 무한대로 널려있다니 이를 어쩔거나.

마르틴 루터가 학교에서 신학을 가르칠때 어떤 학생이 물었다. "성경에 보면 태초에 하나님이 세상을 창조했다고 했는데, 그러면 태초 바로 그전에 하나님은 무엇을 하겠습니까?" 루터가 대답했단다. "바로 너처럼 그런 질문을 하는 사람들을 위해 지옥을 만드셨다."

태초라는 것이 맨 처음인데 그 맨처음 전에는 무엇이냐는 궁금증은 그럴 듯하고 스마트까지도 한 착상인데, 루터는 그렇게 독설을 주저없이 퍼부었다는 것이다. 전이 있다면 처음이 아닐찐대 도무지 처음의 전을 묻는게 말이 안된다는 일침이었다.

사람마다 신의 존재를 예감하는 것이 각기 경우가 다르겠건만 나는 철저하게 나의 무력함에서 신앙을 갖는다. 인간이 뭔가 많이 아는 것 같으면서 연결하고 따지고 추리하고 계산해보면, 실제로 해결의 열쇠를 손에 쥐는 것보다는 더 큰 미지와 무지의 문앞에 서게 되는것 아닐까 싶다. 절대로, 그러므로 인간의 지혜, 노력이나 신비의 세계를 노크하는 것이 미련하거나 허망스럽다는 쪽은 아니로되, 인간의 머리로 포용할 수 있는 사상과 사고의 범위는 매우 제한적이라는게 내 생각이다.

특히 앞에서 언급했듯이 별을 볼 때 그렇고, 태초를 기억해 낼 때 그렇다. 또 무력을 실감하는 것은 종말을 말할 때 그렇다. 끝. 그 끝은 무엇이며 그 끝의 다음은 또 무엇인가.

인간에게는 누구에게나 종말이 있다. 내세를 믿느냐, 안 믿느냐 하는 것은 각자의 신앙과 의견의 문제로 차치하고, 희노애락속에 우리가 바둥거리는 삶을 말하건대 매듭은 분명해진다. 아무도 이 사실을 부인하지 않는다. 그리고 이 앞에 섰을 때 무력해진다.

최근 교포사회에, 교계에 소위 '시한부 종말론'이 심심치 않게 화제거리가 되고 있다 1992년10월28일 날짜까지 박아 예수의 공중재림을 예언하면서 곧 이날이 모든 인간 삶의 종말이라는게 그 내용의 근간이다.

그러니 그날을 대비해 현재 생활의 형태와 플랜이 다시 짜여야 한다는 것이다. 인간이 잠재적 내지는 기본적으로 갖고있는 미래에 대한 불확실성, 그리고 종말에 대한 두려움의 심리를 십분 이용한 사이비 종교의 출현은 어제 오늘의 일은 아니다. 그러므로 '하룻 강아지 범 무서운 줄 모르는' 배짱보다 더 한 올해 10월의 종말론도 그쯤으로 덮어둘만 했는데, 문제는 모 신문에서 이를 대대적인 광고(전면2페이지)로 게재하면서 웅성거림이 시작됐다.

신문쟁이가 무슨 신학자인양 그 종말론이 왜 잘못됐는가를 신학적근거를 찾으며 지적하는 것은, 실력도 터무니 없거니와 어울리는 일도 아니다. 또 일부의 집단이 굳이 올해 10월에 기다리고 기다리던 예수가 온다고 믿겠다는데, 막말로 웃기지 마라, 예수는 그때 안 온다고 쫓아다니며 말릴 생각도 없다. 저 좋아서 만끽하는 종교의 자유를 누가 막을쏘냐.

그러나 '올해 10월 종말론'은 그 일부의 집단 안에서 튀어나와 대중성을 띠려고 할때, 자유가 있으면 책임도 뒤따른다는 매우 기초적인 상식을 벗어났다. 대중성이 언제나 공익성과 맞물리는 등식은 아니겠지만 대중성이 인간 삶의 근본을 흔들거나 사회적 구성을 부인하는 논리를 띨 때는 곤란하다. 그런 의미로 그 내용이 황당하면서 한편으론 공포스럽고 혐오스럽기까지한 10월 종말론의 신문광고는 다시 생각해 볼 문제다.

사람은 무력하다. 그리고 미래는 분명히 불확실성이다. 그래서 사람은 노력하고 고뇌하고 사고하고 연구한다. 그래서 현실이 불만족스럽고 고통스러워도 미래의 색깔은 밝게 칠하려고 열심을 낸다. 신앙은 여기에 원동력을 주는 알파적인 요소다.

오늘도 새벽별을 보며, 루터 선생의 명답을 기억해내고 오늘의 삶에 충실한 것이 미력한 내 존재가 할 수 있는 유일한 전부로 생각했다.　(1992. 2. 28)

흑인과 백인과 우리

　흑인하면 우리는 무엇을 우선 생각하게 되는가. 물론 검은 피부가 먼저다. 그리고 두툼한 입술, 유별나게 허옇게 두드러지는 눈자위, 긴팔과 다리, 곱슬머리…, 그 중에서도 나는 특별나게 곱슬머리를 떠올리는데, 누군가에게서 "아직까지 올올이 똘똘 말린 저 흑인들의 머리카락을 우리처럼 펴게할 수 있는 약품이 개발되지 않고 있어, 만약에 누군가가 그런 약품을 발명만 한다면 그는 즉시 돈방석에 올라 앉을거야"라는 말을 들은 후부터였다. 한때, 없어서 못 팔 정도로 불티났던 가발, 그것은 검은 피부를 희게 하고, 두툼한 입술을 얇게하는 것을 포기해버린, 이들의 나머지 소원을 자극했던 물품이었다. 웬만한 흑인들은 이때 가발을 2~3개쯤 사두었다나.

　어쩌다 버스에서, 또는 다른 장소에서 함께 자리하게 된 그들을 보면, 내 시선은 어느새 머리로 올라가는데, 우주여행을 논하는 지금세상에 저 머리카락을 바람에 날리게 할 수 있는 약품이 가능하지 못한 아이러니에 서글픔조차도 느끼곤 하는 것이다. 뚱뚱한 여자가 날씬해지려고 필사의 노력을 하듯이, 미의 기준이 곱슬곱슬한 그들의 머리카락에 많은 점수를 주기 전에는, 그들은 거울앞에 서서 조금이라도 머리카락을 펴보려고 필사의 노력을 그치지 않을 것은 쉽게 예상된다. 그러나 그 미의 기준이 어디 꼼짝이나 할 법인가?

재수좋게 금과 다이아몬드가 땅속에 많이 묻혀있어 저절로 횡재하고 있는 남아프리카연방공화국 같은 나라에서는 '화이트 only' 라는 식당이 있다고 들었다. 원래 검은 사람들이 주인이었던 그 대륙이었는데, 어쩌다가 지금처럼 인종차별이 노골화되어서 전세계의 눈총을 받는 나라가 되었는 지도 모를 일이지만, 그런 속에서도 끈덕지고 지조(?)있게 흑인을 구박하는 모습은 언제까지 계속될 지도 또한 모를 일이다. 세계 어느 구석하나 참견하지 않는데가 없는 미국이, 남아 연방에도 이 문제에 대해 참견을 해보고 있지만, 우두머리 극우주의자 레이건이 집권할 동안은 아무래도 별로 기대걸 것이 없을 것 같다. 그래도 미국전체에서는 샌프란시스코가 남아연방에 대한 인종차별항의를 강력하게 하는 편이어서, 조금은 긍지까지도 느낀다고나 할까. 아직도 멀기는 하지만 말이다.

참으로 인종차별이란 나쁜 것이란 생각을 이 아침에도 나는 해본다. 새삼 이 아침뿐 아니라, 사실은 며칠째 이 문제를 생각해오고 있던 참인데, 최근 미국 곳곳에서 동양인에 대한 배타감정이 일렁이고 있다는 소식을 접함이다. 바로 어제 신문에도 보도된 바와 같이, 샌프란시스코 · 필라델피아 · 오렌지카운티 등이 특히 그런 배타심이 노출되고 있는 곳이라니 남의 일이 아닌 것이다. 특히 필라델피아 같은 곳에서는 한글 표지판이 손상되고 페인트칠도 당하고, 그래서 급기야는 당국에서 한글 표지판을, 도시 안정을 위한 명목으로 철거키로 했다니, 심각하다 아니 할 수 없다.

결국 배타심의 근저는 인종차별인 것이고, 만약에 이런일이 계속 확대되어 간다면… 그후의 일은 생각하기도 두려워진다. "제발 내가 너무 예민한 탓이었으면 좋겠다"는 바람이 간절할수록, 그 두려움은 더욱 커지는데, 생각해볼수록 "인종차별은 시대에 뒤떨어진 잘못된 개념이라든지, 인간의 문명이나 역사의 발전이 그것을 저절로 해소할 것"이라든지 하는 것이 틀린 것 같기만 하다.

'내고향으로 날 보내주오'라는 애달픈 노래의 시절은 다시 오지 않을지 모르지만, 여전히 남아연방 같은 나라는 건재하며, 우리를 배타하는 일련의 움직임이 바로 코 앞에서 일쩐대, 무슨 더 이상의 문명의 발달을 기대하겠는가. 역사를 쳇바퀴에 비유한 어떤 철인의 말이 바로 이런 인종분쟁에도 합당하지는 않은가 말이다.

가장 위대한 인물로 흑인들에게 숭상을 받는 마르틴 루터 킹목사는 "푸른 풀밭에서 흑인아이들과 백인아이들이 뛰어노는 꿈이 내게 있노라"고 외치면서 민권운동의 기치를 들었고, 감히 흑인으로 대통령자리에 나섰던 제시 잭슨 목사는 '레인보우코올리션'

화합운동을 외쳤었다. 거의 한 세대를 간격으로 이 두사람의 외침은 여전히 흑백의 어울림이었다. 그런데 우리는 무엇을 외칠것인가. 또 누가 외칠것인가.

인종분쟁이란, 상당히 장기적이고 복합적인 것이어서 우리 세대선, 참을 만큼 적당할 지도 모른다. 그러나 그 다음, 그 다음 세대에는 어찌되는가. 우리가 해야하는 적당한 몫은 어떤건가.

다른 것은 미루고 생각해 볼지라도, 앞집 · 뒷집 · 옆집 · 윗집, 꽁꽁 단절한채 어쩌다 지나치게 되더라도 맑은 목소리로 굿모닝 한번 못하는 우리의 경직된 마음은 당장부터라도 풀고 볼 일 일 것 같다.　(1986. 8. 24)

흑인과 우리

하나님이 인간을 흙으로 빚어 만드실때, 굽는 과정에서 너무 익혀 까맣게 탄 것이 흑인이고, 덜 익혀 허연 것이 백인이며, 중간에 알맞게 익힌 것이 황색인이라는 데야 과히 기분 나쁠 것도 없다. 추측컨대 이 뜬금없는 소리는 동양인이 만든 말임에 틀림없을 것 같다.

노아 할아버지가 하루는 술이 취해 벌거벗고 잠을 자고 있었는데, 이 광경을 본 그의 세아들 중 두 아들은 뒷걸음으로 들어가 자는 아버지에게 이불을 덮었으나 한 아들은 이를 보고 낄낄대며 흉보았던 고로, 저주를 받았다. 그가 흑인의 시조가 되었으며 효자 노릇을 한 두아들은 당연히 백인과 황색인의 시조가 됐다. 이 스토리는 그래도 조금은 더 과학적이고 성서적인가.

최근 로스엔젤레스에서 한인 마켓주인이 흑인소녀를 총으로 쏴 숨지게한 사건이 한인사회와 흑인사회의 큰 이슈로 등장하면서,

일촉즉발의 충돌위기로 치닫고 있다. 한인 커뮤니티 인사들이 나서 흑인 커뮤니티의 리더들을 만나 융화적 분위기를 만들고자 애를 쓰는 등 노력으로 잘 가라앉는가 싶었더니, 며칠전에는 그 마켓 여주인의 병보석이 법정에서 허가되고 이에 한인 법정방청객들이 박수를 치고 너무 기뻐하는 모습을 보이자, 흑인들이 분개해, 한인마켓 전체에 대한 흑인들의 보이콧운동이 확산될 조짐이라는 것이다

걱정했던 바가 현실로 나타날 경우, 한인들의 비즈니스는 물론 큰 타격을 입고 한인들의 신변도 큰 부담을 안게 되므로, 로스엔젤레스 한인사회에서의 이번 문제에 대한 관심과 근심은 대단하다. 더불어 북가주에서도 결코 강 건너 불 구경일 수 없는 일이다.

한·흑간의 갈등은 사실상 어제 오늘의 문제는 아니다. 얼마전에는 뉴욕에서 또 한차례 흑인 커뮤니티와 한인 상인들과의 사이에 큰 마찰이 있었고, 필라델피아, 시카고 등 한인 커뮤니티와 흑인 커뮤니티가 형성되어 있는 곳곳에서도 시기와 그 문제의 심각성은 달랐을지언정 크고 작은 갈등과 마찰이 계속되어 왔던 것이다.

10년전만 해도 한흑의 문제를 갈등의 차원에서 보기는 어려웠었다. 아니 어려웠기보다 우리의 눈은 갈등이 아닌, 깔보고 무시하는 원시적인 수준에 머물러있었다고 보는 것이 더 정확할 것이다. 그러면서도 장사는 흑인가에 가서 해야 돈을 벌 수 있다는 상식은 지극히 일반화되어 있었다. 소비재구입에 돈을 아끼지 않은 습성이 일반적인 그들을 우리는 진정한 손님으로 맞이 하지 않은

232

것 또한 사실이다. 실례로 시카고 쥬타운에서는 권총을 허리춤에 차고 장사하는 교포들이 상당수였고 살벌한 경비원들을 고용, 고객이든 아니든 상관않고 문제만 생기면 폭력적으로 해결하려고 했었다.

사실이지 따져보면, 미주 한인들의 성공적인 비즈니스 아이템으로 손에 꼽히는 가발을 비롯, 의류, 가방, 잡화, 보석들 대부분이 흑인들을 고객대상에서 제외시켜 놓으면 우리에게 어느하나 자신 있을 것이 없다.

어디 그뿐인가. 마르틴 루터 킹목사로부터 시작된 민권운동이 없었던들, 소위 우리가 소수민족으로 이땅에서 발 붙일 여지도 지금같을 수 없었음은 아무도 부인할 수가 없는 사실이다. 흑인 민권운동이 있기전만해도 우리의 이민선배들은 아파트 하나 구하기 어려울 정도로 멸시를 당하기 부지기수였으며, 사회에서의 온갖 불공평한 처사가 있어도 어디에 대고 말 한마디 못하는 벙어리 냉가슴들이었다. 그렇다면 흑인들은 우리에게 누구로 관계 설정돼야 하는가.

물론 그동안 이미 보도됐지만, 로스엔젤레스에서 일어난 이번 사건에서 당사자 한인여성의 권총발사는 우발적이었다. 흑인소녀에게 구타당하고 물건을 빼앗긴 힘 없는 중년 동양여성이, 법적 정당방위성을 생각할 겨를도 또 능력도 없이 거의 무의식으로 쏜 총이 그야말로 불행하게 생명을 뺏는 결과를 가져온 것이다. 그이상 그이하도 아닌것이 우리의 진실한 입장이다.

그러나 여기서 우리 스스로 제기해야 하는 의문은 흑인에 대한 잠재적 편견이다. 야박하고 위험한 가정이겠으나, 만일 그 소녀가 흑인이 아니었다면 역시 똑같은 상황이 벌어졌을것인가. 또 미주 사회의 전체적 구도로 보았을때, 위에서 언급된 흑인에 대한 우리의 냉대적 자세가 이번 사건과 과연 무관한 것일까.

흑인들이 많은 범죄에 관련되고 또 외양상 무지막지해 보이는가 하면 머리도 비교적 뒤떨어지는 경향을 인정하더라도, 그래서 우리는 언제나 백인쪽으로 분류된다는 멘탈리티는 얼토당토 않다. 너나 할것없이 흑인들에 대한 편견시정이 필요하다는 것이 이번 사건의 아주 큰 교훈이다. 우리의 자손들을 위한 백년대계를 생각할때, 그 교훈은 더욱 우리에게 절실해진다.

'미디움' 스테이크를 먹는 사람들이 '웰던(well done)'은 그럭저럭 먹을 수 있어도, 썰어 놓으면 벌건 핏발까지 보이는 '레어(rare)'쪽을 먹기란 꽤 어렵다는 사실이, 하나님이 인간을 구워 만들었다는 전설적 인종기원과 맞물려 간다는 생각도 없지 않다.

(1991. 3. 30)

우리에게 필요한 '의식화'

　요즈음 조국에서는 '의식화' 라는 것이 문제인 모양이다. '의식화' 편지가 초중고교생들에게 날아들고 있다고 해서, 마치 법정 전염병 1종 콜레라가 만연하는 것처럼 난리들을 치더니, 또 얼마 전에는 홍익대 미술대생들이 그린 그림이 '의식화' 그림이라 해서 한차례 시끄러웠었다. 그런가 하면 '의식화' 노래라는 것이 있다하여 그것 단속도 요란했으며, 그전에는 농촌봉사활동을 나가는 대학생들이 농민을 '의식화' 하련다 해서 당국은 법석을 떨었던 적이 있다.

　빛을 설명하기 위해 어둠을 등장시키듯이, '의식화' 를 규명하기 위해서는 그 정반대의 것 '무의식화' 를 들지 않을 수 없을 것 같다. 의식이라 함은 대상을 통괄하여 판단, 분별하는 심적작용을 가르키는 것이니 의식화란, 그런 판단 · 분별능력을 키워주는 행위로 볼 수 있겠다. 그렇다면, 의식화를 막는 행위, 즉 무의식화라는 건 그런 심적작용을 막아 판단·분별을 흐리게 함을 말하는 것일 수 밖에 없다.

여기서 낱말의 뜻을 가지고 콩이니 팥이니 하는 자체가 차라리 유치한 것 같은 생각이기도 해, 말 뜻 논쟁은 접기로 하지만, 의식화든지, 무의식화든지를 떠나 그런 정도의 일로(모르겠다. 혹자는 이 일이 무지하게 큰일로 생각할지도) 나라 전체가 발칵 뒤집힐 정도로 놀라는 일이 진짜 문제가 아닌가 생각되는 것이다.

한때 장발 단속이 살벌했던 때가 있었다. 단속들 안하면 젊은이들 전체가 예수님처럼 머리를 길게 늘어뜨리고 돌아다닐것 같은 걱정을 했지만, 정작 단속을 없애고 나니까 장발은 오히려 그때보다 더 줄어 들었다.

또 우리가 사는 미국땅을 봐도 그렇다. 동성연애자가 늘고 한국에서는 생각치도 못할 도색영화니 잡지가 판을 치고, 마약이 성행하곤 하지만, 이러다간 이나라가 멀지않은 장래에 망하고 말것이라는 생각은 여전히 기우인 것이다.

하물며 모르고 있는것, 알게 해주겠다는 의식화야 그냥 내버려 둬도 될 일 아닌가 싶다. 그 의식화가 장발같은 것이라면 저절로 없어질 것이고, 또 그것이 역사의 흐름이라면 그렇게 변하면 될 것 아닌가 말이다.

나는 이 의식화를 논하면서, 며칠전 본보에 보도되었던 라몬 콘티네스 샌프란시스코 교육청장과 한인학생들의 면담내용 떠올리게 된다. 의식화란 한국에서만 필요한 것이 아니라, 미국에서도 필요한 생각에서다.

236

한국에서의 의식화가 억눌리고 어려운 자들에게 무엇이 문제인지를 깨우쳐 주는 것이라면, 다른 소수민족계는 모두 하고있는 이중언어교육이, 우리의 자녀들에게만은 왜 안되고 있는지를 깨우치는 의식화가 이땅에서는 있어야겠다는 것이다.

대부분의 미국 곳곳이 마찬가지지만, 샌프란시스코의 교육정책은 교육위원회(Board of Education)에서 최고 결정권을 갖는다. 전임 교육청장 엘리오토를 해임시키고, 신임 콘티네스를 임명한 것도 바로 이 교육위원회였다. 두말할 것도 없이 한국계를 위한 이중언어 교육이 없는 것도 이 교육위원회의 결정으로 볼 수 있다.

7명으로 구성되어 있는 이 교육위원회에는 현재 중국계가 1명, 스페니쉬계가 1명씩 들어 있다. 보도된대로, 중국계니 히스패닉계의 학생들이 학교에서 우리 아이들 보다 유리한 정책을 받고 있음은 어쩌면 당연하기까지 하다. 만약에 한국계가 1명 있었다면 한국말 이중언어교육은 벌써부터 가능했을 것이다.

이중언어교육이 우리만 없다는 것은 생각해 볼 문제다. 우리 부모 생각엔 아이들을 학교에만 보내면 절로 영어도 잘하게 되는 것으로 알지만, 사실은 그게 그렇지 않다. 같은 한국말을 해도 교육 정도에 따라 그 사용하는 단어나 말투가 다르듯이, 영어하는 것도 천차별 만차별한 것이다. 그래서 이민온 학생에게 빠르고 효과적으로 영어를 배우게 하기 위한 교육정책으로 등장한 것이 바로 이중언어 교육법이다.

그런데 우리만 없다. 아이에게 좋은 음식과 옷을 주고 싶어하는 부모라면, 이 이중언어교육도 주고 싶어해야 한다.

　그러기 위해선 교육위원회에 한국계가 1명이라도 들어가야 하고, 들어가기 위해선 투표권을 많이 모아야 한다. 한국계를 뽑을 만큼 투표권이 많지 않아도, 투표권이 어느 정도만 모이면 다른 교육위원에게 압력을 넣을 수도 있는 것이다. 돌아갈 사람이 아니라면 시민권도 빨리 받자. 아니 돌아갈 때 가더라도 투표권은 갖고보자. 한국에서의 '의식화'야 하도 막는 사람이 많지만, 여기서 '의식화'야 서로 권할일 아닌가. 교포사회에도 의식화 그림, 의식화 노래, 의식화 봉사가 있었으면 좋겠다. 곧 11월이 될테니 말이다. 　(1986. 7. 21)

언론문화

　내게는 개인적으로, 또는 논리적으로 잘 이해가 안되는 그런 언론계의 전통 내지는 관습이 있다. 다름아닌 언론끼리의 비판을 터부시하는 것이다. 그 전통은 오래전부터 한국에서도 또 교포사회에서도 계속 전수되고 있는 편인데 과연 그것이 옳은 것인가 하는 문제는 늘 내게 딜레마였다.

　언론이 일반적인 사회현상에 대해 비판적기능을 갖는 것에 아무도 이의를 제의하지 않는다면, 다른 언론이 비판을 받아야 할 만큼 그사회에 몰염치한 일을 했다거나 악영향을 끼쳤을 때도 마땅히 이의는 제의될 수 있다는 게 필자의 기본생각임에도 불구하고, 정작 '건수'에 부딪혔을 때는 망설임이 앞서는 것도 사실이다. 왜 그럴까.

　아마도 그것은 같은 업에 있는 처지에 잘못하면 뭐 묻은게 뭐 묻은거 나무라는 식으로 비하될 염려도 있는데다, 서로 언론의 속성을 잘 아는 처지에 이해의 폭을 마음껏 증폭시켜 그럴 수 있다는 아량이 잠재하는데 원인이 있지 않을까 싶다. 또 하나는 언론끼리의 비판이 오갈때, 일반독자들로부터 '싸움박질' 한다는 인상도 주기 쉽상인 이유도 있으리라. 정말 이들 이유가 타당한가.

타당하다면 언론은 아무래도 괜찮은 것인가. 그 성역은 아무도 건드리지 못하는 , 아- 그렇게 신나는게 언론인가. 하여서 독자를 기만하고, 사회에 큰 누가 되고, 광고주에겐 몹시 부담스런 존재가 되고, 억울한 가슴이 도처에 있어도 좋을 법한가.

교포사회의 언론으로 눈을 돌려보자. 여기에서의 언론은 더 '리얼리스틱' 해진다. 조그만 샌드위치샵을 하나해도 사장소리를 듣는 이 좁디 좁은 사회에서 언론은 늘 부대끼는 존재다. 스스로 누워 침 뱉는 지경에 이를지라도 정직하게 말하자면, 언론이 사회에 비젼을 제시하기에 너무 자질이 부족하며 숱하게 발생하는 일과 사건을 재고 추스르는 데도 실력이 부족하다. 또한 언론이 도도하게 제대로된 언로를 가기엔 너무 영세하다.

그러다보니 교포언론은 어쩔 수 없이 피부로 부대끼는 존재가 된다. 균형 잡힌 고른 힘을 가지지 못하고 들쑥날쑥하다. 건드릴 만한 건 못 건드리고 놔둘 건 집고 넘어가는 비겁함도 한두번이 아니다. 기사나 보도에 국한할 때 그렇지, 전체 모양을 보고자 광고부분까지 넘어가면 웃기지도 않는일이 종종이다. 서로 비방하고 과장하고, 아양떨고 때론 공갈과 협박도 난무한다.

그럼에도 불구하고 교포언론의 필요성을 대부분 느끼고 있는 것은 매우 다행스런 일이다. 그런가 하면 교포언론에 톡톡히 제값을 매겨 주는 일도 있는데, 이럴때 자칫하면 언론은 교만해지는 것이다. 교만해질 때 사람잡는 일도 생기고, 사회에 악영향을 끼치고, 도의에서 벗어난 짓도 서슴치 않게 된다.

이렇게 될때, 언론은 누가 나무랄 것인가 하는 물음에 우린 서게 된다. 생리적으로 언론은 언제나 편한 입장에 선다. 보도의 선택권이나 논조의 흐름이나 비판의 강도를 마음대로 조절할 수 있는 위치다. 그리고 독자는 언제나 일방적으로 받아들이는 입장이기 때문에 무리없이 오도하는 것도 가능하다. 그렇다면 이럴때 누가 견제를 해야 하는가.

나는 언론의 견제를 언론이 해야 한다고 생각한다. 특히 교포사회에서 그렇다. 결코 시시콜콜 언론끼리 지지고 볶자는 제안이 아니라, 기사거리로 다룰만한 짓을, 만일 언론이 했다면 다루어야 한다는 말이다. 언제나 언론끼린 과부 사정 과부가 알듯 눈 감는 그런 식의 잘못된 동조의식에서 깨어야 한다고 생각한다. 교포언론이 교포사회의 발전에도 공이 많지만 그 해독도 못지않다는 어느 교포인사의 지적을 뼈아프게 받아들일 줄 알아야 하는 것이다.

교포언론은 교포사회와 운명을 같이해야 한다. 교포사회가 고통할 때 함께 고통을 감수해야 하며, 교포사회가 팽창할 때 함께 팽창해야 하며, 교포사회가 우울할 때 같이 우울해야 한다. 또 웃을 때야 두말할 필요없이 같이 웃어야 한다.

모두가 희생하고 헌신하고 있는데, 그 뒤에 서겠다고 자청한 언론이 혼자서 부른배를 어루만지며 내 할 도리 다 했다고 할때, 그 언론은 잔인하고 비윤리적이다.

언론은 철저하게 교포사회에 신세를 지는 '빚진 자'다. 당연히 커뮤니티에 대한 의식이 있어야 하며 그저 그 커뮤니티 만큼의 사이즈면 된다. 교포사회의 아무도 언론이 비대해지길 원한 바 없으며 또 그래서도 안된다. 비대한 언론은 그만큼 더 배 고프기 마련이며, 배 고프면 사리분별이 흐리기 쉽상이다.

또 스스로 부끄러움이 없어야 한다. 아니, 어찌 부끄러움이 없을 수 있으랴. 그러나 그 부끄러움이 언론이 비판해야 하는 기준치를 초과해서는 안된다. 그것보다는 훨씬 아래를 맴도는 허용치여야 한다. 허용된 부끄럼이란 말이 다소 우스꽝스럽기는 하지만.

우리 교포사회엔 언론문화가 제대로 꽃 펴야겠다. 그러려면 언론끼리의 견제가 필수적이란 생각이 자꾸 든다.   (1991. 5. 11)

환상에서 깨어나기

한 10개월쯤 전, 임신중이던 아내가 신문사로 전화를 걸어왔다. 길을 걷다가 넘어졌는데, 뱃속의 아이가 놀지를 않는 것 같다는 것이었다. 병원에 가는데 도저히 혼자갈 수가 없으니, 함께 가자는 아내의 목소리는 반쯤은 울음이었다.

하던 일을 팽개치고 아내의 직장으로 달리는 차안에서, 나는 쿵쿵 뛰는 가슴을 진정하느라 무진장 애를 썼다. 왜 그리 길은 멀고 신호등은 곳곳에서 나를 막는지, 빨간불에 건널가 말까하는 다급한 마음속에 내가 겨우 떠올린 것은 기도뿐이었다.

"하나님, 그저 아이만은 별일없게 해주십시요. 제다리가 부러지는 게 낫습니다. 제가 몇년쯤 어떤 병으로 고생해도 괜찮습니다. 아이만은 별일없게 해주십시요"

내생에 몇 번 안되는 간절한 기도덕이었을까. 아이는 다행히 괜찮았다.

새해를 맞은 요즈음, 그때의 간절함을 되찾아 보려고 나는 애쓴다. 그것은 바로 새해의 환상에서 깨보려는 일종의 충격요법 같은 것인데, 그래도 환상에 반쯤 감겨버린 눈은 번쩍 뜨이지 않는다.

새해. 이 단어가 우리에게 주는 환상의 현상은 마약이나 알콜중독현상과 별반 차이가 없다고 난 생각한다. 마약에 쩔은 사람들이 그 기운이 다 떨어져 괴로워할 때 주사 한대를 맞고 나면 다시 다른 세계에 몽롱하게 빠져들듯이, 우리는 한해의 세월이 다 되었을 때 쯤에는 그 세월에 지치고 지겨운듯 상을 찡그리다가도 새해를 맞으면 마치 뭐라도 보장된 듯한 환상의 세계를 맞는 것이다. 자기 나이수 만큼 맞은 새해에서 거의 같은수 만큼의 해를 별 볼일 없이 살아왔으면서도 여전히.

남들이 모두 잘해보자는 새해에 공연히 심통을 부린다는 소리를 들어도, 나는 그게 새해의 환상속에 비정상적으로 머물러 있는 것보다는 낫다는 생각이다.

결국 따지고 보면, 환상에서 깨어나자는 얘기도 새해를 제대로 맞자는 이야기에 다름아닌 것이 분명하다.

획기적으로 자신의 생활이나 삶에 대해 깊이 생각하지도 결심도 하지 않으면서, 남들 하는대로 망년이나 하고 들뜬 기분에 새 달력이나 걸면 대수일 턱이 없다.

여기서 다시 떠올리는 것은 충격요법의 필요성이다. 사람이란 충격적이거나 급박한 상황이 벌어졌을 때 간절해지고 안타까워하는 존재다. 그때 자신의 한계성을 느껴 겸허해지기도 한다. 또 쓸데없는 것에 대한 욕심도 절감되고 자기가 무엇을 포기할 수 있는

지에도 눈을 뜨며, 덧붙여 새로운 결심도 생겨지고 오기도 마음에 팽배해지기 마련이다. 그러니 '제대로' 인간답게 살려면 끊임없이 충격적인 사건이 있어야 하는 것인데, 그래서야 '심장마비' 현상 또한 적지 않을 것이니 이것도 곤란한 일이다.

그래서 나는, 인간이 지혜를 짜내 만든 '새해'가 바로 심장마비 부작용을 배제시킨 충격요법에 다름없다고 생각한다. 세월의 흐름을 분명히 인식시켜주면서 또 한편으로는 희망에 부풀게 하는 사건인 셈이다.

그런데 유감스러운 일은 세월의 흐름을 인식하는 대신 "지겨운 한 해를 떠들어 잊자"는 식이며, 진실한 희망 대신 구태연한 중독성 환상만 갖는게 우리의 요즈음 세태인 것이다. 충격요법이 동반하는 간절함과 안타까움은 결국 삶의 애착에서부터 시작된다. 만일 내가 아내 뱃속에 있는 아기에 대해 애착이 없었다면 그때 그렇게 안달을 하지 않았을 터이며, 반대로 생각해보면 세월에 애착이 없을때 새해에 대한 환상은 더 심한 중독성을 보인다는 결론에 귀착된다.

아스피린이나 타이레놀이 훌륭한 약임은 중독성이 없는데 있다. 상습적으로 복용을 해도 나중에 그 복용량을 높이지 않아도 효과가 있는 것이다. 하물며 우리가 세월을 '약' 아닌 '주식'으로 먹고사는 데야.

새해는 바로 이런 중독성을 경고하는 지혜에서 창출됐다. 보내는 한 해에 대해 발을 동동 구르는 안타까움을 갖고, 새해를 간절한 마음으로 맞아 하루하루 성의있게 살려는 신선한 자극을 받지 않는다면 아무리 많이 망년회에 불려다니고 그곳에서 만나는 사람에게 수없이 복받으라는 인사를 뇌까려도 지혜없는 미련한 사람임에 틀림없다.

삶에 대해 애착을 갖고 있는 사람의 새해를 맞는 마음이 결코 다를 바 없다. 걸린 새해 달력을 미리 주섬주섬 넘겨보면, 자신이 안다. 삶의 애착이 있는가 없는가를, 또 있으면 얼마나 있는가를.

(1987. 1. 4)

예수를 닮은 사람

2년도 넘은 듯 싶다. 어느 날 주위의 가까운 한분을 통해서 설교테잎을 받았다. 의외였다. 그분이 설교테잎을 남에게 주면서 "꼭 들어볼 만 하다"고 권하는 일을 생각해 본 적이 없었다.

그는 혹시라도 내가 듣지 않을까봐 다른 설교테잎과는 다르다는 말을 여러번 했다.

아마 그 테잎을 신문사 사무실에서 받았다면 그대로 사장 되었을지도 모르겠다. 그런데 그날은 덴빌 근처에 있는 S교수집에 그나 나나 초대받은 입장이었다. 파티가 끝냐 집으로 가려는데 그가 따라 나오면서 테잎을 건낸 것이다.

거기서부터 집까지는 족히 1시간은 넘게 걸리는 길이었다. 차 안에 있는 음악 CD나 테잎도 이미 진력나게 들었던 터이므로 심심풀이로 선사받은 테잎을 집어넣었다.

이재철 목사의 설교테잎이었다. 나는 그때까지 이목사가 누구인지 전혀 알지 못했다.

그의 설교는 논리정연했고 (기독교)원칙과 근본을 고스란히 드러내고 있었다. 그러면서 맑았다.

내가 그동안 들었던 설교 중에서 감동적이었다고 하는 경우가 묵직한 질감이었다면, 이목사의 설교는 깊은 산속에서 만난 시원하고 깨끗한 샘물이었다.

5개의 테잎을 듣고난 나는 이재철 목사라는 인물에 대해 지대한 관심을 갖게 되었다. 아니 테잎을 들으면서 이미 그에 대한 이미지를 머릿속에 그려둘 수 있었다.

테잎중에는 목회자 세미나 내용을 담은 것이 있어서 그가 목회하는 '주님의 교회'의 운영 모습도 알 수 있었다. 흔히 교회들이 재정적인 여유가 생길 경우, 우선적으로 계획하는 교회당 짓기에 그 교회는 관심이 없었다. 교회는 건물이 아니라는 '진리' 때문이었다. 그 돈으로 학교에 강당을 지어주고 일요일이면 빌려 사용했다. 수요집회 등 다른 모임은 YMCA 등 기존에 있는 모임장소를 사용했다. 주일날 한번 제대로 사용하고 주중에는 텅 빈채 문잠겨 있는 교회는 사회적 자산으로 큰 낭비가 될 수 있다는 생각에서였다.

이미 수천명이 모이는 대교회가 되었지만 이재철 목사는 처음에 서원했던 10년에서 단 하루도 넘기지 않겠다고 말해왔다. 한 교회에 한 목회자가 너무 오래 머물 경우 생길 인간적 부작용에 대한 단호한 예방이었다.

이런 목사라면, 그리고 저런 명 설교라면 신문사에서라도 그를 초청할 만했다. 교회처럼 부흥회라는 이름을 걸기는 뭣하지만 신앙강좌로 몇 회 했으면 싶었다.

그러던중 수개월전에 이재철 목사가 북가주에 온다는 소식을 접하게 됐다. 산호세의 어떤 교회에서 부흥회를 열기로 되어 있다는 것이었다. 즉시 이목사와 친분이 있는 분을 통해 샌프란시스코에서도 신앙강좌를 갖자고 제안했다. 생각같아서는 며칠간 했었으면 싶었지만 이재철 목사의 일정상 하루저녁을 계획하게 됐다. 그 하루를 위해서도 이목사는 다른 곳에서의 일정을 이틀을 미뤘다.

지난 18일 공항에서 이재철 목사를 처음 만난 이래 행사를 주관하는 측의 입장으로 몇 번 이재철 목사를 대할 기회가 있었다.

그의 맑고 밝은 표정은 인상적인 차원을 넘어 감격적이었다. 차안에서, 식당에서, 마켓을 들르면서 엿보게 된 그의 마음 씀씀이와 행동은 신선하기만 했다.

같이 있는 사람에 대한 배려나 넘어가도 무방할 일에 대한 감사, 끊임없이 물어오는 네 아들의 질문에 대해 끝까지 설명하는 자상함, 아내에 대한 친절 등등….

식사를 같이 하는데 슬며시 나가서 식대를 먼저 지불하는가 하면, 강사료를 극구 사양하고, 몇차례 운전편의를 제공한 직원에게 선물을 준비하고…

이재철 목사는 말과 글과 행동과 삶이 같다는 것을 들어 알고 있었지만 나는 이번 기회에 옆을 지나는 바람처럼 느낀 셈이다.

목회자가 자신이 강단에서 전한 메시지처럼 그대로 산다는 일

처럼 힘든 일도 없다. 우리처럼 듣는 이들이 고개를 끄덕인 후 그
대로 산다는 것은 더더욱 어려운 일 아닌가. 그래서 우리는 이목
사같이 매사를 흔들림없이 사는 인물을 존경할 수 밖에 없다.

그런데 이목사는 자신을 존경하고 사랑하는 사람들을 부담스러
워한다. 세상의 모든 역사와 삶의 주관자가 하나님이신데, 어쩌자
구 하찮은 인간이 자꾸 관심의 대상이 되느냐는 것이다. 그래서
그는 '주님의 교회'를 떠나면서 교인들에게 한 인사가 "나를 잊어
달라"는 말이었다고 한다.

그는 샌프란시스코 신앙강좌의 끝부분에서 클레어 루츠부츠여
사의 "모든 인간은 한줄로 표현된다"는 말을 인용했다. 이재철 목
사를 "예수를 닮은 사람"으로 표현하고 싶다.   (1998. 7. 29)

축소지향을 찬미함

　문학평론가 이어령씨의 베스트셀러 '축소지향형의 일본인'이
라는 책을 재미있게 읽은 적이 있다. 이어령 씨는 이 책을 일본에
가서 몇 달 동안 여관에 틀어박혀 탈고한 것이라는데 수긍이 가는
관찰로 일본과 일본인을 평가해 나갔다.

　책 제목이 나타내듯이 일본인은 무엇이든지 작게 축소시키려는
경향을 가지고 있으며, 이것이 그들 문화의 근간을 이루고 또한
세계 제일의 경제대국으로 만든 힘이 됐다고 그는 적고 있다. 예
를 들면 자동차도 일본차는 미국의 대형차를 작게 축소시키는 데
서 시작했고 세계에서 제일 작은 텔레비젼도 소니사가 개발했으
며 문화적으로도 심지어는 쌀알에다 문자를 적는 축소문화를 보
였고 생활의 공간도 마찬가지로, 동경에서 몇평 나가지도 않는 아
파트가 수십억을 호가해 어처구니가 없지만, 그 작은 공간을 오밀
조밀, 가로로 세로로, 위로 아래로 철저하게 이용하고 있다는 것

이다

　이처럼 축소지향적인 일본인들을 한때 미국을 비롯한 세계 대국들은 비웃었지만 이들은 철저히 작게, 작게 일관해서 마침내는 '스몰 이스 뷰티플' 이라는 '빅 이스 굿' 의 상대적, 반대적 개념을 탄생시켰다.

　물론 이어령씨 필력의 때문이기도 하겠지만 나는 이 책을 보면서부터 축소지향에 대한 관심이 부쩍 켜졌다. 흔히 넓고, 크고 많은 것만이 대수로 생각되어온 고정적 관념에 대한 반항적 기질 자체도 그렇지만 '축소지향' 의 어플라이(응용)가 우리의 생활과 삶의 곳곳에서 효율적인 것은 부인하기 어렵다는 생각이다.

　우선 우리는 '축소' 라는 말을 정확히 해 둘 필요가 있다. 축소라는 말은 무엇을 생략하거나 잘라내서 줄인다는 말과는 다르다. 모든 기능은 그대로 살리되 그 기능을 위해 존재되는 부분을 작게 한다는 것이다.

　또 여기서의 '축소' 개념은 카피머신으로 70%, 50%로 줄이는, 크기만 다를 뿐 똑같은 모양의 축소를 말하는 것과도 다르다. 불필요한 부분, 덜 필요한 부분을 과감히 없애거나 대폭 줄여버리고 '키' 가 되는 부분은 더욱 강력하게 또는 최대한으로 기존의 기능을 유지시키는 융통성이 포함되어야 한다는 말이다. 차체의 크기가 70%가 줄어들었다고 해서 스피드도 70%가 줄어들었다면 그건 축소지향에서의 축소가 아닌 것이다.

　정작 내가 축소지향에 매력을 느끼는 것은 사실 이런 형이하학적인 물품에서보다 살아가는 우리의 방식에 큰 교훈적 역할을 해내는 데에 있다. 욕심을 축소하자는 데서 그렇다.

미국에 사는 우리들은 이 미국사회가 주는 포괄적 영향력을 스스로, 또는 형편상, 환경적으로, 실력으로, 따라서 자의반 타의반 최소화시켜 받고 있는데, 그러므로 엉뚱한 부분의 보상심리적 욕심이 작동되는 게 예사다. 미국 땅을 밟으면서부터 시작된 막연한 이민자의 성공에 대한 꿈은 대개 부의 축적을 목표로 구체화된다. 밤낮으로 뛰게되고 돈, 돈, 돈 노래를 부르다 개중에는 물론 그러다가 큰 돈 번 사람도 있고, 뛰는 정도가 아니라 그 위를 날아다니는 경지로 엄청 커진 교포들도 간혹 있다. 그러나 많은 경우, 터질 듯 팽팽했던 고무풍선이 스물스물 바람 빠지듯이 현실로 안주한다. 마음에는 축소되지 못한 욕심의 한이 두껍게 깔려있고… 귀넘어로 듣게 되는, 돈 좀 있는 인간들이 리노나 레익타호가서 몇천 불을 날렸다는 얘기나 모 술집에 가서 아가씨 앉혀놓고 하룻저녁 놀았더니 돈 천불 나왔다는 과장된 얘기, 또 한국에 한달에도 두세번씩 드나들며 그곳서 재미나게 놀았던 경험담을 털어놓으면 부러움에 "아-나는 미국에 왜 사는지" 심사가 흐려질 때가 한두번인가. 도대체 저 인간들은 어쩌다 저렇게 팔자가 좋아졌을꼬.

그러나 축소지향의 논리를 깨달으면 이게 다 부질없다. 큰 차 타는 사람이 부러울 필요가 없는 것이고 작은 차 탔다고 부끄러울 게 없다. 인생을 그 끝까지 어떤 정착점으로 보건대, 마음먹기 따라 우리는 얼마든지 편안하고 있을 것 다 있는 우리에게 맞는 차를 타고 다닐 수 있는 것이다. 개스만 잔뜩 들고 파킹하기도 힘든 큰 차 굴리는거 생각하기에 따라 우습다면 우습다. 더구나 요즘같은 불경기에 축소지향의 오묘함을 곱씹으면. 이른 새벽 일어나 찬 공기에 몸은 으쓱 추울망정 기분은 몹시 상쾌하다. 맑은 정신에 시야도 분명해진다. 꾸역꾸역 되는대로 막 살게 아니라 이 작은 내 그릇 안에 내 의지대로 알차고 빡빡하게, 갖은 것 다 채우는 재미를 만끽하자는 게 축소지향을 찬미하는 필자의 강력한 주장이다.

때 마침 지난 3.1절이 있어 왜놈들의 강압적 탄압에 자주독립을 외친 선열들에게 어쨌거나 축소지향의 일본을 화두로 꺼내 그것을 꿰다 맞춘 발상이 죄송스럽기는 하지만, 손자병법에 이르길 적을 알고 나를 알면 백번싸워 백번 이길수 있다 함이니, 그런 충정이라고 아뢰고 싶다.

사족으로 달거니와, 삼일절 기념식이 그동안 공관에서 열리던 수준 내지는 차원에서 벗어나 상항한인회관에서 제대로 열렸다는 것이 기분좋으며, 박춘범 총영사가 29일, 1일, 2일 연속 3일을 새크라멘토로, 상항으로, 산호세로 기념식마다 분주하게 참석하는 부지런함도 보기 좋았더라. 또 산호세 기념식은 "오등은 자에…" 독립선언문을 처음으로 단체들이 한 곳에 모여 낭독했다니, 넓게 보아 이것도 우리 교포사회식대로 축소지향된 모습이라고 한들, 누가 크게 틀렸다고 할 손가.　　(1992. 3. 7)

254

7

투표권 없는 행운

국제화시대에 갖는 걱정

해방후 한참 사회가 혼란스러워 뭐가 뭔지 제대로 가늠되지 못할 때 였지만, 물론 지금처럼 언론매체가 발달되어 이쪽 끝의 소식을 저쪽 끝까지 눈 깜짝할 사이에 전하기란 어림도 없던 그 때였지만, 그 근간을 알수도 없이 전국민에게 퍼진 말이 있었다. "미국사람 믿지 말고, 소련사람에게 속지말고, 일본은 다시 일어난다."

유언비어성까지 띠고, 그러면서도 음절의 유사성을 따내어 한번 들으면 안 잊혀지도록 한 이말은, 농담처럼 들릴지언정 당시 그 복잡했던 국제사회에 대한 우리민족의 '처세'를 극명하게 교훈했다.

결국은 해방된 후의 한반도를 반으로 갈라 무장해제를 하겠다고 나선 미, 소 양국은 삼팔선을 고정화시킴으로 남북을 갈라놓고야 말았다. 믿었던 미국에 우리는 발등을 찍힌 꼴이 되었으며 소련에게는 보기좋게 '사기' 당했고, 해방당시 이제는 끝장으로만 보였던 일본은 다시 일어났다. 믿지 말고 속지 말고 다시 일어난다던 그 말은 너무도 제대로 적중한, 차라리 예언이었다.

최근 미국을 방문하고 돌아간 김영삼대통령은 소위 '국제화' 시대라는 것을 선언했다. 처음 그 말을 들은 순간, 우선 그동안은 국내화 시대였던가 하고 과거를 뒤돌아 보게도 되고, 시애틀에서 세계 정상들과 만난 대통령이 팽팽 돌아가는 세계의 흐름을 깊이 감지했는가 보다 하는 순진한 생각도 있었다. 그런데 그 뒤 쌀개방이 이어지고 UR타결이 연결되자 "국제화시대란 이렇게 시작되는건가" 하는 얼떨떨함이 크다.

그런데 이 국제화시대에 나는, 촌스럽게 뒤떨어진 유행어를 자주 곱씹게 된다. "미국사람 믿지말고 소련사람에게 속지말고 일본은 다시 일어난다." 일본은 이미 일어났거니와, 소련으로 말하자면 해방이후 한번 속은 이래 한국전쟁, KAL기 격추사건 등을 거치며 거듭 그들의 캐릭터를 확인했다. 최근에 들어서선 한국을 방문한 러시아의 옐친이 10년만에 격추된 KAL의 블랙박스를 한국정부에 선사했는데, 그게 텅빈 껍데기 뿐이어서 우리는 웃어야 할지 울어야 할지 모르고 당황했던 경험이 있었다.

진짜 하고 싶은 이야기는 그 다음이다. 미국은 어떤가. 이제는 믿어도 좋은가. 흔한말로 미국은 우리의 우방이다. 우방을 믿지 못하면 누굴 믿는단 말인가. 과연 그럴까.

그러나 가만히 생각해보면 국제화 시대를 선언한 마당이라면 우방국이 대통령끼리 만났을때 인사치례로는 어울릴지 모르지만 한치도 자국의 이익을 양보하려고 하지 않는 국가와 국가간의 관계에 진정한 우방이란 이제 존재하지 않는다는 생각이다. 이번 쌀 개방을 놓고 한국과 미국의 농수산부장관 회담을 보면 너무 확연하게 드러난다. 미국이 많이 봐줬느니 어쨌느니 하지만 그쪽은 챙길 것을 다 챙겼고 한국은 내 줄 것을 다 내준 셈이다.

미국국민들도 톡톡히 국제화됐다. 며칠전 LA타임즈는 미국국민들의 51%가 북한의 핵문제를 군사적으로 해결하는데 찬성하고 있는 것으로 나타났다고 보도한 바 있다. 물론 전제조건은 북한이 끝까지 평화적인 해결을 거부하고 핵사찰에 불응할 경우라고 붙어 있었다. 말이 좋아 군사적인 해결이지, 이는 곧 한반도에서의 전쟁을 의미한다. 국제화된 국민들의 사고는 평화적해결이 안되면 군사적해결이 당연하며 이를 통해 국제사회의 질서를 유지해야 한다는 식이다.

그러나 우리는 어떤가. 한번 이런 상황이 온다고 상상해 보자. 미국이 정한 마지막 날까지 핵사찰을 북한이 거부하자 미국은 원산 앞바다에 진주시켰던 제7함대에 핵시설이 있을 만한 모든곳에 대해 공격명령을 내렸다. 수백대의 미 공군기가 출격, 미사일을 날리기 시작했고 이에 대응, 북한도 반격에 나섰다. 점점 수세에 몰린 북한은 새로운 전기를 마련하기 위해 지상군에게 서울을 공격하도록 명령했다. 국군의 반격이 시작됐고 마침내 한반도는 걷잡을 수 없는 전쟁바다로 돌변한다.

절대 있을 수 없는 일이다. 이건 국제화시대가 아니라 우주화시대가 와도 절대로 있을 수 없는 일이다. 여론조사일 뿐이지만 그

것은 항상 실제상황을 기초로 해 변형되는 게 보통이다. 그럴 수 있다는 상황 가능성을 깔고 있다. 다시 이것은 여론으로 변하며, 행정부는 여론을 등에 업고 일을 저지르는게 예사 아니던가. 도무지 불안하다.

그 후 한국의 국방부는 만일의 사태가 발생해도 수도권 북방에서 적을 퇴치할 수 있다는 입장을 이례적으로 발표했다. 그러면서도 마지막 부분에 이르러서는 만일 전쟁이 한반도에서 발발한다면 그것은 승자도 패자도 없이 민족공멸의 길로 들어설 뿐이라고 했다.

나는 미국사람을 믿고 싶다. 다른 때 번번히 속았어도, 또 앞으로 속을지라도 "북한에 대한 무력공격을 고려하고 있지 않다" 는 클린턴의 말만은 믿고 싶다.   (1993. 12. 22)

정치는 좋아하는 사람이 해야

1979년 젝타호텔(현 캐더드랄힐 호텔)에서 국회의원에 출마하는 노승우씨를 위한 모금파티가 있었다니까 노승우씨의 국회의원직 '획득'은 뜻을 공표한지 13년만에 이뤄졌다. 요즘 유행하는 말을 흉내내면 국회의원이 뭐길래, 그 기나긴 세월을 거쳐서라도 끝내는 이루어야 하는것인지 진정 그 맛을 우리가 알 리는 없되, 일생을 국회의원되기 위해 실력자를 쫓아다니는 무리의 수가 헤아릴 수 없고 그러고도 금뱃지를 못다는 이가 허다하다는 사실 정도는 인지하고 있다.

지난 주 열렸던 노승우 국회의원의 당선축하 모임에 모인 2백여명의 축하객들의 심정이 크게 다를바 없었으리라. 우중충한 한인회관이 흠이라면 흠이었지만, 사회자가 나름대로 의미를 붙였던 만큼 모인 이들은 배불리 먹고 마음껏 축하하는 잔치였다. 노의원은 새삼 감격스러운 표정이었고 정치인답게 한마디, "땀과 눈물과 피를 역사는 필요로 한다"고 역설했다.

알만한 이들은 모두 아는 사실이지만, 노승우 의원은 교수였다. 외국어 대학에서 가르친 과목은 정치학. 노의원과 같은 경우가 최초는 아니겠지만 정치학교수가 정치의 덤태기 안으로 뛰어들어 어떤 모습을 보일 지에 사뭇 기대가 크다. 운동경기에서 해설자가 유니폼을 입고 구장안으로 뛰어들은 것과 같은 경우이지만, 정치가 운동처럼 육체적인 뒷받침이 필요하지 않다는 점에서, 부디 노교수의 정치학이론이 국회에서 잘 프랙티스되길.

4년전 선거에서 고배를 마신 노승우씨가 그 직후 상항에 왔을 때 만난적이 있다. 흔히 우리가 듣기로는 국회의원선거에서 지면 가정도 박살이 나기가 십중팔구라고 하는데 놀랍게도 그는, 집안은 커녕 자신에게도 전혀 패장같은 기색이 없었다. 노승우씨는 장시간에 걸쳐서 자신이 선거운동을 했던 일, 어려웠던 일, 그래도 즐겁고 보람있던 일, 패하게된 원인 등을 실감나게 말해 주었는데, 얘기 끝에 필자가 4년후 다시 출마할 생각이 있느냐는 말을 묻자 yes라고 말하지는 않았지만 재출마의 뜻을 간접적으로 나타냈다.

그는 그때 떨어졌지만 붙을 수 있는 방법에 대한 확신을 이미 갖고 있었다. 당시의 상세했던 설명을 지금은 제대로 기억하지 못하지만 유권자주소와 컴퓨터로 그 성향 및 배경을 분석하여 앞으로의 4년간 공략 한다는 내용이었다. 또 떨어지고 나니까 선거유세기간이 1주일만 더 있었다면 꼭 이길 수 있었을텐데 하는 억울함도 있어 이것도 향후 4년이라는 세월이면 넉넉하게 풀수 있다는 말도 했다.

　지난 15일 금뱃지를 달고 샌프란시스코에 온 노의원을 공항에 환영나갔다. 개선장군은 피곤한 기색을 모르는가? 노의원은 장시간 비행기를 타고왔음에도 금새 샤워하고 옷맵시를 가다듬고 나온 새신랑처럼 깔끔하면서 신선한 모습이었다. 근처 커피샵으로 들어갔다. 사실 나는 그의 선거 '무용담'을 듣고 싶었는데 대동하고 나간 기자의 질문은 국회얘기로 계속됐다. 하기야 선거있었던 때가 벌써 언젠데 뒤늦게 선거때 얘기를 묻겠는가. 그건 후에 내가 개인적으로 들어야지… 이런 위안을 스스로 하고 있는 동안, 노의원은 초선의원으로 국회에 들어가 실상을 본 소감들을 신나게 밝히고 있었다.

　"국회의 실상이 어떠할 것이라는 짐작을 어느 정도는 했지만, 막상 들어가 보니까 도저히 상식으로 이해가 안되는 부분이 많아요. 지자제 연기관계로 여당에서 국회에서 통과강행을 계획한다는 보도 있었지 않습니까. 그때 나는 국회 부의장실에 배치되어 있었는데 너무 어색하더라구요. 덩치 큰 야당의원들이 딱 가로막고 있어 못나갈것이 뻔한데 일단 고함을 치며 몸으로 부딪히고 그러면 곳곳에서 신문기자의 플래쉬가 터지고…"

　노의원은 국회에 들어가고 나니까 깨끗한 정치가 우리나라에 최급선이라는 생각이 들었다고 말했다. 그래서 큰 차 안타기, 고급술집 안가기, 골프 안치기 등 여당이든, 야당이든 만연해 있는 특권의식적 행습을 고치는 운동을 펴고 있다고 전했다. 다행히 초선의원을 중심으로 함께 뜻을 같이하는 몇몇 의원들이 있어 정기적으로 만나 서로 논의하고 함께 행동하고 있다고 밝혔다.

　노의원에게는 물어보지 못했지만 남편이 국회의원에 나간다니까 할수없이 한국에 선거운동을 위해서 나간다는 부인 노이자 씨에게 물어본 질문이 있다. 88년 선거를 앞두고였다. "노교수님은 왜 정치를 하시련데요?" "아유, 나도 모르겠어요. 남자들은 그런데 뜻을 두면 꼭 해봐야 하나봐요. 그렇게 하고 싶데요."

　노의원께서 들으면 섭섭해 할지는 모르겠지만, 솔직히 나는 그가 나라를 바로 잡겠다는 구국의 일념에 불타서라든지, 국민들을 잘살게 하기 위해 내 한몸 바치겠다든지 하는 엄청나게 훌륭한 자세나 정신으로 국회의원이 되었다고 보지는 않는다. 그는 정치가 교수보다 더 하고 싶었던게 분명하다.

　역설적으로, 그래서 나는 노승우 의원에 대해 기대를 갖는다. 정치는 정치를 하고 싶어하는 사람에게 맡겨야 하기 때문이다. 정치는 좋아하지 않고 그 정치에 군더더기로 붙는 온갖 저차원적 포만감과 특혜를 더 좋아하는 대부분의 무리들 때문에 정치가 욕 먹는다. 정치는 워낙 깨끗한 것인데 새삼 깨끗한 정치를 부르짖어야 하는 코메디적 해프닝도 사실은 염불보다 잿밥에 더 신경을 쓰는 사람들 때문 아닌가.

　노의원이 선거때 내건 슬로건이 '해내는 사람' 이었다던가. 그가 정치를 해 내는 사람이 되길 고대해 보자. 　(1992. 8. 23)

일본인 바로알기

언젠가 한국의 한 원로 언론인이 한국인의 일본에 대한 반일감정을 "신경통환자가 비오는 날만 되면 팔다리가 욱씬거리는 현상과 같다"고 비유한 적이 있었다.

날씨가 쨍하고 해뜨는 날이면 신경통의 시옷자도 안보여 잊었는가 싶지만, 궂은 날이면 꼬박꼬박 신경을 건드린다는 뜻이거니와, 현대처럼 의술이 잘 발달되어 있어도 신경통을 완전히 뿌리뽑는다는 것 또한 보통 어렵지 않다는 점에서 그 원로 언론인의 비유가 기억에 남는다.

요 근래에 우리는 일본을 또 다시 생각하지 않을 수 없는 일련의 사건을 만났다. 우리가 발 붙이고 사는 미국땅의 부시대통령이 일본을 방문한 것과 일본 총리가 한국을 방문해 노대통령을 만나 정상회담을 가진 일이다.

부시대통령은 한껏 자신의 일본방문을 성과가 큰 것으로 부풀

렸지만 겨우 2만대 미국 자동차 수입을 더 하겠다는 일본 기업인의 약속이 눈에 보이는 결과의 전부였다. 그나마도 일본 정부는 미국자동차 수입약속은 기업의 사적인 계획일 뿐이라고 자기네가 그것을 개런티한 적은 없다고 안면을 바꾸고 나오고 있으니 이를 어쩌랴.

한국을 간 일본총리는 어땠는가. 한국의 언론들이 읽고 듣기에 조차 얼굴이 붉어지는 수치감을 무릅쓰고 터트린 정신대문제를 "진심으로 사과하지만 보상은 곤란"으로 간단 명료하게 매듭짓고 넘어가 버렸다.

과거 정신대 때에 당한 일들을 증언하는 할머니들의 사진과 기사는, 같은 시대를 살지는 않았으나 보는 이의 가슴에 못을 박고도 남았다. 그러나 그 심정의 10분지1이나 일본총리는 알았으랴.

어떤 나라가 갖는 역사성, 전통, 문화니 하는 것이 궁극적으로는 그 국민들의 일반적인 성향에 근간한다는 점에서 일본이 우리에게 무엇인가를 짚어 보려면 일본인은 과연 누구인가를 좌표에서 찾는게 순서다. 새삼 해묵은 일본에 대한 감정에 불 지피우자는 의도가 아니라 오히려 싸늘하리만큼 냉정한 눈으로 일본인은 어떤가를 꿰뚫어보자는 뜻이다.

아마 5, 6년쯤도 더 됐을때의 여름이었다. 샌디애고에 거주하는 한 여성(한국인)이 샌프란시스코를 방문해서 자팬타운을 들르게 됐다. 일본 잡화상에서 물건을 하나 사게 되었는데 그만 깜빡 잊고 선글라스를 그곳에 놓고 나오게 된 것이다. 샌디애고 집에까지 가서야 선글라스 행방을 찾게된 이 여성은 곰곰한 생각끝에 잡화상에까지 전화를 하게 되었는데 그 상회의 여자주인이 반갑게 전화를 받으며 선글라스를 보관중이라고 대답을 하더라는 것. 여자주인은 샌디에고집의 주소를 묻더니 소포로 선글라스를 보내주겠다고 친절을 베풀었다. 그로부터 정확하게 3일 뒤에 샌디에고 이 여성의 집에 선글라스가 도착했다는 얘기다.

잡화상에서 산 물건값이 한자리수 였다는데… 과연 우리는 똑같은 상황에서 전화로 약속한 후 즉시 선글라스를 보낼 수 있는 경우가 얼마나 될 것인지 생각해볼 만 하다.

중앙일보 동경특파원을 지낸 김모씨의 경험담도 들을만 하다. 김씨가 특파원을 하던 때니까 지금부터 10여년은 더 되었을 때인데, 그는 동경의 한 호텔로비에서 공중전화를 사용하게 되었단다. 지갑에 적어둔 전화번호를 찾아 전화를 한 후 급하게 나오다가 지갑을 공중전화 옆에 놓고 나왔다. 1시간쯤은 족히 다른 방향으로 차를 타고 가던 김씨는 뒤늦게 지갑을 챙기게 되었더라고. 그는 바로 차에서 내려 호텔로비 데스크에 전화를 해서 공중전화 옆을 체크해달라고 요청했다. 그랬더니 전화받는 아가씨는 공중전화 옆을 가보지도 않고 장담을 하더란다. 당신이 지갑을 거기에 둔 것이 분명하면 다시 돌아오면 그자리에 있을테니까 염려하지 말라고. 다시 한시간을 걸려 호텔로 돌아와보니 정말 지갑은 그 자리에 있었다.

김 특파원은 지갑을 다시 찾아 반가웠다기보다 마치 점쟁이의 예언이 그대로 맞는 것 같은 섬뜩한 느낌을 가졌다고 말했다. 지갑이 거기에 있는 것이 중요한 것이 아니라 그 일을 장담하는 호텔데스크 아가씨의 자신감이 차라리 무섭더라는 것이다.

　너무 장사속이 뻔하고 거기엔 인정사정이 없어 '이코노믹 애니멀'로 불리우는 일본인들. 한국을 비롯한 아시아 곳곳에 섹스관광을 다녀 '섹스 애니멀'로 불리우는 일본인들. 세계 공존의 의미로 볼 때 그리고 국가간의 우정이라는 것이 존재한다고 본다면 소위 일본의 경제윤리란 파렴치한 부분이 많다. 또 역사속에 묻어나오는 일본인들의 도덕관은 결코 바람직하지 못하다.

　그러나 그들의 몸에 배여있는 태도, 그리고 기본적인 생활규범과 생각은 우리가 배워야할 것이 많다. 작은 일을 끝까지 마무리짓는 습성, 철두철미한 직장근성, 적어도 남의 것을 손 안대고 그쯤은 제 3자도 장담할 수 있는 정도의 국민적 수준.

　오늘의 일본이 그냥 있는 것이 아니다. 어제 신문에 보니 요시오 사쿠라우치 일본 중의원의장이 미국인 근로자들을 게으르고 비생산적이라고 일갈했다. 이대로 가면 미국은 경제침몰이 뻔하다고 경고했다. 79세의 삶을 산 일본인이 보기엔 한마디로 미국이 한심스럽기 짝이 없다는 얘기다. 미국은 이를 섭섭하게 여길 것이 아니라 뼈에 새기는 교훈으로 삼아야 한다.　　(1992. 1. 23)

사나이 배꼽론

　여자가 그런 얘기를 할 리는 없을 터이고 남자들끼리 모여 스스로 사나이임을 추스르면서 하는 말 중에 "사나이의 배꼽 아래는 묻는게 아니다"라는 게 있다. 그 원천은 모르겠으되 때로는 농담도 되고 때로는 진담이기도 하며, 철저한 규율은 아닐지라도 제법 통념화된 말임에는 틀림이 없다. 동시에 한편으로는 본능적인 남자들의 호색성을 합리화 하려는 의도도 전혀 없다고 잡아 떼기는 어려운 일이다.

　왜 하필이면 늘 민주당의 떠오르는 별 들만 그렇게 대상이 되는지 모를 일인데, 지난 대통령선거에서는 선풍적인 인기를 끌던 게리 하트가 여자배우와의 스캔들로 곤두박질치더니, 이번엔 빌 클린턴이 비슷한 양상을 보이고 있다. 한참 인기를 끌던 중에 터진 나이트 클럽 싱어와의 스캔들로 한바탕 전국이 떠들썩 했다. 다행이라면 미국민들이 그동안 이와 유사란 문제로 질려버려 이번엔 클린턴에게 관대했다는 소식이다. 또 언론이 이런 주접스런 이야기를 숫제 다루지 말아야 한다는 의견도 높았다니, 동양에서는 사나이 배꼽아래를 진작에 논했던 바, 이제야 미국인들도 그 오묘한 '진리'를 깨달았는가?

서양과 동양에서 남녀문제를 다루는 것을 보면 참 상반된 것이 많다.

동양에서는 남녀칠세부동석 같은 엄격한 규율을 어려서부터 가르쳐 아예 처음부터 사내아이와 계집아이를 가르는가 하면 장성해서는 부부유별이 있다. 교육적으로, 긍정적으로, 적극적으로 생각해보면 남녀간의 도를 부러지리만큼 확실하게 집고 넘어가는 듯도 하지만, 그 다음에 영웅호색이라느니 사나이 배꼽론을 운운하는 것까지를 보면 다시 혼동스러워진다. 영웅의 조건 중에 호색이 들어있는지, 영웅이면 호색해도 괜찮다는 건지, 호색이면 영웅인지, 영웅과 호색의 등식설정도 불분명하거니와 사나이 배꼽밑으론 묻지도 말라는건 결국 어떤 남녀관계도 문제될 게 없다는 해석과 다름 아니지 않는가 말이다.

서양에서는 이런 남녀관계를 어떤 말로 표현하는지 모르겠다. 그러나 '프리 컨추리'가 실감나게시리 남녀관계도 자유스러워 동양처럼 여자가 좋으면서도 싫은 척 새침떠는 경우도 드무니 서로 맘에 조금이라도 들면 적극적 정면충돌이 이루어진다. 한국 같으면 말도 안될, 고등학교 학생들에게 콘돔을 지급하는 경우만 봐도 우리네 동양적 사고와는 근본적으로 비교가 안된다.

그럼에도 불구하고 부부관계의 설정은 확실히 묶어두는 곳이 또한 우리가 살고있는 미국이다. 다른 것 다 그만두고라도 대통령이니, 시장이니, 주지사니 당선되어 취임선서를 할 때 이네들은 성경에 손을 얹고 하게 되는데 그 성경을 누가 들고 있느냐 하면 언제나 부인이 들고있다. 가끔씩 그런 사진을 우리는 접하게 되는데 손을 들고 선서하는 남편과 선서식을 집례해가는 판사사이에 서서 성경을 들고 남편을 바라보는 부인의 표정이 무척 인상적이다.

그거야 옛부터의 관습 아니냐고 대수롭지 않게 보면 그만이지만, 나는 그렇게 생각하지 않는다. 사람들은 누구나 크고 작은 위선이 있기 마련인데 그 위선을 감추지 못할 대상이 있다. 물론 신앞에서 그러하고, 사람에게서라면 배우자다. 그 사람을 알려면 함께 여행을 떠나 보라는 격언은 잠시라도 함께 생활을 해보면 그의 진실을 알 수 있다 함이니, 하물며 허구헌날 살을 맞대는 부부끼리야 무엇을 감출 수 있으랴. 따라서 부인으로 하여금 성경을 들게하는 것은 자신을 가장 잘 아는 사람과 신앞에서 솔직할 수밖에 없는 인간심리를 최대로 이용한 셈이다.

부시대통령이 경제정책의 실패로 점점 인기를 잃어가고 있는 마당에 민주당으로서는 더없이 좋은 찬스라는 것을 누구나 동감하면서도 인물이 없어 야단이었다. 여기에 우연찮게 부각된 인물이 빌 클린턴. 그런데 그만 불행하게도 스캔들에 휩싸였다. 사실이냐 아니냐를 두고 한참 떠들석하더니 지금은 다소 진정됐다. 클린턴은 결백을 주장하지만 그와 관계를 가졌다는 전직 여기자는 여전히 신나게 그와의 로맨스를 폭로하고 있다. 어떤 여론조사는 이번 스캔들로 클린턴의 인기가 오히려 동정표를 얻어 상승했다고도 하지만 과연 그럴까.

이제야 선거의 아주 기초전이니까 그렇지, 만일 클린턴이 정말 민주당의 대권후보가 됐다고 하면 다시 그의 스캔들은 이슈가 될 것이 틀림없다. 피래미나 송사리일 때는 부추기고, 커질 만 하면 그 냉정한 칼날을 사정없이 흔드는 미국 언론과 여론의 특성을 볼 때 클린턴의 여자관계는 마지막 장까지 까뒤집어지고야 말 것이다. 그것이 그에게 결정타가 될 가능성이 농후하다.

한국의 정치인은 어떤가. 또 언론은 어떤가. 그리고 국민의 사고방식은 어떤가.

마침 국회의원 공천문제로 시끌하고, 또 머지않아 닥칠 대통령선거를 앞둔 이 시점에서 언론이 후보자들의 여자문제를 집중적으로 다룬다면 상당히 볼 만 하지 않을까. 이제 한국도 '사나이 배꼽론'을 윤리적, 도덕적 차원에서 검토, 비판할 때가 되었다는 생각이다.   (1992. 2. 8)

옐로저널리즘의 표상 '롤링스톤'

"구르는 돌맹이엔 이끼가 끼지 않는다"는 옛말이 허사다. '롤링스톤'은 이끼 정도가 아니라 썩어져가는 퇴폐성 옐로저널리즘의 군상이 물씬 했으며 그걸 좋다고 읽어대는 미국의 청소년 또는 여피층의 지적수준을 보아하니 그 장래가 샛노랗게, 걱정스러울 뿐이다.

이미 여러차례 본보에 보도되었던 롤링스톤 잡지의 왜곡기사는 오늘 아침에도 생각나 심한 불쾌감을 자아낸다. 뿐만 아니라 이 무지한 작자들을 도대체 어떻게 해야 좋을까 하는 궁리에 어젯밤에는 한 동안 잠 못 이룬채 뒤척거리기도 했다. 록음악잡지면 도깨비 소리같은 음악 얘기나 할 것이지 주제넘게 무슨 놈의 한국정치에 대한 기사란 말인가. 선무당이 사람 잡는다더니, 재수가 없으려니까, 오루큰지 육루큰지 하는 녀석이 1백20만명 재미 한국인에게 막대한 정신적 피해를 주고 있다.

하기야 록뮤직이나 듣던 귀에, 어찌 우리 국민의 고통스럽고 희
생적이었던 민주화 노력의 성숙한 의식이 들렸겠으며 젊었을때
펑크머리에 걸레같은 티셔츠나 입었을 경력인데, 감히 생명을 걸
고 정의와 자유를 외치던 우리젊은이의 숭고한 정신이 이해될 수
있을까. 그렇다면 쓰지나 말았어야지. 또 그 잡지에는 데스크도
없는 모양이다.

저널리즘이 무서운 건 독자가 있기 때문이다. '무관의 제왕'이
라는 말도 여기에 근간한다. 아무리 우리가 롤링스톤의 기자와 편
집인의 질을 '더러워서 상대 않는다'고 해도 미전역에 그 잡지가
갖고있는 독자는 수십만, 수백만일진대 이번 일을 그 파급효과가
보통을 넘는다고 봐야 할 것이다.

우린 그들에게 명예와 자존심을 무참하게 일방적으로 유린당했
다. 이대로 이를 묵과한다면, 손해도 이만저만이 아니다. '오물'
이 더러워서 피하는 건 통 속에 있을 때의 이야기지 이미 흠벅 뒤
집어 썼는데야 뭘 피할 수 있겠는가. 요새처럼 사이비가 정통을
밀어내는 세상에서, 그것도 두터운 '화이트' 족속들의 사회에 띠
엄띠엄 섞여사는 우리는 롤링스톤과의 싸움에서도 밀리는 입장이
다. 그러나 김치먹고 고추먹고 자란 한국인의 기질이 어떻다는걸
분명하게 알려야 할 필요가 있다. 한국이 4천만·국민의 김치 마늘
트림냄새로 가득차 역겹다던 문제의 기자에게 진짜 김치의 맛을
보여줘야 옳을 것이다. 한국민들을 동양의 아이리쉬 개새끼들로
표현한 건 이미 기사이기 전에 폭언이요 욕설이었다. 우리가 사람
인것을, 사람같지 않은 작자들에게 분명히 해 둘 필요가 있는 것

이다.

터무니없는 엉터리 기사를 조목조목 따져 반박하는일은 관두자. 어느 한구석 옳은데가 있어야지 이건 모래밭에 몇알 떨어진 쌀알을 놓고 모래를 골라내는 격이다.

우린 전면적인 정정기사와 공개사과를 얻어내야 한다. 그래도 우리가 이미받은 모욕적 피해가 그대로 회복될 수가 없겠지만, 그 것만이 우리의 상처를 최소화하는 길인 것이다. 또 우리가 요구하는 만큼의 전면수정이나 공개사과야 관철되지 않는다 하더라도, 우리의 노력은 최소한 차후 똑같은 사태의 반복은 피하게 할 수 있을 것이다.

어떤 독자는 롤링스톤을 상대로 명예훼손소송을 제기하자는 제기를 해오기도 했다. 그래서 보상금을 한인회관건립기금에 쓰자는 기발한 아이디어도 첨부했다. 미헌법이 제1조에서 규정할 만큼 언론자유를 중요시 여김은, 올바른 정보를 제공해야 한다는 책임 또한 무겁게 보는 것과 같다. 따라서 일단 보상을 받게 되면 그 액수는 엄청나다는 얘기다. 아닌게 아니라, 재미한인총연합회같이 한인들을 포괄적으로 대표하는 단체에서 소송을 해보는 것도 고려해봄직하다.

LA와 시카고지역에서는 롤링스톤 기사에 대한 대책위원회가 구성된다는 소식도 있다. 서명받기, 항의시위 등을 고려하고 있단다. 롤링스톤의 본부가 있는 뉴욕에서는 그 앞 피켓시위를 계획하고 있다고 들린다. 또 총영사관측에서는 각 지역공관과 협조, 대사관 차원에서 외교적항의를 벌이는 방법을 고려중이라고 했다.

'롤링스톤' 기사파문은 샌프란시스코에서 시작됐다. 그런데 북가주지역 한인사회만큼은 오히려 조직적인 대책 움직임이 없다. 애써 위로를 갖는 것은 일반독자들의 반응이 산발적이나마 뜨겁다는 것이며, 시기적으로 다른 이슈가 커뮤니티를 덮고 있다는 것이다.

한인회관 공청회문제, 서상록후보 후원의밤 등 소위 커뮤니티 리더그룹의 신경이 그리로 쏠리고 있음을 이해할만 만하다. 그러나 한인회관구입이 흑인주민들의 반대로 난항을 거듭하면서도, 서상록후보가 백인지구에서 돈키호테식으로 용기있는 출마를 하고 있는 것도 다 따지고 보면 롤링스톤의 한국관계 기사와 유관하다.

한인회관도 중요하고, 한국인 후보를 밀어주는 것도 중요하지만, 더급한 건 날벼락식으로 튄 롤링스톤의 오물을 씻는 것 아닐까.   (1988. 1. 3)

롤링스톤의 사과를 받아냈다

솔직한 말이지만, 롤링스톤이 그렇게 빨리 정식사과를 하고 나올 줄은 몰랐다. 적어도 1백만 명이 넘는 독자를 확보하고 있는 도도한 잡지가 이례적으로 편집국장을 규탄기자회견에 보내 사과했던 것은 분명 놀랄만한 일이었다. 장기간에 걸친 오랜 게임을 예상해서 마음 다져먹고 있던 선수가 예상 밖으로 상대방 선수로부터 기권을 받았을때 느끼는 심정이 이럴까. 싫지는 않지만 아주 조금은 섭섭한 느낌도 없지 않다.

물론 정식사과가 전부는 아니다. 다음호에 게재될 사과문과 기사게재 경위를 보기 전엔 만족해 할 수가 없다. 말로는 이러쿵 저러쿵 해도 정작 문자화되어 기록에 남는 기사에는 인색한 게 언론인의 생리인 턱에, 우리는 분명 눈을 부릅뜨고 다음 호의 내용을 볼일이다.

그러나, 1백퍼센트는 아닐지언정 지금에 우리가 가진 결과는 이미 큰 의미를 지닌다 할 것이다. 일찌기 어떤 이슈로 어떤 잡지가 한인사회에 이런 식의 사과를 했을 것인가. 잡지의 편집국장이, 그것도 뉴욕에서부터 날아와 직접 잘못했다고 사과하는 일은 바로 그잡지 전체의 입장일 터이므로 큰 의의를 우리에게 부여한다는 것이다. 일단 한판 승리를 거둔셈이니 약간은 우쭐해져도 괜찮을 것이다.

그건 바로 우리의 힘을 확인하는 일이기도 했다. 제대로 된 이슈에 우리가 이유있게 분노하며 항의할 때, 그 힘은 상대방을 섬칫 놀라게 할 수 있다는 확신이었다.

이는 앞으로 미주한인사회에 무서운 잠재력으로 존재할 것이며, 이를 인식하는 그룹은 감히 섣불리 한인에 대한 찝쩍거림을 삼가할 것이다.

미언론이 일제히 롤링스톤 기사와 사과한 사실을 다룬 것도 우리에겐 더 없는 이득이다. 어쩌면 롤링스톤이 우려했던 사실은 바로 이런 것이었는지도 모를 일인데, 롤링스톤의 비난이 비단 한국인 뿐만 아니라, 평균 미국인으로부터도 쏟아지는 계기가 마련된 것이다. 그건 바로 롤링스톤의 왜곡기사는 미국사회 전체의 이슈임을 의미하기도 한다. 이들 언론보도를 접한 미국인들 중에는 롤링스톤 기사를 읽은 사람도 있을 것이며, 그렇지 않았을 이도 있겠지만 모두에게 롤링스톤이 한국인에 대한 기사를 잘못 다뤄 곤욕을 치룬다는 인식은 분명하게 심은 것이다.

롤링스톤의 터무니 없는 기사를 염려했던 것은 특별히 이 잡지가 청소년층에서 인기가 있다는 점이었다. 미국의 청소년들 중에 한국을 아는 아이들이 몇이나 있을까. 그렇다면 롤링스톤을 보고 나서 급우중에 어쩌다 한두명 끼어있는 코리안에 대해 어떤 생각을 가지게 될 것인가. 이런 우려에 있어서도 미 언론이 이번에 롤링스톤에 대한 뉴스를 다룬 것은 큰 위안이 된다. 직접 뉴스를 대한 청소년이야 두말할 것도 없고 자녀가 롤링스톤을 구독하는 것을 아는 부모라면 "그 기사에 한국인들이 분노하고 잡지사 편집국장이 사과했다"는 한마디는 전할 것이라는 기대를 갖기 때문이다.

오히려 아쉬웠던 건 교포언론의 편협한 자세였다. 물론 본보가 독자의 제보를 먼저 받아 롤링스톤 기사를 먼저 터뜨린 것은 사실이지만, 그처럼 커다란 이슈를 단지 다른 신문에서 먼저 취급했다는 이유로 단 한줄을 허용하지 않는 것은 너무한 처사 아니었을까. 교포신문이 교포의 권익을 옹호하는데 앞장서야 한다는건 천만번 지당한 것인데, 어째서 우리는 이런 지경에 이르렀을까 하는 생각에 우울해진다.

각기의 언론이 나름대로 논조를 지니고 기사의 가치를 정하는 기준이 다른 것은 당연하다. 또 뉴스로서 선택하고 안하고도 각기의 결정이다. 그러나 미 언론마저도 인종차별적 기사를 크게 취급하고 있는데, 정작 장본인이 될 교포언론에서는 침묵의 일관이라면 지나친 외면이다.

채널5와 크로니컬지에 뉴스가 나간후 채널2와 오클랜드 트리분에서 이에 관한 취재를 나왔던 것은, 교포언론이 배울만한 자세일 것 같다.

어쨌거나 이번 롤링스톤 사건은 미주한인사회에 새로운 분기점을 그었다. 바위와 같이 거대하고 탄탄해 도무지 뚫리지 않을 것 같은 메인스트림 사회에서 우리의 존재를 확인하는 한 사건이었다고 할 것이다.

　특별히 고마운 것은 본보의 롤링스톤 항의 캠페인에 독자들이 보여준 열성이었으며, 그로하여 오늘과 같은 결과가 있을 수 있었음은 당연하다.

　몇몇 분은 신문사로 전화, 축하한다는 말씀을 전하기도 했다. 이게 어디 신문사가 축하 받을 일인가. 마땅히 축하는 독자들에게, 교포들에게, 미주 전체 한인들에게 돌아가야 옳다.

(1988. 2. 7)

KAL사건을 보며

    미국에 살면서 심심치 않게 대하게 되는 뉴스가 인질사건이다. 그전은 그만두고, 카터대통령시절의 이란 미대사관인질사건부터 시작해도 최근 애틀란타에서 벌어진 쿠바난민들의 인질사건까지 아마 열손가락으로는 다 꼽기가 어려울 것이다.

    대부분의 사람도 그렇듯이, 인질이 되어본 적도 없을 뿐더러 또 인질을 잡아본 적도 없는 나는, 이런 사건이 날때마다 인질들의 두렵고 떨리는 마음을 어렴풋이 헤아려보기도 하고 천하에 없는 나쁜 놈들이 인질범이라고 분노한다. 그럴 망정 곰곰히 그와 관련한 복잡한 정치적 이유나 이해관계, 국가간의 대립, 뿌리깊은 감정을 생각해 본 적은 없었다. 또 지금도 지극히 비인간적인 인질사건을 그런 각도에서 이해하고자 하는 생각은 별로 없다.

    그러나 KAL사건을 대하면서는 그런 인간적인 동정이나 분노 후에, 다른 사건과는 다른 깊고 깊은 서러움을 느끼게 된다. 물론,

KAL사건은 인질사건과는 너무도 동떨어진 테러사건임은 분명하다. 그러나 KAL이 인질, 즉 '하이제킹(공중납치)' 대상이 아닌 폭발대상이 되었다는 사실속에 우리는 주의해 볼 필요가 있는 것이다. 특히 미국의 여객기가 빈번하게 납치는 당할지언정, 흔적도 못찾는 공중폭발을 당하는 경우가 없다는 사실을 상기해야 한다.

84년 우리에겐 또 뼈아픈 기억이 있다. 뉴욕에서 서울로 들어가던 KAL기가 소련전투기의 미사일공격을 받고 졸지에 269명의 탑승자가 생명을 잃은 일이었다. 소련상공 침범이니, 스파이행위를 했느니 한창 시비를 가리는 공방이 오고가고 블랙박스도 찾았느니 못찾았느니 하더니, 세월에 가리워 흐지부지된 사건이었다. 온국민이 발을 동동 구르며 소련을 규탄했지만, 죽은 사람만 억울했었다.

이번의 KAL추락 사건은 84년의 경우와는 분석하기에 따라 많이 다른 것은 분명하다. 그러나 결과적으로 두 사건 다 결정적인 피해자는 바로 우리라는 사실이다.

84년 KAL사건에서도 그랬다. 이번에도 지금은 배후가 분명하지 않지만 밝혀져도 그럴것이다. 아무도 우리가 약소국민이어서 그렇게 당했다는 말을 하지는 않을 것이다. 그러나 살피어 보건대, 확실하게 자리를 드러내는 것은 바로 우리가 약소하다는 서글픔이다.

84년 KAL사건 후 소련의 태도는 어땠는가. 결국 공식적인 사과 한마디도 우리에겐 없었으며, 쏟아지는 세계여론의 비난속에서 그저 조금 곤란을 겪었을 뿐이었다. 가장 우리편에 서서 뭔가를 보여줄 것 같던 미국도 스물스물 기어들어가고 말았다. 약하디 약한 우리는, 결국 허공에 대고 소리만 지르다가 제풀에 그만두고 말았다.

여기서 우린, 국제사회의 몰인정하고 냉엄한 생리를 느끼게 되며, 한편으로 약자로서의 주눅든 모습을 스스로 보게 되기도 한다. 지금 생각해도 치가 떨리는 소련의 만행은 언제부턴지 용서하고 그들에게 88올림픽에 참가해주길 빌어마지않고 있지 않은가. 올림픽은 올림픽이고, 만행은 만행이라는 말은 우리가 우리를 정당화시키는 쑥스러운 논리아닐까 싶은 것이다. 최소한, 공식적인 국가와 국가간의 사과와 용서가 있지않은 다음에야, 그까짓 올림픽이 무엇이건데, 오히려 우리가 그들의 눈치를 보아야 하는가 말이다.

엉뚱하게 이번 KAL기사건이 84년의 경우로 연결되어 올림픽까지 운운하게 되었지만, 우리가 또다시 서러움을 당하지 않기 위해선 반드시 재고해봐야 할 일이 아닌가 싶다. 아직 확실하게 말할 단계는 아니지만, 일단 북한이 이번 사건에 직접적으로 관련없는 것으로 나타나는데 일단 안도의 숨을 쉰다. 또 제발 그렇지 않기를 바라는 마음도 간절하다. 일만 터지면, 어설프게 일단 북괴의 만행이라고 몰아부치는 우리의 습성이 이번 기회에 재고되길 바라기 때문이다. 사실 그렇지 않고서는 남북대화도 요원하고 따라서 통일은 두말할 필요도 없으며, 그럴 사이에 국제사회의 냉기는 더욱 세차게 우리의 가슴을 파 헤짚을 것이다.

미국이 자국의 이익을 위해서라면 제3세계에서 몹쓸짓을 서슴치 않고 해대서, 세계도처에서 반미감정이 일고 미국인도 수난을 겪고 있지만, 앞에서 언급한 바와 같이 여객기 공중폭발은 적어도 안 당하고 있음은, 이들에게 힘이 있기 때문이다.

작년 미 TWA여객기 납치사건에서 인질로 잡혀있던 한 미국인이 풀려나 미국으로 돌아와 한손에 조그만 성조기를 들고 트랩을 내려, 마중나온 딸을 껴안던 모습이 요즘처럼 부러울 때가 없다. 그래도 일말의 가능성을 기대했던 중동근로자 가족들이 모두 죽었다는 소식앞에, 통곡하고 실신하는, 우리의 모습은 원통하고 서럽기 짝이 없다.　(1987. 12. 6)

투표권 없는 행운

"도대체 양 김씨가 누구인데, 뭐길래, 그들 때문에 온통 나라와 4천만 국민이 혼돈의 소용돌이 속에 휩싸여야 하는가" 하는 답답한 물음이 이 시점에서 내가 갖는 최선의 것이라고나 할까.

바락바락 다가오는 선거일을 앞두고, 기하급수적으로 팽창되는 미움을 가누지 못한채 나는 "이제 우리는 좌절을 준비할 때가 되었다"고 말하고 싶다. 결코 겸손이 아닌말로, 나는 민주투사도 아니며 조국의 민주화에 기여한 바도 전혀 없는 몸일진대 이렇게 벼랑에 선 기분이라면, 진짜 그 일에 오로지 뜻을 둔 사람들의 심정이야 어떠랴. 더욱 큰 낭패감을 맛볼 준비를 해야한다. 기다리다 지쳐서, 이미 후보 단일화를 마지막으로 호소해버린(11월22일 칼럼) 나는, '타는 목마름' 으로 지금까지 (12월12일 새벽) 기다려왔음인데, 이젠 억울하고 분한 마음에 양 김씨를 실컷 질타해주고 싶을 뿐이다. 상할대로 상한 마음은 이제와서 두 사람이 단일화를 이루어도 결코 회복될 것 같지 않은 정도이다. 소위 우리가 염려하는 군부개입은 벌써 충분한 구실을 마련했음이며, 벌겋게 보일듯한 앞으로의 며칠일을 생각하면 소름마저 끼친다.

단일화를 외치며 이미 두 젊은이가 분신자살을 감행했고, 군부부재자투표에서는 야당을 찍는다고 매맞아 죽는 사례가 나왔다. 누구를 위한 죽음인가. 도대체 양 김씨가 뭐하는 인물들인가. 국민의 죽음앞에 아직도 뻣뻣한 교만과 착각을 버리지 못하는 이들은 이미 지도자로서의 자격을 상실했다. 폭력과 인신공격, 금전공세, 협박이 난무하는 속에, 열차를 동원하고 관광버스를 동원해서 1백만 초과니 어쩌니 하는 인파경쟁을 보면, 불쌍한 건 국민뿐이다. 사천만 국민들 중에 인재가 이렇게도 없단 말인가. 이 지경에 이르자고 우린 종철이를 죽여야 했고, 한열이를 떠나보내야 했는가.

투명한 플래스틱 방패속에서 그래도 웃음을 보이는 억지여유의 양 김씨 모습이 역겨워지는 오늘, 가는 곳곳마다 수난의 연속인 노후보에게 차라리 '연민의 정'을 느낀다. 나쁜 사람들, 경우도 없이 국민을 생각하지 못하는 사람들에게 더이상 미련을 두지 말자. 도박장에서 마지막 '칩'을 놓고 벗어 놓았던 쟈켓을 집어드는 쓰린 마음을 준비해야 할 것 같다. 국민 분열에 앞정선 사람들, 지방색 심화에 공이 큰 사람들. 우리가 이들에게서 확실하게 확인한 건 민주화의 신념이나 의지가 아닌, 대통령의 야욕뿐이었다.

그러니 우린 어째야 하는가. 다시 답답해 지는건 여기서부터다.

두사람이 단일화를 못하면 노후보의 당선가능성은 높아진다.

그의 당선은 무조건 안된다는 논리는 결코 아니다. 문제는 부정선거조작의 더 큰 가능성에 있는 것이다. 이미 예상된 대로 당선자와 3등의 차이가 60만표 정도가 될 것이라면, 행정력과 공권력이 동원될 경우 큰 무리없이 당선자를 바꿀수 있다는 우려가 등장되는 것이다. 바꿔 말하면, 부정선거를 확증할 수가 없게 된다는 말이다. 역으로는 어느 후보든지 부정선거라는 시비를 들고 나올수 있게 된다. 그렇게 되면 정국은 걷잡을 수 없는 혼란에 빠지며, 필연적으로 모종의 조치가 나오게 될 수 있다는 것이다.

결국 이같은 예측은, 다시 김영삼, 김대중 씨의 필연적인 단일화를 요구하는데 봉착하고 만다.

사실상 단일화의 시기는 이미 늦었다. 이미 식상해버린 유권자들이 양 김씨가 단일화를 이룬다해도 민주주의의 확고한 의지로 해석하지는 않을 것이다. 살신성인의 숭고한 뜻으로 보기에는 이미 너무 많은 추태가 노출되었으며, 사실상 국민적 국가적손실이 컸다. 처음부터 단일화를 해서 지금처럼 문제와 우려는 없어도 좋았다면, 이렇게까지 이르고만 작금의 사태에 대한 책임의 대부분은 결코 양 김씨의 몫으로 돌릴 수 밖에 없다.

그러나 뒤늦은 단일화라도 필수적이다. 그건 야당을 위해서만이 아니라, 여당을 위해서도 그러하며, 무엇보다도 국민전체를 위해서 그렇다. 투표가 시작되기 1초전에라도, 아니 투표 중간에라도 단일화는 이루어져야 한다. 그것만이 파국을 막는 길이다.

솔직한 심정으로 나는, 이순간부터 누가 대통령이 되었으면 좋겠다는 바램을 포기한다. 더 이상의 피흘림만 없었으면 좋겠다는 생각이다. 민주화로 가는 역사의 대장정이 양 김씨때문에 막힐수 없다는 생각이다.

재수없는 예상이나, 만일 단일화가 안된 상태에서 투표를 하게 된다면, 아- 나는 누구를 찍을 것인가. 미국에 있어 투표권이 없는걸 감사하게 생각할 일 아닌가.   (1987. 12. 13)

불법체류자와 영주권

"10년전 유학생비자로 입국, 시카고에 거주해온 유정현씨 가족
이 이민국의 영주권신청서 분실로 불법체류자로 구속돼 지난 11
일 강제 추방됐다.

루즈벨트 대학을 졸업, 미국회사에 취업한 유씨는 비자만료기
간인 78년 6월 이후 두 차례에 걸쳐 이민신청을 냈으나, 이민국
이 서류를 분실, 불법체류자로 지난 9일 자택에서 체포됐다.

부인 유명숙 씨는 2천달러의 보석금을 내고 석방됐으나 남편
유씨는 '도주의 우려가 있다' 는 이유로 이민국에 수감됐었다.

유씨가 처음 추방통고를 받은 것은 80년 3월 3일로 90일 내에
출국하라는 명령을 받았다. 그러나 유씨는 이를 기피, 변호사를
통해 다시 영주권신청을 했었다.

담당변호사는 이민국으로부터 서류분실을 통고 받았다고 밝히
고 이민국의 실수로 빚어진 사건에 유씨가 피해를 입었다고 분개

했다.

유씨 가족은 11일 3명의 이민국 직원에 의해 공항으로 강제연행됐다.

비행기 출발시간이 30분 정도 지연되자 이민국 직원들은 유씨 가족에게 먼저 탑승할 것을 요구, 배웅나온 친지, 친구들과 작별인사도 제대로 못한 채 떠났다"(중앙일보시카고판 8월 14일자)

영주권. 아마 영주권만큼 조그만 종이딱지에 기가 막힌 사연들이 얼키고 설키기도 쉽지 않을 것이다. 있는 사람에게는 그저 아무것도 아닌 것이, 없는 사람에겐 세상에 둘도 없이 부러운 면허증. 이땅에 죽을 때까지, 아니 죽고 나서도 영원히 있을 수 있다는 증서. 앞에서 소개된 유씨가 비행기에 떠밀려 올려지면서 뿌렸을 통한의 눈물 속에는 바로 이 증서에 대한 서러운 증오까지도 들어 있었을 것이다.

하나님이 세상을 창조하고 그안에 인간을 두어,아름답게 살라고 이르신 에덴동산. 인간들은 여기서 쫓겨나면서도 어디든지 가서 살 수 있는 권리는 갖고 있었다. 그런데 추방이라니. 미국이 에덴동산이었든가. 이민국이 하나님이었든가. 또 유씨는 선악과라도 따 먹었단 말인가. 영토·인민·주권(통치)의 3요소로 형성된다는 국가의 개념을 무시한 시대착오적 망상이라는 비난을 감수하면서, 나는 오늘 영주권에 대한 깊은 유감을 표명하지 않을 수가 없다.

유감은 또 계속된다. 요새 영주권을 얻기 위해 가짜로 결혼하는 사람들이 많아지자, 이민국은 이걸 단속하기 위한 법적근거를 더욱 분명히 하기 위해 예전없는 극성을 떠는 모양이다. 조사에 의하면 영주권을 신청하는 결혼의 30%가 가짜니, 어찌 이걸 이대로 내버려 둘 수가 있겠느냐는 것이 이민국의 입장이란다.

이 입장에 동조한 연방상원의 법사위에서는, 시민권자(영주권자 포함)와 결혼한 비영주권자에 대한 영주권발급은 2년후에 하기로 한다는 법안을 얼마전 통과시켰다. 그리고 더욱 인터뷰를 까다롭게 하고 조사를 철저히 해서 가짜결혼을 가려내자는 안도 합의를 보았다. 그래서 인터뷰에서, 누가 먼저 사랑을 고백했나, 첫번째 키스는 언제했나, 누가 침대의 오른쪽에 자나, 누가 아침에 먼저 일어나나 등을 묻고 두사람의 말이 서로 다를 때는 일단 가짜로 단정하고 정밀조사에 들어간다는 것이다. 어디 그뿐인가. 1주에 몇회나 부부관계를 하는 것까지도 묻는다니, 진짜 결혼한 사람도 부부관계 횟수를 어떻게 '카운트' 해야 하는지, 인터뷰전에 분명히 해야할 판이 된 것이다. 또 2년이 지나야 영주권을 준다니, 진짜 좋아서 결혼했다가 진짜 싫어 헤어지려해도, 불법체류자될 각오가 없으면 억지춘향 노릇할 각오가 대신에 있어야 되게 생겼다. 이 모두가 영주권때문에 생기는 웃지 못할 코메디니, 영주권을 없애 버리면 절로 해결될 문제 아닌가.

국가가 어떻게해서 기원됐는가 하는 문제는, 이미 오래전부터 여러갈래로 나뉘어 연구되어 왔다. 신의설·계약설·가족설·심리설·실력설·계급투쟁설·진화설 등 여러가지가 있지만 분명하고 공통적인 것은 각 개인이 우선했다는 것이다. 개인의 권리가 무시된, 그것도 아주 작고 기본적인 거주할 수 있는 권리를 국가가 마음대로 거부할 수 있는 상태는 진작부터 잘못되어 있는 것으로 봐야한다.

물론, 그럼에도 불구하고 그외의 이루 헤아리기 어려운 많은 현실적 여건이 현대의 '국가'를 오늘날처럼 만들어 놓았다. 또 오늘같지 않아서야 국가의 존립이 어려운 것도 사실이다. 그러나, 이것이 최선인가 하는 문제에 가끔식 나는 회의를 품는다.

특히 영주권에 관련된 일련의 사건들을 대하며 느끼는 회의속에는 은근한 분노까지 일으키는 슬픔도 있다.

언젠가 미국인 친구와 이야기 하다가 영주권 이야기를 꺼내게 됐던 적이 있다. 그런데 놀란 것은 이 친구가 영주권에 대해 전혀 금시초문이었던 사실이다. 그때 어떻게 생겼는지 보여달라고 했던 그의 호기심 찬 표정과, 불법체류자 유씨의 비통했을 표정이 너무 상반되게 클로즈업돼 슬프다.   (1986. 8. 31)

잭슨 목사가 고마운 이유

　'전형적인 목사님' 모습처럼 인정많고 자비하기는 커녕, 오히려 반항적이며 문제아적인 인상까지도 풍기는 재시 잭슨목사를, 내가 실물로 대한 것은 샌프란시스코에서 열린 민주당 전당대회에서 였다.

　관상학에 대해서는 워낙 문외한이면서도, 첫인상을 중요시 여기는 내 고집스런 눈은, 민주당 대통령 후보출마를 선언하면서 크게 매스콤에 부각되기 시작했던 잭슨목사에게 큰 점수를 주지 않았었던 터였다. 그가 다른 후보들에 비해 소수민족을 위한 권익을 큰 이슈로 내세우고 있었지만, 그래도 그가 별로 예쁘게 보이지는 않았다. 그러던중 전당대회 삼일째 되는 날, 나는 바로 코앞에 선 잭슨목사를 본 것인데, 그때 그는 긴 여정의 대통령후보출마운동을 정리하면서, 소위 '후보출마 포기' 고별연설을 했었다.

　다행히도 내 가슴은 내 눈만큼 고집스럽지는 않아서, 가슴에서

토해내는 그의 소리를 감명깊게 받을 수 있었다. "퀼트(조각이불)는 각기 다른 색상과 질의 조각천이 함께 어울려 이어졌을때 아름다운 이불이 됩니다." 떨리는 목소리와 함께 그의 눈에는 눈물이 고였고, 이마에는 피와 같은 땀이 뚝뚝 떨어졌다. 아, 그는 정말 목사였다. 마르틴 루터 킹목사의 '똘만이' 정도가 아니었고, 객기만 있는 흑인 목사가 아니었다. 그로부터 나는 그의 팬이 되었을 정도다.

잭슨 목사의 이야기가 느닷없는 것은 아니다. 오는 12월10일 세계인권일을 맞아, 그가 일본에 가서 지문채취 거부운동의 대대적인 시위를 주도한다는 사실은, 우리가 턱에 팔을 괴고 한번쯤은 곰곰히 생각해볼 일이 아닐까 싶다. 잭슨목사는 '재일한국인 권익향상 국제캠페인' 공동의장직을 수락한 바 있고, 가능한 자신의 모든 역량을 발휘해 재일동포를 돕겠노라는 의지를 표했는데, 이는 적어도 지문채취반대를 표명해온 사람들에게는 매우 기쁜 일이라 아니할 수 없겠다.

그렇지만 나는 잭슨목사가 일본에 가는 것에 대해서가 아니라, 우선 우리가 지문채취건에 대해 기본적인 이해가 시급하다는 생각을 갖는데, 그건 얼마전 우연히 화제로 재일동포의 지문채취를 올렸던 어떤 모임에서, 모인 10여 명이 "도대체 지문채취가 그렇게 나쁜 것이냐, 미국에서도 시민권 받으려면 지문채취서를 제출해야 하지 않느냐"는 여론을 형성하는데 놀란 내 심정에 원인하기도 하다.

재일동포들이 지문채취를 그렇게 기를 쓰며 반대하는 이유를 완전히 알려면, 1945년 '맥아더 포고령' 부터 시작하여 역사적인 배경설명을 주욱 늘어놔야 하겠지만, 지면 사정도 그렇고 또 복잡함도 피하는 뜻으로 미국에서의 지문채취와 다른점만을 생각해보자.

일본에서의 지문채취와 미국에서 시민권신청할 때 하는 그것과는, '규제' 와 '권리' 의 차이임을 우리는 알아야 한다. 미국에서 경찰서에 가서 열손가락에 검은잉크를 바르고 찍는 서류는, 바로 찍는 사람이 미국시민임을 틀림없이 증명하기 위한 것인데 비해, 재일동포들이 찍어야 하는 지문은 국민아닌 외국인을 '묶어두는 자료' 로 사용되는데 문제가 있는 것이다. 더구나 일본에서 외국인이라 함은 바로 한국인(전체 외국인의 90%)을 말하며, 주로 외국인의 지문채취서는 범죄자 색출수사에 사용되고 있다. 실제로 수년전에 동경의 한 은행강도 사건에 지문이 비슷하다는 이유로 재일동포를 범인으로 단정했던 일이 있었다. 3년간 옥살이를 하던 중, 다행히 진범이 체포되는 바람에 풀려나오긴 했지만, 이래서는 안 되는 것 아닌가.

70만 재일동포는 일본전체국민수의 0.5%도 채 안되는 수인데, 99.5%는 괜찮고 0.5%는 지문등록을 받아야 한다는 일본정부의 왜소한 심성을 그까짓 것 쯤으로 치부해버리긴 너무 불공평하며 화가 나는 일이다. 그들은 명백한 대의명분도 없이 그저 지문채취 받기 싫으면 일본인으로 귀화하라는 말만 되풀이한다니, '일본인으로의 귀화' 를 미국에서 시민권 받는 것과 같다고 우리는 생각해야 옳은가 말이다.

미국의 한 흑인목사가 일본의 한국인을 위해 발벗고 나서는데, 미국에 사는 한국인 우리가 '꿀 먹은 벙어리' 라면 슬픈 일이다. 지난 10월 31일 '재일동포권익향상 국제캠페인본부' 의 서경석 목사가 상항에서 기자회견을 할 때는, 한인회도 교회단체에서도 이 캠페인에 동참할 뜻을 밝힌 것으로 알려졌는데 아직까지 이렇다할 움직임이 없는 상태다.

게다가 들리기는, 이 캠페인을 북가주에서 처음 시작했던 '한국후원회(ksc)' 의 단체성격 운운하며, "지문채취 거부가 정치성을 띠었기 때문에 협조할 수 없다"는 개인 또는 단체가 있다니…

이 시점에선, 잭슨목사의 '조각이불' 이야기가 새삼스러워지는 것을 굳이 설명하고 싶지도 않을 뿐더러, 그저 그의 건투나 빌 뿐이다.   (1986. 11. 30)

반가운 이민 1세 시의원 후보

　지구위 여기저기서 선거열풍이 불고있다.

　독재자 마르코스를 몰아내고 아퀴노를 뽑아낸 필리핀 선거가 아직도 기억에 생생한데, 얼마전에는 발트하임이 오스트리아 대통령에 당선됐다는 소식이다.

　이런 선거열풍이 한국에도 불려고 하는 모양이다. 88년 이전에 개헌을 하자는데 합의한 여야가 직선제냐 간선제냐를 놓고 요즈음 한창 논란을 벌이고 있다. 어쨌거나 개헌은 국민들의 선거에 의해 결정될 것이고 직선제가 될 경우 진짜로 선거 열풍이 한국을 방방곡곡 휩쓸리라는 생각과 기대를 가져보는 것이다.

　이 선거열풍이 샌프란시스코에도 불고 있다. 11월 시의원선거를 앞두고 곧 이 열풍은 본격적으로 불어댈 기미다. 이번 선거에서는 5명의 시의원을 선출하게 되는데, 현직 5명 시의원과 새로 입문하려는 후보 2~3명이 각축을 벌일 것으로 예상된다.

사실 시의원선거는 우리에게 별로 익숙한 것은 아니다. 한때 우리나라에서도 지방자치제를 실시해 이런 시의원선거 비슷한 것을 치룬적이 있기는 하지만 아주 제한된 한때의 일이어서 대부분의 한국사람에게는 이것이 낯설기 마련이다. 하물며 우리끼리의 선거가 아닌 이 미국땅에서의 시의원 선거. 즉, 김갑돌, 이아무개가 출마하지도 않는데야 뭐그리 크게 흥분되어질 건덕지가 있을까.

　그렇지만 시의원 선거란 우리가 일반적으로 생각하는 것보단 훨씬 더 비중있는 정치행사인 것만은 틀림이 없다. 그까짓 것 미국사람들이 하는것 우리가 신경쓸 것 없다고 해버릴 그런 정도의 것은 더더욱 아니다.

　특별히 샌프란시스코 지역만 국한해 볼때 더 그렇다. 시 자체가 갖고있는 정치 영향력이 다른 도시에 비해 워낙 큰 편인데다가 (이것을 단적으로 증명하는 예를 다이앤 화인스타인 시장이 지난 84년 민주당 부통령후보 물망에 올랐던 사실에서도 찾을 수 있다) 시의원은 11명밖에 되지 않기 때문이다. 다른 대도시 시의원에 견주어(시카고의 경우는 60명) 그 수가 적은 편이고, 적은 만큼 반비례해서 시의원 한사람의 정치적 파워는 크기 마련이다. 여기서 시의원의 권한이나 그들이 우리에게 직접 미칠수 있는 영향력을 일일이 나열하는 것은 삼가하지만, 아무튼 우리는 오는 11월 선거를 좀 더 관심있게 보아야 할 것 같다.

　어제는 상항의료원 내과전문의 정윤철 씨 자택에서 이번 11월 선거에 시의원으로 출마하는 탐 세이씨를 위한 모금파티가 있었다. 탐 세이씨는 이번 선거에 나서는 유일한 동양계다. 그동안 차이나타운을 중심으로 꾸준히 정치적 기반을 다져온 그가 '샌프란시스코 수퍼바이저가' 되기 위해 나선 것이다.

욕심 같아서야 한국사람 중 누구하나가 나섰으면 좋겠지만 그건 너무 조급한 마음이니 접기로 하고, 우선 동양계가 나섰다는 것만으로도 우리는 이번 선거에 조금 더 관심을 가져야 할 것이다.

그는 어제 이렇게 말했다.

"저는 35년전 3백 달러를 호주머니에 넣고 이땅에 두발을 내딛었습니다. 물론 영어도 할 줄 몰랐고, 친척이나 아는 사람도 없었습니다. 접시도 닦고 청소도 하고… 아마 지금 이민온 사람들이 겪는 어려움보다 더한 과정들이었을 겁니다. 차별도 물론 심했습니다"라고.

만약에 아시안계에서도 이번에 여러 명의 시의원 후보가 나왔다면 우리는 더 자세한 것들을 묻고, 캐내고 비교해야 할 것이다. 그러나 이민온 탐 세이가 동양계인 것만으로, 또 이민 1세라는 것만으로도 우리의 지지를 받아야 마땅할 것이라는 생각이다.

그가 당선되면 더욱 좋은 일이지만, 설령 그렇지 못하다 하더라도 우리에게는 탐 세이를 지지하는 과정, 즉 선거 연습을 통해서 많은 교훈이 있을 것이다. 그리고 그런 교훈은 우리의 정치 영향력을 키우는데 크게 도움을 줄 것이며, 우리는 그렇게 해서 커진 정치 영향력을 모아 언젠가 한국인 시의원도 내놓게 될것이다.

개인적으로 나는 탐 세이의 시의원 출마를 보면서 특히 그가 이민1세임에 감명이 깊다. 왜냐하면 나도 이민 1세이기 때문이다.

이민온 지 35년이 지난다면 나도 저런 꿈을 현실과 맞추어 볼 수 있을까 하는 생각을 갖는 것이다.

하긴 내가 못하면 어떠랴. 내 아들놈을 시키면 되겠지.

해산일이 오늘, 내일하는 마누라는 딸을 낳고 싶다고 했다.

딸이면 더 좋다. 시장을 시키면 될 것 아닌가.   (1986. 6. 14)

뿌리출판사 에서는
다음과 같은 원고를 기다립니다.
훌륭한 글, 맞춤법이 어긋나거나
멋진 문장이 아니라도 좋습니다.
멀리 타국땅에서 삶의 향기가 짙게 배인
진솔한 이야기나, 다른 이들에게 기쁨을 줄 수 있는
이야기면 더욱 좋습니다.
모두 소중한 인연으로 여기고 반기겠습니다.

문학 창작 작품 : 소설, 희곡, 시, 기타 문학작품
비소설 부분 : 경영신서, 수기, 번역작품
산문 및 학술 : 인문, 사회, 철학, 여성, 과학, 의학, 기타
분야 등 위의 분야와 그 밖의 집필 계획이 있으신 분은
집필계획서를 제출하셔도 좋습니다.

그동안 뿌리출판사는 유명 중진작가 30여 분의 소설집 간행에
이어 앞으로 사업의 다각화로 위의 작품을 출판할 계획입니다.
독자님께서 출간 계획들을 갖고 계신다면
저희 출판사로 연락해 주십시오.
최소한의 경비로 출간할 수 있는 방안을
친절히 상담해 드리겠습니다.

🌀 뿌리출판사 · 뿌리문화사

등단작가 원고접수 : www. rootgo. com 작가의 방
기타 원고접수 : www. rootgo. com 책 만들기 상담
E-mail : rootgo@dreamwiz.com
ROOT Publishing & Printing co.
서울시 성동구 성수 2가 3동 317-10호 2F. 우 133-835
TEL : (02)2247-1115(代), FAX : (02)466-4517.
(02)466-4516.